Über die Autorin

Clare Darcy (Pseudonym), geboren in Ohio, hat Sprachen und Musik studiert und unterrichtet. Sie schrieb sehr erfolgreiche historische Romane, in denen es ihr vor allem darum geht, «zu unterhalten und zu amüsieren und ein Zeitalter der Eleganz wieder aufleben zu lassen, in dem Menschen trotz der Napoleonischen Kriege und der Unsicherheiten ihre Würde und Lebenslust bewahrten».

In der Reihe der rororo-Taschenbücher liegen ferner von ihr vor: «Pamela und der eigenwillige Lord» (Nr. 4695), «Victoire und der leichtsinnige Marquis» (Nr. 5056), «Regina und das verschwundene Halsband» (Nr. 5273), «Eugenia und der verfolgte Vetter» (Nr. 5688) und «Cressida und der charmante Abenteurer» (Nr. 5827).

Clare Darcy

Gwendolen
und der verschmähte Kapitän

Aus dem Amerikanischen
von Lydia L. Dewiel

rororo

Rowohlt

Die Originalausgabe erschien 1978
unter dem Titel «Gwendolen»
im Verlag Walker and Company, New York
Umschlagbild Eva Kausche-Kongsbak
Umschlagtypographie Manfred Waller

Veröffentlicht im Rowohlt Taschenbuch Verlag GmbH,
Reinbek bei Hamburg, Juli 1987

Gesamtherstellung Clausen & Bosse, Leck
Printed in Germany
680-ISBN 3 499 15984 8

1

Die Szene in dem Frühstückssalon in Brightleaves an einem angenehm warmen Junimorgen des Jahres 1814 war nicht so beschaffen, daß sie in irgendeinem Herrenhaus in Gloucestershire besondere Kritik erregt hätte. Sicherlich, der Orientteppich und die roten Kamelottvorhänge des großen Fensters, das den Blick auf den hübschen Obstgarten mit den Damaszenerpflaumen und May Dukes freigab, waren sichtlich abgenutzt; die Familienporträts über dem Sideboard waren trüb und begannen abzublättern; und die Tischtücher waren vom langen Gebrauch so fadenscheinig geworden, daß sie an manchen Stellen gestopft worden waren. Doch die drei Damen, die an dem kleinen Mahagonitisch saßen, sahen zweifellos so aus, als hätten sie Besseres verdient, und sie wären – trotz ihrer etwas unmodischen Erscheinung – auch im Frühstückssalon eines so vortrefflichen Hauses wie des Herzog von Tardiffs Nachbarbesitz in Beauworth nicht fehl am Platze gewesen. Lady Otilia Quarters, die Herrin von Brightleaves, die in einem recht exotischen Pariser Morgenrock steckte, den sie von ihrer Schwester, Lady Priscilla Drumm, geerbt hatte, präsidierte über der Kaffeemaschine. Sie betrachtete gerade unlustig den kleinen Haufen der Morgenpost, der, wie sie aus längerer Erfahrung wußte, doch nur aus dringenden Mahnungen zur Zahlung verschiedener Haushaltsrechnungen bestehen würde. Ihr gegenüber saßen zwei ihrer drei Töchter: Gwendolen, die älteste, ein ziemlich großes blondes Mädchen mit herzförmig geschnittenem Gesicht und ausdrucksvollen dunklen Augenbrauen; und Campaspe, die jüngste, die sich mit siebzehn Jahren, wie ihre Mama empfand, noch nicht genügend von ihrer bedauerlich ausgelassenen Jugendzeit entfernt hatte.

Lady Otilias zweitjüngste Tochter Jane war im Augenblick auf dem Rückweg von London, wo sie die Freuden der Gesellschaftssaison unter der Obhut von Lady Priscilla genossen hatte. Und Lady Otilias Mann, Mr. Hugh Quarters, hatte sein eigenes herzhaftes Frühstück schon vor einer Weile eingenommen und das Haus dann verlassen. Da es seine Gewohnheit war, während der Jagdsaison um fünf Uhr aufzustehen, frühstückte er niemals mit seiner Familie, an der er im übrigen bedeutend weniger interessiert war als an seinen Pferden und Jagdhunden, zumal er der Ansicht war, daß sie gänzlich versagt hatte. Seine Frau, weil sie ihm nur weibliche Nachkommen geboren hatte, und seine Töchter, weil sie das Verbrechen begingen, Mädchen zu sein.

Im Augenblick waren Gwendolen und Campaspe damit beschäftigt, sich auszumalen, welch glanzvolle Londoner Geschichten sie von Jane hören würden, wenn sie nach Brightleaves käme. Ihre Briefe waren aufreizend kurz gewesen, was sie damit entschuldigte, daß sie ständig mit Abendpartys, Bällen, Empfängen und Frühstücken beschäftigt war, zu denen Lady Priscillas Stellung in der Gesellschaft ihr Eingang verschafft hatte. Ihre Schwestern, die sich mit dem wenig aufregenden Zeitvertreib, den ihnen das ländliche Leben in Brightleaves bot, zufriedengeben mußten, hatten sich bemüht, Verständnis zu zeigen. Es war jedoch nicht zu leugnen, daß sie sehr gespannt darauf waren, Janes Bericht über diese besonders glanzvolle Londoner Gesellschaftssaison zu hören. Sie würden etwas erfahren über die Saison der Friedensfeiern, in der die Hauptstadt voll von ausländischen Besuchern war und man erwarten konnte, den Zaren von Rußland, den König von Preußen oder wenigstens die Großherzogin von Oldenburg zu erleben, die hin und wieder den Gesellschaftssalons oder den Bällen bei Almack die Ehre gaben.

An alldem hatten die beiden jungen Damen in Brightleaves bisher nur in Form der »Morning Post«-Berichte und über Janes allzu knappe Briefe teilgenommen, die mehr oder weniger immer so lauteten: »Tante und ich nahmen gestern abend am Ball von Lady Castlereagh teil. Zar Alexander war anwesend, zusammen mit seiner Schwester, der Großherzogin. Er sieht außerordentlich gut aus.«

»Außerordentlich gut, nein wirklich!« hatte Campaspe gemurrt, nachdem sie diese wenig zufriedenstellende Nachricht erhalten hatte. »Als ob nicht jedermann in England das nicht sowieso schon wüßte! Wenn Jane nur nicht so entsetzlich gut

wäre! Ich bin davon überzeugt, daß es ihr nie in den Sinn kommen wird, auch nur den leisesten Klatsch zu wiederholen. Doch sie hätte uns wenigstens schreiben können, was die Großherzogin für Kleider anhatte!«
Gwendolen hatte kritisch geäußert, daß sie ihrerseits die großen neuen Hüte, welche die Großherzogin in Mode gebracht hatte, ungewöhnlich häßlich fände, doch sie gestand, daß auch sie sehr enttäuscht von Janes Fähigkeiten als Korrespondentin sei. Da sie es jedoch von Kind auf gewohnt war, sich als Fürsprecherin ihrer menschenfreundlichen Schwester einzusetzen, erlaubte sie nicht länger, daß Campaspe sie noch weiter schmähte. Sie erklärte ihr statt dessen, daß sie ja vorhabe, eine Soldatenfrau zu werden, und daher solle sie am besten die Frivolitäten der vornehmen Welt vergessen und ihre Aufmerksamkeit darauf richten, sich in der Tugend der Sparsamkeit zu üben.
Diese Äußerung geschah im Hinblick auf die Verlobung Campaspes mit einem jungen Leutnant der Leichten Division, Neil Fairhall, dem zweiten Sohn eines Grundbesitzers aus der Nachbarschaft. Eine Verlobung übrigens, die Lady Otilia nicht sehr gern gesehen hatte. Zugegebenermaßen war Campaspe nicht die »Schönheit« der Familie – eine Auszeichnung, die zweifellos Jane zukam –, doch sie hatte sich in letzter Zeit aus ihrem Kinderspeck zu einer sehr ansehnlichen jungen Dame entwickelt. Sie war klein, doch dabei biegsam und kräftig, und hatte einen ausgezeichneten Teint sowie leuchtend blaue Augen, Lady Otilia, die wie für Jane auch für sie von London träumte, hatte sich vorgestellt, daß sie wenigstens einen Baron in die Familie einbringen würde.
Sie konnte letztlich jedoch nichts anderes gegen die geplante Verbindung der zwei jungen Leute einwenden, als daß sie beide noch zu jung dafür fand. Sie hatten jedoch versprochen, vernünftig zu sein und nicht zu heiraten, bevor Neil befördert worden war. Und da sie Campaspes äußerst eigensinnige, um nicht zu sagen halsstarrige Natur kannte, hatte sie, wie die anderen betroffenen Eltern, zögernd ihre Zusage gegeben.
Solche Skrupel hatte sie nicht gekannt, als sie etwa ein Jahr zuvor Gwendolens Verlobung mit Captain Henry Belville R.N. ihren Segen gegeben hatte, denn Gwendolen war damals bereits fast zwanzig gewesen, und Captain Belville war ein Mann von einunddreißig Jahren mit einer sehr erfolgreichen Karriere

in der Marine, die zu dem bereits beträchtlichen Vermögen, das er geerbt hatte, noch ein gutes Stück hinzufügte.
Es stimmte, daß Gwendolens Bekanntschaft mit ihm nur sehr kurz gewesen war, genau gesagt nur vierzehn Tage, die er vor zwei Jahren bei entfernten Verwandten, den Rutledges, in der Nachbarschaft verbracht hatte. Auch hatte sich ihre weitere Annäherung ausschließlich durch eine Korrespondenz zwischen Brightleaves und verschiedenen Mittelmeerhäfen vollzogen, wo Captain Belville während des Krieges stationiert war. Doch Gwendolen wußte ebenso wie Campaspe ganz genau, was sie wollte. Auch besaß sie eine praktische Natur, der Lady Otilia, die selbst hoffnungslos romantisch veranlagt war, niemals etwas entgegenstellen konnte. So glaubte sie fest daran, daß es – wenn Captain Belville endlich wieder in Gloucestershire erscheinen würde – eine schlichte, vornehme Hochzeit geben werde, gefolgt von einem sehr zufriedenstellenden Eheleben.
»Gwendolen«, so hatte sie einst ihrer Freundin Mrs. Rutledge anvertraut, »gelingt es immer, alles aufs beste zu erledigen.« Dieser Feststellung konnte Mrs. Rutledge, die es erlebt hatte, wie Gwendolen sich unter den Augen ihrer eigenen Tochter Evelina den sehr erstrebenswerten Captain Belville geangelt hatte, nur zustimmen. Wenn sie jedoch in dieser Weise von Gwendolens Verlobung sprachen, so taten Mrs. Rutledge und Lady Otilia ihr ausgesprochen unrecht. In Wirklichkeit war es so gewesen, daß Gwendolen hinsichtlich Captain Belville keineswegs etwas arrangiert hatte. Sie hatte sich vielmehr Hals über Kopf in ihn verliebt und seine große, schmale Gestalt gegen die bedeutend weniger eindrucksvolle von Lord Nelson eingetauscht, den sie seit ihrer Schulzeit verehrt hatte, wobei sie nachsichtigerweise übersah, daß der Captain noch beide Arme und Augen besaß.
Nur wenige Menschen konnten ahnen, daß die selbstbeherrschte, sympathische älteste Tochter der Quarters mit ihrem hübschen Gesicht und ihrer offenen Art insgeheim ebenso romantisch war wie ihre Mama. Sie war nicht umsonst Lady Otilias Tochter, und obwohl sie weit davon entfernt war, ihre Verlobung mit Captain Belville nicht auch als hervorragende Partie anzusehen, kam sie sich selbst doch wie eine schicklichere Lady Hamilton vor, die alles für die Liebe zu ihrem Seehelden einsetzte. Da jedoch keine Mrs. Belville dabei

im Spiel war, war der Vergleich vielleicht doch nicht ganz angebracht.
Auf jeden Fall sollte sie bald dafür belohnt werden, zwei fast endlos scheinende Jahre auf die Wiederkehr ihres Geliebten gewartet zu haben. Captain Belvilles Schiff würde bald Portsmouth erreichen, von wo er wahrscheinlich mit allergrößter Schnelligkeit in die Arme seiner Verlobten eilen würde. Die Tatsache, daß der junge Leutnant Fairhall auch vor kurzem in England eingetroffen war – nachdem er sich von einer ziemlich schweren Verwundung erholt hatte, die er sich in der Schlacht von Toulouse zuzog –, bedeutete, daß Lady Otilia bald die Freude haben würde, zwei verlobte Töchter mitsamt ihren Partnern der Nachbarschaft vorzustellen – eine Aussicht, die sie außerordentlich beglückte.
»Wenn nur Jane nun auch noch eine gute Partie machen würde«, sagte sie immer wieder zu ihrem Mann, der ihre Reden jedoch völlig ignorierte, da er sich viel mehr für die Paarung seiner Pferde interessierte als für die seiner Töchter. »Nicht«, fügte sie stolz hinzu, »daß man den geringsten Zweifel daran haben könnte, denn Pris schreibt, daß sie in London den größten Erfolg hat und daß es sie nicht wundern würde, wenn sie noch vor Ende des Jahres zur Marquise gemacht werden würde.« Es schienen prophetische Worte zu sein. Wenigstens hätten Lady Priscillas Andeutungen Lady Otilia darauf vorbereiten können, was sie an jenem Morgen in einem der Briefe lesen sollte, die neben ihrem Teller lagen. Allerdings – wenn sie wirklich darauf vorbereitet gewesen wäre, dann hätte sie kaum den erstaunten Ausruf ausgestoßen, nachdem sie die ersten Zeilen des Briefes gelesen hatte. Gwendolen und Campaspe blickten von ihrem Frühstück auf und sahen, wie ihre Mama mit Entzücken auf das vornehme cremefarbene Blatt Briefpapier in ihrer Hand blickte. Bei Lady Otilia wußte man nie genau, was man von ihren Ausbrüchen zu halten hatte, denn da sie als Waliserin die keltische Liebe für alles Dramatische geerbt hatte, besaß sie auch eine gewisse Neigung zur Übertreibung.
»Was ist denn, Mama?« fragte Gwendolen, die auf alles gefaßt war, jedoch keine Lust hatte, sich Sorgen zu machen, ehe sie nicht genau wußte, worum es sich bei der Verwirrung ihrer Mama diesmal handelte.
Lady Otilia hob die Augen, die auf den Brief gestarrt hatten, als

ob sie von den dort geschriebenen Worten hypnotisiert worden wäre. Gwendolen bemerkte, wie ein verklärtes Lächeln auf ihrem immer noch hübschen, vollen Gesicht erschien.
»Meine Lieben!« rief sie aus. »Ihr werdet es niemals für möglich halten! Liebe, liebe Jane. Eine Marquise! Oh, ich werde mir nie verzeihen, daß ich dem Wunsch eures Papas nachgegeben und zugestimmt habe, sie Jane taufen zu lassen. Nur wegen dieser abscheulichen Großtante, die kurz vor dem Tod stand und uns ein beträchtliches Vermögen hinterlassen sollte. Leider hat sie das nie getan und hat Jahrhunderte gelebt, und dann waren es nur jämmerliche dreihundert Pfund, die wir von ihr bekamen, und euer Papa hat jeden einzelnen Penny davon für eine Stute namens Sparkler ausgegeben –«
»Mama!« Es war Campaspe, die sie mit den Anzeichen allergrößter Ungeduld unterbrach und sogar etwas bestürzt schien. »Bitte hör auf, uns mit Großtanten und Papas Pferden zu langweilen, und sag, was in dem Brief steht. Kommt er von Tante Pris? Ist – ist Jane mit einem Marquis verlobt?«
»Nein, nicht wirklich verlobt, meine Liebe«, sagte Lady Otilia, die Mühe hatte, ihre Fassung zu bewahren, und nervös am Spitzenkragen ihres Morgenrocks zupfte. »Doch so nahe dran, daß es schon beinahe eine Verlobung ist! Lyndale, wenn du es für möglich halten kannst!« Sie sprach den Namen fast ehrfürchtig aus. »Ländereien in Derbyshire und in Kent, sagt Pris, und wenigstens fünfzigtausend im Jahr! Und ein Marquis, natürlich, meine Lieben! Er wird sofort nach Gloucestershire kommen und Papa um die Erlaubnis bitten, ihr den Hof zu machen. Pris sagt, daß alles schon in bester Ordnung ist. Sie hatte ein langes Gespräch mit ihm –«
»Kommt er hierher?«
Diesmal war es Gwendolen, die etwas bestürzt aussah, als ihr Blick auf die schäbigen roten Vorhänge, den verblaßten Teppich und das Geschirr auf dem Tisch fiel, das zwar einmal sehr schön gewesen war, nun jedoch vom langen Gebrauch allerhand Sprünge aufwies. Die Aussicht, in dieser Umgebung einen Gast zu empfangen, der zu den Leuchten des Adels gehörte und darüber hinaus soviel Geld besaß, daß er sich die eleganteste Ausstattung leisten konnte, irritierte zwar Lady Otilia nicht, deren romantisches Naturell über solch unwichtige Dinge hinwegsah, doch Gwendolens praktisch gearteter Sinn sah die Dinge mit anderen Augen.

Ihr war vollkommen klar, daß sie mit ihren begrenzten Mitteln und den wenigen Dienstboten einen so hohen Gast hier schlecht bewirten konnten, und sie war daher sehr erleichtert, als ihre Mama nach einem weiteren Blick auf Lady Priscillas Brief sagte: »Nein, nein, nicht hier in Brightleaves, meine Liebe. Deine Tante schreibt, daß er in Beauworth wohnen wird. Er ist doch ein Vetter des Herzogs.« Dann fügte sie triumphierend hinzu: »Ich nehme an, es wird nun für den Herzog nicht mehr möglich sein, uns noch länger zu ignorieren, da die liebe Jane sich mit Lyndale verloben wird.« Dies sagte sie in Erinnerung an ein bedauernswertes Mißgeschick, das sich vor einigen Jahren ereignet hatte. Damals geriet Mr. Hugh Quarters mit dem Herzog in Streit, so daß sie und ihre Töchter nicht mehr nach Beauworth eingeladen wurden.

Der Streit war entbrannt, als der Herzog erfahren hatte, daß Mr. Quarters' einziger Ausweg aus seiner wirtschaftlichen Misere der Verkauf von Brightleaves und seiner Ländereien wäre. Es handelte sich um Ländereien, die der Herzog schon lange begehrt hatte und die den besten Forellenbach der ganzen Grafschaft enthielten, so daß er nicht lange Zeit verlor und ein Angebot darauf machte.

Das Angebot war jedoch von Mr. Quarters, der ein jähes und unberechenbares Temperament besaß, nicht in der besten Stimmung empfangen worden. Er hatte den Verwalter des Herzogs, der von seinem Herrn geschickt worden war, abgewiesen und hatte sich selbst auf einem seiner rassigen Pferde auf den Weg zum Herzog gemacht. Dem Vernehmen nach waren dann sehr heftige Worte gefallen, unter anderem auch, daß Mr. Quarters es sich nicht nehmen lassen würde, den Verwalter des Herzogs, falls er noch einmal in ähnlicher Absicht käme, in den Mühlteich zu werfen. Ebenso schien der Herzog – wie ein lauschfreudiger Lakai bemerkt hatte – geäußert zu haben, daß er Mr. Quarters »ruinieren« wolle.

Zum Glück hatte sich dann keine dieser interessanten Angelegenheiten ereignet. Mr. Quarters, der irgendwelche geheimen Abmachungen mit den Herren Smith and Brown, bekannten Londoner Geldverleihern, traf, hatte es geschafft, Brightleaves nicht verkaufen zu müssen. Der Herzog hatte kein Angebot gemacht, und so hatte sich eine Art bewaffneter Neutralität zwischen den gegnerischen Parteien ergeben, wobei Brightleaves und Beauworth sich gegenseitig gesellschaftlich ignorierten. Was der Herzog von Tardiff in Konsequenz zur bevorstehenden Verlobung seines Vetters mit Miß Jane Quarters nun tun könnte, schien die Schwestern dieser jungen Dame jetzt jedoch wenig zu interessieren. Anders als ihre Mutter, die vor Freude und Genugtuung schier zu bersten schien, drückten die Gesichter der Schwestern nichts als Beunruhigung aus.

»Aber Mama, Jane kann doch nicht –« platzte Campaspe heftig heraus, als Lady Otilia ihre Rede beendet hatte. Doch Gwendolen bremste sie sofort mit einem warnenden Blick.

»Was hat Jane zu alldem zu sagen?« fragte sie Lady Otilia nun selbst in etwas gemäßigterem Ton. »Hat sie denn nicht auch etwas dazugeschrieben in diesem Brief von Tante Pris?«

»Oh, meine Liebe, sie wird natürlich außer sich sein vor Freude«, sagte Lady Otilia lebhaft. »Natürlich hat sie nicht auch noch geschrieben, da Lyndale ja erst mit eurer Tante gesprochen hat, nachdem Jane schon abgereist war. Und es wäre auch sicher nicht sehr schicklich gewesen, darüber zu berichten, ehe nicht Lord Lyndale die Erlaubnis von eurem Vater erbeten hat, ihr den Hof machen zu dürfen. Wie ihr wißt, ist Jane ja immer schon der Inbegriff guten Benehmens gewesen«, sagte sie stolz.

Campaspe öffnete nochmal den Mund, um etwas zu sagen, doch wiederum kam ihr Gwendolen zuvor.

»Ja, das ist wahr«, stimmte sie Lady Otilias Feststellung bei. »Und deswegen kommt es mir doch etwas merkwürdig vor, nicht wahr, daß sie das Interesse eines Mannes wie Lyndale erregt haben soll. Erinnere dich doch daran, Mama, welches Aufsehen es vor einem Jahr erregt hat, als er zu seinem Titel gekommen ist. Es hat ja selbst hier in unserer ländlichen Stille noch Staub aufgewirbelt. Ein Mann, der die letzten zwölf Jahre in Algerien oder Marokko verbracht hat! Auf jeden Fall irgendwo außerhalb der Zivilisation, und dessen Abenteuer die von Lord Byron weit in den Schatten stellen! Ich finde es doch sehr merkwürdig, daß er sich ausgerechnet ein ruhiges und unerfahrenes Mädchen wie Jane ausgesucht haben soll –«

»Ganz und gar nicht! Ganz und gar nicht, meine Liebe!« sagte Lady Otilia rundheraus. »Es kommt sogar sehr häufig vor, daß ein Mann, der ein recht bewegtes Leben gehabt hat, allmählich zu der Überzeugung kommt, ein so behütet aufgewachsenes Mädchen wie Jane werde für ihn sogar eine sehr gute Frau abgeben. Außerdem ist sie ja wunderschön! Ich glaube, wir müssen uns über keine Eroberung, die sie gemacht hat, wundern!« Sie stand auf und nahm den Brief zu sich, dessen Blätter auf dem Tisch lagen. »Aber wozu rede ich denn hier so lange«, sagte sie munter. »Ich habe doch Mrs. Rutledge versprochen, heute morgen vorbeizukommen, und es könnte sein, daß ich auch in der Pfarrei einen Augenblick haltmache. Sicher wollt ihr mit mir kommen, meine Lieben? Es ist ein sehr schöner Tag, und ich glaube, wir werden den Spaziergang nicht bereuen.«

Sie rauschte mit ihrem flatternden exotischen Gewand aus dem Raum, während Campaspe dasaß und ihre ältere Schwester verzweifelt ansah. »Sie wird es allen erzählen«, sagte sie traurig. »Gwen, was sollen wir nur tun? Jane kann doch nicht diesen – diesen Blaubart heiraten!«

Gwendolen lächelte. »O nein, Cammie – so toll ist es doch nun wirklich nicht!« sagte sie. »Es gibt wahrhaftig keinen Grund, Lord Lyndale einen Blaubart zu nennen. Soweit ich gehört habe, hat er keine andere Frau und hat noch viel weniger eine umgebracht, obwohl man von seinen Abenteuern viel gehört hat. Aber das betraf meist verwegene Löwenjagden mit Sultanen und Scheichs und ähnliche Sachen. Natürlich kann Jane ihn heiraten, wenn sie es will –«

»Aber sie will es doch gar nicht«, unterbrach sie Campaspe rebellisch. »Sie liebt doch Alain, das weißt du doch ebensogut wie ich!«

»Ich weiß, daß sie geglaubt hat, ihn zu lieben, als sie nach London gefahren ist«, verbesserte sie Gwendolen. »Alain de Combray ist ein sehr angenehmer und attraktiver junger Mann, doch schließlich trifft man während der Saison in London eine Menge attraktiver und angenehmer junger Männer, und vielleicht ist Alaine für Jane jetzt schon gar nicht mehr so ein Idol. Und du weißt doch, daß er keinen einzigen Penny besitzt, abgesehen von dem Gehalt, das er als Sekretär des Herzogs bekommt.«

»Jane ist nicht auf eine Geldheirat aus«, sagte Campaspe heftig. »Das würde überhaupt keine Rolle bei ihr spielen – nicht, wenn sie jemandem ihr Herz geschenkt hat!«

Gwendolen wünschte, ihre kleine Schwester wäre nicht eine so eifrige Leserin von Leihromanen gewesen, denn – ob Jane nun den jungen Monsieur de Combray im Wirbel der ersten

Londoner Gesellschaftssaison vergessen hatte oder nicht – sie würde es schwer haben, Campaspe davon abzuhalten, die ganze Affäre zu einer Tragödie aufzubauschen, mit unangenehmen Konsequenzen für alle daran Beteiligten. Sie selbst war eher geneigt zu glauben, daß Jane einem älteren, erfahreneren Mann ihre Gunst geschenkt hatte, zumal Lady Priscilla der Verbindung ihre eindeutige Zustimmung gegeben hatte. Andererseits war Jane von Kind auf in ihren Zuneigungen beständig geblieben, und Gwendolen konnte nicht das erste errötende Geständnis ihrer Liebe zu dem jungen M. de Combray vergessen, den sie im Winter in Cheltenham kennengelernt hatte. Von einer Verlobung konnte allerdings nicht die Rede sein, denn Alain de Combray, dessen Familie während der Revolution in Frankreich alles verloren hatte, war nicht in der Lage, an eine Heirat zu denken. Im übrigen war er als Franzose, der noch dazu im Dienst des Herzogs stand, von vornherein persona non grata für Mr. Quarters.
Jane hatte daher ihre Zuneigung zu dem jungen M. de Combray noch nicht einmal ihrer Mutter gestanden und sich ihm gegenüber in der Öffentlichkeit immer außerordentlich zurückhaltend gezeigt. Dies hatte jedoch nicht eine oder zwei private Zusammenkünfte etwas leidenschaftlicherer Natur verhindern können, die allerdings tränenreich geendet hatten. Da sie ein sanfter und nachgiebiger Mensch war, hatte sie zugestimmt – als Schönheit der Familie und als einzige nicht verlobte Tochter –, von Lady Priscilla zur Saison nach London mitgenommen zu werden.
Gwendolen dachte etwas beunruhigt, daß es leichter wäre, hinter die Wahrheit zu kommen, wenn Jane in ihren Briefen etwas gesprächiger gewesen wäre. Doch da sie weder Lord Lyndale noch Alain de Combray erwähnt hatte, war sie nur auf Spekulationen angewiesen.

2

Gwendolen gelang es jedoch, Campaspe daran zu hindern, Lady Otilia von den Gefühlen zu berichten, die zwischen Jane und M. de Combray bestanden, indem sie ihr sagte, man solle nichts dergleichen unternehmen, bis man mit Jane selbst darüber gesprochen habe. Dann, nachdem sie sich zurückgezogen hatte, um die ganze Angelegenheit zu überdenken, erklärte sie ihrer Mutter, sie könne sie nicht zu Rutledges begleiten. Auch widerstand sie einer Einladung Campaspes, mit ihr einen Besuch beim jungen Leutnant Fairhall im Gutshaus hinter dem Dorf zu unternehmen. Außerdem war ihr klar, daß Neil Fairhall sicherlich Campaspe lieber eine halbe Stunde für sich alleine haben wollte, als mit ihrer älteren Schwester höfliche Konversation zu machen. Und Lady Otilia würde auch ihre Andeutungen von den Köstlichkeiten zukünftigen Ruhmes im Hause Quarters lieber fallenlassen, wenn sie sich nicht in Gegenwart einer Tochter befand, die solche voreiligen Eröffnungen für unangebracht hielt.

Sie hatte jedoch nicht vor, an einem so schönen Tag mit ihren beunruhigenden Gedanken im Haus zu bleiben, und nachdem ihre Mutter und Schwester aufgebrochen waren und sie die Köchin hereingebeten hatte, um das Menü für das Abendessen zu besprechen – eine Aufgabe, die Lady Otilia ihr übertragen hatte –, nahm sie ihren ältesten Hut, zog derbe Schuhe an und machte sich zu einem Morgenspaziergang durch die Felder auf den Weg.

Eine Weile mußte sie noch an Jane denken, doch immer, wenn sie allein war und Muße hatte, begann sie bald, ihre Gedanken Captain Henry Belville zuzuwenden. Wie Jane ließ auch der Captain als Briefschreiber sehr viel zu wünschen übrig. Er bevorzugte einen Stil, der für die Eintragungen in sein Logbuch sehr angebracht gewesen wäre, der jedoch als beschreibende Prosa nicht unbedingt geeignet war. Gwendolen war es jedoch gewohnt, die Lücken in seinen Berichten mit eigener Phantasie auszufüllen. Kanonen, die Feuer und Rauch ausspien, zusammenstürzende Segel und Takelwerk, das von seinen Geschossen getroffen wurde, Gefechte an Deck und blitzender Stahl – dies war es, was sie sich immer wieder ausmalte.

Als sie so einen Feldweg entlangging und sich in angenehmen Träumereien über ihre kommende Wiedervereinigung mit ihrem Seehelden befand, hörte sie auf einmal schnelles Hufgetrampel hinter sich, das sie zusammenschrecken ließ. Sie blickte schnell über die Schulter und sah eine schnittige Karriole in rasendem Tempo auf sich zukommen, die von zwei temperamentvollen Füchsen gezogen wurde. Sie erkannte sofort, daß es dem Fahrer nicht mehr möglich sein würde, sein

Gespann zu zügeln, und da ihr ihr Leben lieb war, fand sie sich im nächsten Moment in höchst unwürdiger Weise in einem der Gräben, die den Feldweg rechts und links einsäumten, wieder. Ihr Hut rutschte zur Seite, ihr Kleid war schmutzig und voller Grasflecken, und so war es kein Wunder, daß sie vor Wut schäumte.
Sie hatte sich gerade wieder aufgerappelt und war dabei, den ziemlich steilen Rand des Grabens hinaufzuklettern, als sie bemerkte, daß die Karriole zum Stehen gebracht worden war. Der Fahrer, ein großer dunkelhaariger Mann in tadellos geschnittenem Fahrfrack, hatte seinem Reitknecht die Zügel zugeworfen, war vom Sitz gesprungen und ging nun in schnellen Schritten auf sie zu. Sie blickten sich an – sie voll wütender Entrüstung, er leicht besorgt –, doch im nächsten Moment erschien zu ihrer noch größeren Entrüstung in seinen Augen ein Ausdruck deutlicher Belustigung.
Sie ließ sofort in ihren Anstrengungen nach, den Rand des Grabens hochzuklettern, und bedachte ihn statt dessen mit einem vernichtenden Blick.
»Ja, ich nehme an, für Sie ist das sehr lustig«, sagte sie mit Schärfe. »Ist es Ihre Angewohnheit, Sir, die Leute auf öffentlichen Wegen niederzufahren, um sich dann an ihrer Verwirrung zu ergötzen? Erlauben Sie mir zu bemerken, daß ich diese Art von Späßen absolut nicht schätze!«
»Nein, sicherlich tun Sie das nicht – doch es war wirklich nicht in böser Absicht geschehen«, sagte der Fremde. Da dies jedoch nicht entschuldigend gesagt wurde, konnte es Gwendolen nicht beschwichtigen. »Woher zum Teufel sollte ich wissen, daß jemand gerade diesen Weg entlangwandert? Sicher habe ich schon über ein halbes Dutzend Meilen hinter mich gebracht, ohne auch nur eine Kuh angetroffen zu haben. Hier – geben Sie mir Ihre Hand«, befahl er und reichte ihr seine entgegen. Sie nahm sie zögernd und wurde mit sicherem Griff aus dem Graben gezogen.
»Und noch dazu jemand«, fügte er hinzu, »der seinen Kopf so hoch oben in den Wolken hat, daß er einen Wagen nicht herankommen hört, bis es zu spät ist!« Die blauen Augen, die immer noch voll deutlicher Belustigung waren, musterten sie so offen und durchdringend, wie sie es noch bei keinem anderen Gentleman erlebt hatte. »Sie sollten sich aber jetzt Ihren Hut gerade auf den Kopf setzen«, sagte er mit einer Deutlichkeit,

die zu seinem Blick paßte. »Ich sehe, daß Sie im Begriff sind, mich zusammenzuschlagen, und ich bezweifle, ob ich Ihnen mit dem angemessenen Ernst begegnen kann, wenn Sie so vor mir stehen und diesen komischen Anblick bieten!«

Da man ihr den Wind aus den Segeln genommen hatte und sie sich plötzlich ihres betrüblichen Aussehens bewußt wurde, ergriff Gwendolen den traurigen Hut mit beiden Händen und setzte ihn gerade.

»Sir!« knirschte sie. »Sir! Sie sind –«

»Unerträglich?« kam ihr der Fremde zur Hilfe, als sie um Worte rang. »Unverschämt? Beleidigend?«

»Alles trifft zu«, fuhr sie ihn an. »Wenn Sie ein Gentleman wären –«

»Nun, das bin ich«, bemerkte der Fremde gelassen. »Obwohl ich zugeben muß, daß ich im Augenblick etwas außer Übung bin. Sie müssen wissen, daß ich erst vor kurzem nach England zurückgekehrt bin, nachdem ich viele Jahre im Ausland verbracht habe und man da natürlich all die kleinen Artigkeiten vergißt –«

»Viele Jahre?« wiederholte Gwendolen entgeistert, denn auf einmal kam ihr ein furchtbarer Verdacht. Sie blickte in das gebräunte Gesicht, dessen Farbe so dunkel war, daß sie nicht das Ergebnis einer nördlichen Sonne sein konnte, und dachte verzweifelt: »Du guter Gott! Das kann doch nicht sein! Aber ich fürchte, es ist so. Janes Marquis! Oh, du mein Gott!«

Trotzdem war sie noch so wütend, daß es ihr gleich war, ob dieser unhöfliche Fremde Lyndale war oder nicht. Er war unerträglich, unverschämt und beleidigend, und wenn Jane ihn Alain de Combray vorzog, dann mußte sie nicht ganz bei Trost sein.

Der Marquis – wenn es der Marquis war – blickte sie nun fragend und erwartungsvoll an. In diesem gebräunten, kantigen und fast klassischen Gesicht mit dem lockigen dunklen Haar, der geraden Nase und dem gutgeschnittenen Mund war manches, was andere Frauen, die nicht so rauh von ihm behandelt wurden, sicher sehr sympathisch fanden. Sie selbst konnte im Augenblick jedoch nur Widerwillen gegen ihn empfinden. Während sie noch überlegte, ob sie ihm sagen sollte, daß sie Janes Schwester sei – denn es könnte peinlich werden, wenn sie ihm in der Öffentlichkeit als solche vorgestellt würde –, nahm der Fremde die Angelegenheit in die Hand und sagte:

»Ja, viele Jahre! Überrascht Sie das? Ich scheine Ihnen mit dieser Bemerkung einen Haken versetzt zu haben?«

Gwendolen, die ihr ganzes Leben mit einem Vater unter einem Dach gelebt hatte, der sich sportlichen Aktivitäten hingab, war natürlich auch mit der Boxersprache vertraut. Sie war jedoch immer noch zu verwirrt, um sich damenhaft zu geben und so zu tun, als habe sie nicht die geringste Ahnung, was der Fremde mit dem »Haken« gemeint hatte, und so erklärte sie mit aller Offenheit, daß er recht habe.

»Ja, das stimmt«, sagte sie, »denn mir ist dadurch klargeworden, wer Sie sind. Auf jeden Fall«, fuhr sie fort und blickte ihn zweifelnd an, »glaube ich, daß –«

»Ich bin Lyndale, wenn ich Ihnen damit helfen kann«, erklärte der Fremde.

Er blickte sie fragend an, als könne er sich nicht erklären, weswegen sie über seine Identität so verwundert war. Wahrscheinlich – so dachte sie sich – kam es ihm nicht in den Sinn, daß das zerzauste Mädchen vor ihm mit der schönen und – dank Lady Priscillas Großzügigkeit – elegant gekleideten Miß Jane Quarters verwandt sein könnte. Zu ihrem größten Entsetzen begann sie nun auch noch heftig zu erröten. »Ich bin – also, ich glaube, ich sollte es Ihnen sagen, sonst wird es etwas seltsam für Sie sein, wenn ich Ihnen vorgestellt werde, was sicherlich der Fall sein wird –« begann sie ziemlich unzusammenhängend. »Ich bin Janes Schwester –«

»Janes Schwester? Sie meinen doch nicht – Miß Jane Quarters?« Nun war es Lyndale, der sie verblüfft und ungläubig anblickte. »Ich verstehe«, sagte er dann nach einer Weile, ohne im geringsten aus der Fassung zu geraten. »Nun, da habe ich mir ja etwas geleistet. Ich nehme an, im Augenblick sind Sie nicht besonders daran interessiert, mich in der Familie zu haben.«

»Das«, sagte Gwendolen mit ungewohnter Sprödigkeit, »ist nicht meine Angelegenheit, mein Herr. Das ist die Sache von Jane und meinem Vater.«

»Ja, ich glaube, das stimmt«, gab Lyndale ihr recht. »Doch wenn ich die Frauen richtig kenne (worauf man sich verlassen kann, dachte Gwendolen), dann werden Sie alles tun, um mich vor ihrer Schwester als Bösewicht hinzustellen, nur weil ich das Pech hatte, Sie mit meinem Wagen in den Graben zu befördern.«

»Dieser Gedanke«, sagte Gwendolen ziemlich scharf, da sie

seinem Ton entnahm, daß ihn ein solches Geschehnis nicht besonders beunruhigte, »scheint Sie nicht sehr zu stören, Mylord!«

»Aber natürlich stört es mich!« versicherte ihr Lyndale. »Schließlich bin ich nach England gekommen, um ein friedliches Leben zu führen, Miß Quarters, und ich habe nicht das geringste Interesse, mich inmitten von Tränen und Szenen zu befinden. Ich werde Ihnen aber etwas sagen«, bot er ihr großmütig an, »wir werden jetzt noch einmal alles zurückspulen und von vorne anfangen. Sie gehen, tief in Gedanken, den Weg entlang, und ich komme in ruhigem Tempo daher, weiß durch einen sechsten Sinn, daß Sie Miß Jane Quarters' Schwester sind, und halte meine Pferde an, um Sie mit der allergrößten Höflichkeit zu fragen, ob ich Sie mitnehmen und zu Hause abliefern kann –«

»Nein, das werden Sie nicht«, unterbrach ihn Gwendolen unverblümt. »Denn dann müßte ich Sie hineinbitten, und es ist niemand da, der Sie empfangen kann, und außerdem sind nur kaltes Roastbeef und Himbeeren zum zweiten Frühstück da. Sie sollten besser sofort nach Beauworth fahren, wo man Sie sicherlich erwartet.«

»Ja, das glaube ich auch«, sagte Seine Lordschaft. »Doch ich habe das Gefühl, daß ich in – in Brightleaves, nicht wahr? – bedeutend besser aufgenommen werde als in Beauworth. Ich habe meinen Vetter, den Herzog, nur einmal erlebt. Er scheint mir ein tyrannischer alter Knabe zu sein. Was halten Sie denn von ihm?«

Gwendolen überlegte. »Es wäre nicht angemessen, darüber zu sprechen«, bemerkte sie mit einer bei ihr ungewohnten Zurückhaltung.

»Wäre es das nicht? Weshalb denn?«

»Weil wir nicht gut miteinander stehen, Mylord«, mußte Gwendolen zugeben. Sie fragte sich, wie man mit einem Mann überhaupt zurechtkommen konnte, der nicht in der Lage war, die Regeln einer normalen zivilisierten Konversation einzuhalten. Als sie merkte, daß er noch einmal »weshalb denn« fragen wollte, fügte sie hastig hinzu: »Der Herzog wollte Brightleaves vor einigen Jahren kaufen, und er und Papa haben sich deswegen gestritten. Sie haben beide – sehr ausgeprägte Meinungen.«

»Haben sie das?« sagte Lyndale, der diese Bemerkung zu bedenken schien. »Hat Ihr Vater dann auch eine ausgeprägte Meinung von mir?« fragte er nach einer Weile interessiert.

»Von Ihnen? O nein«, sagte sie, und dann dachte sie sich: wenn wir schon aufrichtig sein wollen, kann ich auch gleich alles sagen. Und sie fuhr fort: »Ich glaube nicht, daß er sich einen Deut darum schert, wen Jane heiratet, solange es nicht, wie er sich ausdrückt, eine ›unbedeutende Nummer‹ ist. Ich glaube, selbst er wird es für prächtig halten, daß Sie ein Marquis sind.«

»Und was meinen Sie?« fragte Lyndale.

»Ich?« Gwendolen, die überlegte, ob es bei dieser ungewöhnlichen Offenheit nicht angeraten sei, ihm von Alain de Combray zu erzählen, hielt sich noch einmal zurück und sagte nach einer Weile, daß es für sie ganz gleich sei, welchen Titel er habe.

»Natürlich«, gab sie zu, »ist es mit Mama anders. Doch das ist bei Müttern immer der Fall, nicht wahr. Ich glaube, es wäre ihr auch lieber, wenn der Herr, mit dem ich verlobt bin, auch ein Marquis wäre. Doch nach meiner Meinung kann kein Titel so ruhmvoll sein wie der eines Captains bei der Marine Seiner Majestät.«

Das Erscheinen eines Pferdekarrens, der von einem Jungen gelenkt wurde, machte der Unterhaltung erst einmal ein Ende, zumal sich Gwendolen dessen bewußt wurde, wie ungehörig es war, mitten auf der Straße mit einem Herrn zu reden, dem sie noch nicht einmal offiziell vorgestellt worden war. Sie antwortete dem Gruß des Jungen mit größter Würde und erklärte dann dem Marquis, daß sie sich nun verabschieden müsse.

»Meinen Sie, daß ich Sie wirklich nicht nach Brightleaves fahren kann?« fragte Lyndale.

»Nein, das können Sie nicht«, erklärte Gwendolen. »Das wäre absolut nicht comme il faut. Doch ich würde gern einmal mit diesem prächtigen Gespann fahren, sobald wir einander offiziell vorgestellt worden sind.«

Sie wandte sich um und ging ihren Weg zurück.

»Was um alles in der Welt«, fragte sie sich, als sie um die nächste Wegbiegung gekommen war und Lyndale nicht mehr sehen konnte, »wird Jane sagen, wenn sie erfährt, daß ich diese völlig unglaubwürdige Unterhaltung mit ihrem jungen Verehrer hatte? Das heißt, so jung auch wieder nicht, wahrscheinlich dreiunddreißig oder vierunddreißig. So jemanden zu heiraten, kann sie sich wirklich nicht wünschen. Du lieber Gott, die sittsame Jane – sie wird ja Todesqualen ausstehen, wenn sie mit ihm in der Gesellschaft auftritt, denn man weiß ja nie, was er im nächsten Moment sagen oder tun wird. Ich glaube, Tante Priscilla hat da wirklich nicht sehr klug gehandelt, ganz gleich, ob er nun ein Marquis ist oder nicht. Natürlich ist er attraktiv – doch absolut nicht im Stil von Janes Verehrern.«

Als sie nach Hause kam, fand sie Lady Otilia noch nicht vor, doch Campaspe war bereits da. Sie war nach einer halbstündigen Unterhaltung mit ihrem Verlobten von Lady Fairhall zurückgefahren worden, welche die strengsten Ansichten über Anstandsregeln besaß. Gwendolen nahm sie sofort mit in ihr Schlafzimmer und erzählte die ganze Geschichte ihrer Begegnung mit Lyndale.

»Der ist niemals etwas für Jane«, sagte sie und schüttelte entschieden den Kopf. »Ich glaube, der würde sie vollkommen kaputtmachen. Dabei scheint er ein ganz gutartiger Kerl zu sein – nur ist da irgend etwas Ungezähmtes in ihm. So als ob er alles, was ihm in den Kopf kommt, auch machen würde, wenn er gerade Lust hat. Daher nehme ich an, es wird schließlich doch Alain werden.«

Campaspe sagte triumphierend: »Habe ich dir das nicht gleich gesagt?« Und fügte hinzu, daß Mama ihnen niemals vergeben würde, wenn es Alain wäre.

»Heute morgen hat sie nur noch davon gesprochen, wie herrlich es wäre, wenn Jane eine Marquise werden würde, und daß Lyndale natürlich dafür sorgen würde, daß uns diese schrecklichen Geldwucherer nicht aus Brightleaves hinausschmeißen«, sagte sie. »Sie erklärte, daß er fürchterlich reich sei. Weißt du, Gwen«, fuhr sie mit ungewohntem Ernst fort, »es muß wirklich sehr schlimm um uns stehen, wenn Mama sich schon Sorgen macht. Trotzdem, man kann doch nicht von Jane verlangen, daß sie sich für Lyndales Gold verkauft – oder?«

Gwendolen beschwichtigte sie und meinte, sie solle nicht so melodramatisch sein.

3

Sie mußte jedoch zugeben, daß da tatsächlich ein Problem war und daß die empfindsame, pflichtbewußte Jane ebensogut wie sie selbst wußte, daß ihr Vater nicht in der Lage war, Brightleaves aus der wirtschaftlichen Misere herauszubringen, in die es vor einigen Jahren geraten war. Mit der beträchtlichen Geldsumme, die er von den Messrs. Brown and Smith damals bekommen hatte, konnte er nur die allerdringlichsten Schulden begleichen. Und der Rest war für die Renovierung der Ställe und den Kauf mehrerer neuer Rennpferde verwendet worden. Mr. Quarters, der, was Pferde betraf, sehr sanguinisch veranlagt war, erklärte, daß es sich dabei um »Anlagen« handelte, die letztlich sicherer und profitabler wären, als wenn er das Geld in Staatspapiere gesteckt hätte. Doch Gwendolen und Jane hatten mehr als einmal darüber diskutiert, daß sich dies wahrscheinlich niemals bewahrheiten würde. Nach ihrem Zusammentreffen mit Lyndale war Gwendolen nun geneigt anzunehmen, daß Jane in einer Ehe mit dem Marquis den einzigen Ausweg sah, um die Familie vor dem Ruin zu bewahren. Sehr bald schon sollte sie Gelegenheit haben, diese Theorie zu überprüfen, denn kurz nach dem zweiten Frühstück fuhr Lady Priscillas Reisekutsche vor, in der Jane und Lady Priscillas hübsche Zofe saßen. Lady Otilia, die seit der Rückkehr von ihren Morgenbesuchen diesen Augenblick mit der größten Ungeduld erwartet hatte, zog ihre Tochter sofort ins Wohnzimmer und erklärte ihr dabei, wie außerordentlich vorteilhaft sie sich seit ihrer Abfahrt nach London entwickelt habe. Jane habe Gloucestershire, wie sie erklärte, als hübsches junges Mädchen verlassen, doch sie sei als elegante junge Dame zurückgekommen, die in jedem modischen Detail vollkommen sei. Tatsächlich sah die kleine Gestalt in ihrem tiefblauen Pelisette und dem dazu passenden Straußenfedernhut, die jetzt in das dürftige Wohnzimmer trat, wie eine reizende Exotin aus und schien hier ebenso fehl am Platze wie eine Orchidee in einem Gänseblümchenstrauß.

Jane Quarters war zweifellos ein schönes Mädchen. Ihre Augen waren himmelblau, ihr geringeltes Haar tiefschwarz, ihre Züge ebenmäßig, doch ohne die Kälte klassischer Vollkommenheit, und ihr Körper war geschmeidig und harmonisch proportioniert. Dazu verfügte sie über ein gewinnendes Wesen und einen gut ausgebildeten Verstand, der es ihr möglich machte, mit allen Problemen fertig zu werden, denen sich junge Damen für gewöhnlich gegenübergestellt sehen. Es war kein Wunder, dachte sich Gwendolen, daß Lyndale, der es nicht nötig hatte, ein Vermögen zu erheiraten, und der nichts

anderes wollte als eine attraktive, angenehme Frau, gerade sie gewählt hatte. Da sie aus der Lektüre Lord Byrons bestens über die Männer informiert war, die in exotischen Ländern ihre Abenteuer suchten, konnte sie sich gut vorstellen, daß eine junge wohlerzogene Engländerin wie Jane für Lyndale sicher eine angenehme Abwechslung bedeutete. Andererseits erschien es ihr, wie auch Campaspe, ziemlich undenkbar, daß Jane sich für so eine Ehe aufopfern würde.
Natürlich hatte Lady Otilia, welche die komplizierte Situation nicht kannte, keinerlei derartige Skrupel. Sie sprach dann auch sofort, nachdem sie ihre Begeisterung über Janes Aussehen losgeworden war und sich höflich nach Lady Priscillas Gesundheit erkundigt hatte, über das, was ihr am meisten am Herzen lag: »Und so, meine liebe, liebe Jane, wirst du eine Marquise werden! Als ich dich nach London schickte, konnte ich wirklich nicht hoffen, daß meine Träume sich so wunderbar erfüllen würden! Wir sind alle völlig außer uns, seit der Brief deiner Tante heute morgen ankam. Dein Papa natürlich nicht, denn der ist nach Cheltenham aufgebrochen, bevor die Post kam – doch sicherlich wird er es ebenso sein, wenn er erst erfährt, daß Lyndale dir einen Antrag machen will –«
Gwendolen, die während dieser begeisterten Worte das Gesicht ihrer Schwester genau betrachtete, sah, wie Jane plötzlich errötete. Sie stieß einen leisen Laut des Erstaunens aus.
»Oh!« sagte sie nach einer Weile. »Ist es – ist es also bereits beschlossen, Madam? Ich wußte nicht – Tante hat es mir nicht gesagt, bevor ich London verlassen habe –«
»Nein, natürlich tat sie das nicht, denn sie hat es da selbst noch nicht gewußt«, sagte Lady Otilia, welche die Erregung ihrer Tochter nicht bemerkte. »Sie hat mir sofort, nachdem Lord Lyndale mit ihr gesprochen hatte, einen Brief geschickt, und das war ja, nachdem du London verlassen hattest. Sie schreibt, daß Lyndale sofort nach Beauworth kommen wollte, und ich nehme an, daß er sicherlich in ein oder zwei Tagen in unserer Gegend sein wird.«
»Er ist bereits hier«, unterbrach sie Gwendolen, die ihrer Mutter von dem Zusammentreffen mit Lyndale noch nicht berichtet hatte. Lady Otilia blickte sie überrascht an. »Wir haben uns ganz zufällig kennengelernt«, fügte Gwendolen hastig hinzu. Dann wechselte sie das Thema sehr schnell, was nicht schwierig war, da Lady Otilia viel lieber von Janes Erlebnissen in Lon-

don hören wollte als vom Zusammentreffen ihrer ältesten Tochter mit Lord Lyndale.

Es war fast Essenszeit, als es Gwendolen und Campaspe endlich gelang, Jane für sich in Anspruch zu nehmen. Sie war nur widerstrebend von Lady Otilia entlassen worden, um ihr Reisekostüm wechseln zu können, doch Gwendolen und Campaspe fingen sie auf der Treppe ab und führten sie in ihr altes Schulzimmer, wo sie auf dem alten durchgesessenen Sofa Platz nahm. »Wir wollen wissen«, sagte Campaspe und ließ sich auf einen Hocker direkt gegenüber ihrer Schwester fallen, »ob du Lyndale wirklich heiraten willst? Liebst du denn Alain nicht mehr?« Sie blickte Jane, Hände und Ellbogen auf die Knie gestützt, stirnrunzelnd an.

Zu ihrer deutlichen Genugtuung brach diese bei solch direkter Befragung sofort in Tränen aus.

»Aha! Habe ich es dir nicht gesagt?« rief Campaspe und wandte sich triumphierend Gwendolen zu.

Gwendolen blickte sie jedoch tadelnd an, setzte sich neben Jane und legte die Arme um sie.

»Aber, aber – weine doch nicht, mein Schatz«, sagte sie tröstend. »Wenn du den Mann nicht heiraten willst, brauchst du es natürlich nicht zu tun. Immerhin hat er dir ja noch keinen Antrag gemacht.«

»Aber er – er wird es tun!« schluchzte Jane. »Tante hat gesagt, daß er es tun wird, nur – nur habe ich ihr nicht geglaubt, weil er niemals auch nur im geringsten gezeigt hat, daß er in mich verliebt ist –«

»Du gutes Kind, Männer wie Lyndale brauchen doch eine Frau nicht zu lieben, um ihr die Ehe anzubieten«, sagte Gwendolen sachlich. »Sie suchen nichts als eine geeignete Partnerin, die, wenn möglich, schön ist – und du bist unglücklicherweise schön. Wenn du plump und häßlich wärst, könntest du Alain heiraten, und niemand würde zweimal darüber nachdenken, daß du dich für einen mittellosen Franzosen entschieden hast.«

»Nein, ich könnte Alain nicht heiraten«, sagte Jane und trocknete sich die Augen, nachdem sie sich wieder gefaßt hatte. »Er hat kein Geld – und ich auch nicht – wir würden verhungern –«

»Unsinn!« sagte Campaspe munter. »Papa hat auch kein Geld, und irgendwie gelingt es uns doch, zu leben. Obwohl es wirklich etwas traurig ist, arm zu sein«, fügte sie hinzu und schaute sich mißbilligend in dem öden Schulraum um. »Ich habe Neil gesagt, daß er bald General werden muß oder wenigstens Colonel, doch er meint, das wäre jetzt ziemlich schwierig, weil kein Krieg mehr ist. Ich würde ihn aber auch heiraten«, erklärte sie trotzig, »wenn er für den Rest seines Lebens nur Leutnant bliebe. Und du mußt Alain natürlich heiraten, Jane.«

Jane schüttelte den Kopf und strich sorgfältig ihr Taschentuch glatt. »Nein«, sagte sie nach einer Weile mit trauriger Stimme. »Ich werde ihn nie heiraten können. Ich muß an meine Pflicht denken.«

»Deine Pflicht?« sagte Campaspe und starrte sie an. »Oh, Jane, sei doch kein solcher Dummkopf!« fuhr sie ungeduldig fort. »Du kommst mir ja wie eine Heroine in diesen ekelhaften Romanen vor, in denen jeder so fürchterlich edel ist, abgesehen von denen, die schrecklich böse sind –«

»Aber ich muß daran denken«, sagte Jane beharrlich, obwohl ihre Augen gleich wieder feucht wurden. »Ich weiß nicht, wie oft Tante mir gesagt hat, daß Mama sich ganz darauf verläßt, daß ich eine glänzende Partie mache – und du siehst doch, wie wahnsinnig sie sich freut, weil sie jetzt glaubt, ich werde Lord Lyndale heiraten. Ich könnte es wirklich nicht ertragen, sie zu enttäuschen –«

»Nun, irgend jemand mußt du natürlich enttäuschen«, sagte Gwendolen. »Entweder sie oder Alain, und du wirst dir überlegen müssen, wer es sein wird.« Dann, als sie Janes kummervolles Gesicht sah, zuckte sie die Achseln und fuhr fort: »Ich glaube nicht, daß du es dir lange überlegen wirst. Es wäre etwas anderes, wenn du nicht eine echte Zuneigung für Alain hättest – obwohl ich glaube, daß eine Heirat mit Lord Lyndale für dich gar nicht besonders angenehm wäre, selbst wenn du nicht in jemand anderen verliebt wärst. Doch wie es sich nun einmal verhält, kannst du keinen Antrag von ihm annehmen, auch wenn du Mama glücklich machen würdest damit.«

Jane schüttelte noch einmal den Kopf. Sie hatte, wie Gwendolen genau wußte, ein sehr fügsames Wesen, und es war im allgemeinen kein Problem, mit ihr fertig zu werden. Doch es gab einen Punkt, an dem sie verwundbar war, und dann konnte sie fürchterlich halsstarrig sein. Gwendolen erkannte, daß dieser Punkt nun erreicht war.

»Ich würde es niemals können«, wiederholte Jane mit einer freundlichen, ernsten, doch eigensinnigen Stimme. »Ich

meine, ich könnte Lord Lyndale nicht zurückweisen und Mama enttäuschen und euch alle dem Ruin ausliefern, wenn es in meiner Macht steht, euch zu retten –«
»So ein Blödsinn!« sagte Campaspe laut. »Wir wollen gar nicht gerettet werden, nicht wahr, Gwen? Nicht, wenn es bedeutet, daß du so einen fürchterlichen Mann wie Lord Lyndale heiraten mußt.«
Jane sagte nachdenklich, daß er im Grunde nicht so fürchterlich sei. »Er ist vielleicht in seiner Art etwas schroff«, sagte sie. »Doch Tante meint, daß man sich an die kleinen Eigenheiten eines Mannes schon gewöhnt, wenn man mit ihm verheiratet ist –«
»Nun, sie hat sich an die kleinen Eigenheiten von Onkel Horace nie gewöhnt«, sagte Gwendolen freimütig. »Sie streiten ja wegen jeder Kleinigkeit, wie du weißt. Doch das spielt jetzt keine Rolle. Nein, Jane, ich will auf keinen Fall, daß du dich für uns opferst, denn unsere Männer werden sehr gut zurechtkommen, auch ohne daß Lord Lyndale sich um sie kümmert. Und was Papa betrifft, so wird er sicher dasselbe sagen, wenn du ihm gestehst, daß du einen andern liebst –«
»Aber das könnte ich niemals tun«, sagte Jane und blickte sie entsetzt an. »Du weißt doch, welch strikte Ansichten er über die Franzosen hat. Er würde niemals einwilligen, daß ich Alain heirate, selbst wenn Lord Lyndale mir keinen Antrag machen würde.«
Gwendolen und Campaspe blickten einander verärgert an. Es war ihnen völlig klar, daß Jane sich wieder einmal in einem ihrer blödsinnigen Edelmutszustände befand und daß man sie vor der Katastrophe einer Ehe mit Lyndale retten mußte, wenn sie nicht selbst imstande war, sich davor zu bewahren.
»Sie kann wirklich manchmal sehr vernünftig sein«, sagte Gwendolen, als sie und Campaspe allein im Schulzimmer waren, nachdem Jane in ihr Zimmer gegangen war, um sich umzuziehen. »Wenn sie ein romantischer Typ wäre, würde es vielleicht ganz in Ordnung sein, wenn sie Lyndale heiratete und sich dann immer bedauern könnte, ihre Leidenschaft geopfert zu haben. Ich glaube, es gibt Frauen, die so etwas mögen – wenigstens liest man in den Romanen von ihnen. Doch Jane ist nicht im geringsten romantisch veranlagt. Für sie wäre es furchtbar, mit einem Mann verheiratet zu sein, den sie nicht liebt, und einen andern zu lieben, mit dem sie nicht verheiratet

ist. Und sie liebt Alain immer noch, das ist völlig klar. Was sollen wir also mit ihr tun?«
Campaspe meinte etwas zweifelnd, man könne vielleicht Lord Lyndale sagen, daß sie einen anderen liebe.
»Du lieber Himmel, nein! Das können wir doch nicht tun«, sagte Gwendolen und wandte sich um, nachdem sie aus einem der Westfenster geschaut hatte, das auf den Forellenbach hinausging, den der Herzog von Tardiff so gern besessen hätte. »Es könnte passieren, daß er Alain fordert!«
»Oh! Meinst du das wirklich?« fragte Campaspe mit glänzenden Augen. Obwohl sie kein blutdürstiges Mädchen war, dachte sie nicht ungern an eine so romantische Angelegenheit wie ein Duell, da sie auch in ihrer Phantasie lieber die altmodischen blitzenden Degen vor sich sah als die tödlicheren, jedoch bedeutend weniger malerischen Feuerwaffen. »Meinst du wirklich, daß er so etwas tun könnte?« fragte sie.
»Ich habe keine Ahnung, was er tun könnte«, sagte Gwendolen, »ich weiß nur, daß es etwas sein würde, was niemand erwartet und vielleicht ganz unmöglich ist. Ich glaube also, es ist besser, Alain nicht zu erwähnen. Wir werden es ganz allein durchfechten müssen, denn Jane wird es nicht tun und Mama auch nicht und Papa –.« Sie brach plötzlich ab und machte ein nachdenkliches Gesicht. »Papa –«, wiederholte sie langsam und fügte dann mit einem träumerischen Blick, der ihr ein engelhaftes Aussehen gab, hinzu: »Immerhin ist Lyndale der Vetter des Herzogs. Ich glaube nicht, daß Papa diese Verbindung begrüßen würde.«
Campaspe sprang auf und umarmte sie begeistert. »Natürlich – genau das ist es«, rief sie aus. »Wenn wir darauf herumreiten, wird er ganz verrückt werden und sagen, daß Jane Lyndale nicht heiraten kann. Du bist wirklich gescheit, Gwen!«
Sie rechneten jedoch nicht mit der Passion, die ihren Vater in erster Linie beherrschte. Mr. Quarters, der gerade von einem außerordentlich zufriedenstellenden Tag in Cheltenham zurückgekommen war, da er mehrere prächtige Pferde erworben und sich einen der besten Hengste für eine seiner Stuten gesichert hatte, schien sich nicht besonders für Janes geplante Verlobung zu interessieren.
»Lyndale? Ich kenne keinen Lyndale«, sagte er geringschätzig. Und als Lady Otilia beharrlich das Thema weiterverfolgte, fügte er hinzu: »Ein Marquis, ja? Ich habe nie viel vom Mar-

quisat gehalten. Ein Titel, den es früher nicht gab. Grafen und Barone waren früher gut genug für uns.«
Mr. Quarters war ein großer, knochiger Mann mit einem hageren Gesicht und den durchdringenden Augen eines geborenen Enthusiasten. Er war kein so übler Mensch, wenn man ihm nicht gerade grob kam. Von seiner ältesten und seiner jüngsten Tochter war er immer sehr geschätzt worden. Jane jedoch empfand ihn, wie Lady Otilia, als eine Naturgewalt: manchmal wohlwollend, manchmal erschreckend, doch immer völlig unbegreiflich. Lady Otilia jedoch hatte gelernt, daß man selbst mit Naturgewalten auskommen konnte, wenn man sie richtig behandelte und sie einfach ignorierte, wenn sie nicht in bester Stimmung waren. Sie fuhr daher in aller Ruhe fort, über das stattliche Vermögen Lyndales zu sprechen, vor allem über seine schönen Besitzungen in Derbyshire und Kent und sein Einkommen von fünfzigtausend Pfund im Jahr.
»Und was seine Familie betrifft«, sagte Gwendolen, die auf die Gelegenheit gewartet hatte, ihr Stichwort loszuwerden, »so weißt du natürlich, Papa, daß er der Vetter des Herzogs von Tardiff ist.«
Mr. Quarters legte abrupt Messer und Gabel ab. Die buschigen roten Brauen zogen sich zusammen und beschatteten seine durchdringenden blauen Augen, was Jane immer Angst machte. »Was hast du da gesagt«, fragte er barsch, »der Herzog von Tardiff?«
»Ja, Papa«, sagte Gwendolen gelassen und warf Campaspe, die nur mit Mühe ihre Genugtuung verbergen konnte, einen vielsagenden Blick zu.
Mr. Quarters hieb mit der Faust auf den Tisch, daß die Teller hüpften. »Nein, bei Zeus!« rief er aus. »Bei Zeus! Wenn das nicht ein tolles Glück ist!«
»Glück, Papa?« fragte Campaspe entgeistert und blickte ihren Vater ungläubig an. »Hast du denn nicht gehört, was Gwen gesagt hat? Er ist der Vetter des Herzogs!«
»Zum Teufel mit dem Herzog«, sagte Mr. Quarters ungeduldig, jedoch ohne Zorn, als sei er in viel zu guter Stimmung, um sich über seinen alten Gegner aufzuregen. »Verstehst du es denn nicht, mein Kind? Dieser Mann soll den Sultan von Marokko dazu veranlaßt haben, sich von einem Paar reinrassiger arabischer Stuten zu trennen. Stuten – bei Gott – du weißt doch, daß die Araber sie wie ihren Augapfel behüten! Und er

hat sie mit nach England gebracht. So etwas ist nie passiert, seit der ›Darley Arabian‹ aus Syrien mitgenommen wurde. Bei Gott, ich kann es kaum erwarten, ihn kennenzulernen!«

Campaspe und Gwendolen blickten einander verzweifelt an. Jane machte einen verwirrten Eindruck, und Lady Otilia, die mit einer Handbewegung den Diener anwies, den Pudding hereinzubringen, erklärte zufrieden, daß er dieses Vergnügen wahrscheinlich sehr bald haben werde. Dann begann sie sich mit Jane darüber zu unterhalten, welches der Kleider, die sie aus London mitgebracht hatte, für Campaspe geeignet wäre, wenn man sie, was sicher der Fall sein würde, nach Beauworth einlade.

5

Am folgenden Morgen überredete Lady Otilia Jane dazu, sie auf einem Spaziergang zum Dorf zu begleiten, da sie erpicht darauf war, die elegante junge Dame überall herzuzeigen. Dieser Spaziergang würde – dessen war sich Gwendolen ziemlich sicher – mit einem Besuch in der Pfarrei oder dem Gutshaus enden, selbst wenn die Rutledges, die in einem hübschen Ziegelhaus an der High Street lebten, sie von ihrem Wohnzimmer aus nicht sehen und hereinbitten würden.

Gwendolen, die vorhatte, den Morgen mit den Haushaltsabrechnungen zu verbringen, war froh, eine Ausrede zu haben, um sich den beiden nicht anschließen zu müssen. Doch Campaspe, die sich in der Rolle eines Wachhundes für Jane gefiel, da sie meinte, Lyndale daran hindern zu müssen, Jane bei nächster Gelegenheit zu entführen, nahm Lady Otilias Einladung, sie und Jane zu begleiten, sofort an. Lady Otilia war sicher, daß Lord Lyndale seinen Besuch noch nicht zu dieser Stunde machen würde, da Herren seines Ranges niemals vor zwölf Uhr aufstünden, und bis er käme, seien sie längst von ihrem Ausgang zurückgekehrt. Leider hatte Lady Otilia nicht mit Lord Lyndales Angewohnheit gerechnet, immer alles so zu tun, wie niemand es erwartete. Gwendolen befand sich noch im Damenzimmer und beschäftigte sich mit den Rechnungen, und die Spaziergänger waren noch nicht wieder da, als die Haushälterin erschien und Lord Lyndale ankündigte.

»Verflixt«, rief Gwendolen aus, die nicht die geringste Lust verspürte, Lyndale allein zu empfangen, und sogar einiges unternommen hätte, um ihm überhaupt zu entkommen. Sie stand auf und blickte resigniert auf ihr einfaches Kleid und ihre tintenverschmierten Finger. Es bedurfte keines Spiegels, um ihr zu sagen, daß auch ihr Haar nicht in Ordnung war. Wenn Lyndale sie sähe, müßte er bemerken, daß sie keineswegs à la mode gekleidet war. »Pratson, ist mein Vater im Stall?« fragte sie die Haushälterin. »Bitte schicken Sie sofort jemand zu ihm und führen Sie Lord Lyndale ins Wohnzimmer.«
Als Pratson das Damenzimmer verlassen hatte, fuhr Gwendolen schnell über ihr Haar und rückte ihren Kragen zurecht, und während sie es tat, dachte sie: »Da ich ihn sehen muß, könnte ich vielleicht die Gelegenheit ergreifen und versuchen, irgend etwas zu tun, um Jane zu retten. Ich kann ihm freilich nicht einfach sagen, daß sie einen andern liebt, doch vielleicht wäre es gut, wenn ich ihm andeute, er solle die Sache langsam angehen, bis Jane ihn näher kennt. Das würde ihr wenigstens Zeit geben, sich besser zurechtzufinden, als sie es im Augenblick zu tun scheint.«
Wie Seine Lordschaft eine derartige Andeutung aufnehmen würde, konnte sie natürlich nicht voraussehen. Doch auf jeden Fall würde er nichts anderes tun können, als sie zurechtzuweisen, weil sie sich in seine Angelegenheiten einmischte.
In dieser Stimmung betrat sie das Wohnzimmer, und da sie nicht vorhatte, Seine Lordschaft zu erzürnen, bevor sie ihm ihre Pläne ausgebreitet hatte, ging sie mit ausgestreckter Hand auf ihn zu und lächelte. »Guten Morgen«, sagte sie. »Leider ist Jane im Augenblick nicht zu Hause, doch Papa ist draußen bei den Ställen und wird sofort hiersein. Möchten Sie nicht –« Sie wollte ihn auffordern, Platz zu nehmen, doch das Wort erstarb ihr auf den Lippen, als sie sah, wie belustigt er sie auf einmal anblickte. »Was ist denn los?« fragte sie und überlegte mit Schrecken, ob sie vielleicht Tinte auf der Nase habe oder etwas ähnlich Lächerliches. »Weshalb schauen Sie mich denn in so – so widerlicher Art an?«
»In welch ›widerlicher Art‹?« entgegnete Lyndale. Er hatte einen sehr festen Händedruck, und sie konnte ihm ihre Hand nicht sofort entziehen, wie sie es vorgehabt hatte. »Wenn Sie meine Überraschung über diese unerwartet herzliche Begrüßung meinen –«

»Sie sind nicht überrascht, Sie sind belustigt«, sagte Gwendolen unumwunden. »Und weshalb sollte ich nicht herzlich sein? Ich habe immerhin einige Ahnung, wie man sich zu benehmen hat, wie auch immer die – die unerfreulichen Umstände unseres letzten Zusammentreffens gewesen sein mögen.«
»Wirklich sehr lobenswert«, sagte Lyndale ernst, ohne daß jedoch der belustigte Blick aus seinen tiefblauen Augen verschwand. »Es ist erfrischend, eine junge Dame mit so verzeihender Natur anzutreffen. Waren Sie gerade dabei, mich zum Hinsetzen aufzufordern? Danke. Ich nehme es gern an.«
Auf die Worte folgte die Tat. Gwendolen blieb nichts anderes übrig, als sich auch zu setzen. Sie versuchte in diesem zwar gemütlichen, jedoch dürftigen Wohnzimmer so gelassen und sicher wie möglich zu bleiben. Das Ärgerlichste an Lord Lyndale, dachte sie, war, daß er so dreist war und ständig das letzte Wort hatte.
Sie hatte jedoch nicht ihre Absicht vergessen, ihn dazu zu bringen, seine Verlobung mit Jane noch zurückzustellen, und so unterbrach sie ihn, kaum daß er begonnen hatte, eine höfliche Konversation über das schöne Wetter mit ihr zu führen. »Lord Lyndale –«
»Ja?« sagte Lyndale ermutigend, als sie nach den ersten Worten zögerte, weil sie nicht wußte, wie sie fortfahren sollte.
»Ich – ich möchte mit Ihnen über Jane sprechen«, sagte Gwendolen und fragte sich, was es mit Lyndales höflichem, doch etwas zweifelndem Blick für eine Bewandtnis hatte, der es so außerordentlich schwermachte, sich mit ihm in gewohnter Unbekümmertheit zu unterhalten. »Sie ist – sie ist sehr jung«, fuhr sie leicht verzweifelt fort, weil er keine Anstalten machte, selbst etwas zu sagen. »Sehr jung«, wiederholte sie noch verzweifelter, weil sie nicht mehr weiter wußte.
»Sehr«, stimmte Lyndale ihr gelassen zu. »Sie, Miß Quarters, sind wahrscheinlich bedeutend älter, nicht wahr?«
»Nun, nein – nein, nicht viel älter«, sagte Gwendolen leicht indigniert und dachte, ob er sie wohl für altjüngferlich hielt. »Zwei Jahre. Doch das ist ein großer Unterschied, müssen Sie wissen!«
»Ein großer Unterschied in welcher Hinsicht?« fragte Lyndale und machte ein interessiertes Gesicht.
Gwendolen gab nun den letzten Rest von Zurückhaltung auf. »In Hinsicht auf eine Ehe natürlich«, sagte sie.

»Ja, ich verstehe.« Zu ihrer Erleichterung schien Lyndale über diese unverhüllte Erklärung nicht verwundert zu sein, im Gegenteil, er fuhr in ruhigem Plauderton fort: »Ich nehme an, Miß Quarters, daß Sie sich selbst für durchaus reif genug halten, um eine Ehe einzugehen. Wenn ich mich recht erinnere, haben Sie mich ja gestern sogar darüber informiert, daß sie die Absicht haben, einen Captain der Königlichen Marine zu heiraten.«

»Ja, Captain Henry Belville«, sagte Gwendolen mit einigem Stolz. »Er wird morgen hier ankommen, wie ich einem Brief entnommen habe, der mich heute früh erreichte. Also werden Sie zweifellos die Gelegenheit haben, ihn kennenzulernen –«

»Belville?« Eine von Lyndales beweglichen dunklen Brauen ging in die Höhe. »Aber ich kenne Captain Belville bereits«, bemerkte er überrascht. »Ich nehme an, daß es nicht zwei davon in der Königlichen Marine gibt – das wäre entsetzlich für die arme Marine. Daher muß es dieser Mann sein –«

»Was meinen Sie damit – die arme Königliche Marine?« fragte Gwendolen gereizt. »Captain Belville ist einer unserer Kriegshelden, Lord Lyndale. Er hat unter Nelson gedient.«

»Ja, ich weiß«, sagte Lyndale. »Und Lord Nelson hat meine ganze Anteilnahme. Ausgerechnet dieser blasierte, starrköpfige Kerl! Nein, Miß Quarters, Sie können doch nicht im Ernst vorhaben, diesen Mann zu heiraten?«

Einen Augenblick war Gwendolen so überwältigt von Zorn und Überraschung, daß sie kaum sprechen konnte.

»Ich habe es allerdings vor«, erklärte sie empört, als sie sich wieder gefaßt hatte. »Und darüber hinaus wird es mir sogar eine Ehre sein, es zu tun.«

Lyndale schüttelte ungläubig den Kopf. »Das kann ich nicht verstehen«, sagte er. »Sie werden ihn nicht gut genug kennen – oder er sie – sonst hätte er Ihnen nie einen Antrag gemacht, oder Sie hätten diesen nie angenommen.«

Gwendolen versicherte ihm streng, daß ihre Bekanntschaft mit Captain Belville mehr als zwei Jahre alt sei. Sie mußte allerdings zugeben, daß diese Bekanntschaft darin bestand, bei Dinner-Partys zweimal neben ihm gesessen zu haben, einmal bei der Cheltenham Assembly mit ihm getanzt zu haben und in Rutledges Wohnzimmer das Vergnügen gehabt zu haben, zehn Minuten mit ihm allein zu sein. Bei dieser Gelegenheit hatte sie ihm erklärt, wie außerordentlich glücklich sie wäre,

wenn er ihr gelegentlich einen Brief schreiben würde, damit sie etwas von seinen aufregenden Kriegsabenteuern erfahre.
Die Briefe waren im Lauf der Monate immer häufiger gekommen, was vor allem damit zusammenhing, daß sie die Gewohnheit hatte, noch am gleichen Tag zu antworten. Und noch bevor ein Jahr vergangen war, kam man zu der Ansicht, daß man sich gut verstand, woraus sich eine regelrechte Verlobung und eine Anzeige in der »Morning Post« ergab, um der Sache eine offizielle Note zu geben. Mrs. Rutledges Annahme, daß Gwendolen die ganze Angelegenheit »arrangiert« hatte, stimmte nicht ganz. Dennoch war es nicht von der Hand zu weisen, daß eine Verlobung niemals stattgefunden hätte, wenn sie nicht so lange, enthusiastische Briefe an Captain Belville geschrieben hätte, der sicherlich nicht der Mann war, sich von einem mittellosen Mädchen hinreißen zu lassen. Doch jeder Mann, selbst ein Seeheld, hatte seine Achillesferse, und bei Captain Belville bestand sie in der ängstlichen Überzeugung, daß ein Gentleman keine so voluminöse Korrespondenz mit einer jungen Dame haben könne, mit der er nicht verlobt war.
Gwendolens Versicherungen über die Länge ihrer Bekanntschaft mit Captain Belville schienen Lyndale nicht von seiner Überzeugung abzubringen, daß sie und der Captain einen eklatanten Fehler begangen hätten, sich zu verloben. Sie erlaubte ihm jedoch nicht, das Thema noch weiter zu erörtern.
»Wir hatten Janes Heirat diskutiert, und nicht meine, Mylord«, erinnerte sie ihn und versuchte ihrer Erregung Herr zu werden, weil sie ja einen bestimmten Zweck verfolgte. »Lassen Sie uns bitte zu dem Thema zurückkehren, denn es gibt da etwas, was ich Ihnen sagen möchte, bevor mein Vater hereinkommt.«
»Aber natürlich«, stimmte Lyndale höflich zu. »Sie sagten, daß Ihre Schwester noch sehr jung ist und daß Sie andererseits bedeutend – Verzeihung! – zwei Jahre älter sind. Was soll ich aber aus diesen Andeutungen entnehmen, wenn ich bitten darf?«
Es war typisch für ihn, so dachte sie wütend, während er sie höflich anblickte, daß er ihr nicht im geringsten entgegenkam, obwohl er doch genau wissen mußte, was sie ihm sagen wollte. Nun hatte sie aber keine andere Wahl mehr, als ihm alles zu sagen, und so erklärte sie ihm so gelassen wie möglich: »Ich möchte Sie nur daran erinnern, Mylord, daß es vielleicht

angeraten wäre, bei einer – einer so wichtigen Angelegenheit wie einer Ehe mit einem Mädchen von Janes Alter und – und scheuer Wesensart – etwas langsamer vorzugehen.« Sie blickte ihn erwartungsvoll an, um zu sehen, ob er jetzt ihre Absicht verstanden habe.

Wie gewöhnlich mußte sie feststellen, daß er sie nicht nur verstanden hatte, sondern seine Gedanken auch mit aller Deutlichkeit ausdrückte. »Ich verstehe«, bemerkte er. »Trotzdem können Sie doch kaum von mir erwarten, daß ich jetzt einen Rückzieher mache, Miß Quarters! Schließlich habe ich in aller Öffentlichkeit angekündigt, daß ich extra nach Gloucestershire fahre, um Ihrer Schwester einen Antrag zu machen. Natürlich werde ich meinen Antrag machen, und wenn sie – wie Sie mir andeuten – diesen Antrag unannehmbar findet, wird sie jede Gelegenheit haben, es mich wissen zu lassen.«

»Oh, aber ich habe nicht – so habe ich es nicht gemeint –« unterbrach Gwendolen ihn hastig, da sie die Schritte ihres Vaters in der Halle hörte und sich plötzlich bewußt wurde, allzu eigenmächtig gehandelt zu haben. Immerhin hatte Jane selbst nicht gesagt, daß sie die geplante Verbindung nicht eingehen wolle, und sicher wären ihre Mutter und ihr Vater – ganz zu schweigen von Lady Priscilla – ernstlich ungehalten, wenn sie wüßten, daß sie alles getan hatte, um diese Ehe zu verhindern.

Es war jedoch zu spät, noch etwas zu sagen, denn in diesem Augenblick betrat Mr. Quarters den Raum, bekleidet mit einer kurzen grünen Jacke, graubraunen Breeches und alten Schaftstiefeln, die er immer im Freien trug.

»Guten Morgen, Mylord, und willkommen in Brightleaves«, sagte er und ging mit ausgestreckten Händen und leuchtenden Augen auf Lyndale zu. »Was diese Stuten betrifft –«

Gwendolen, der klar war, welches Thema damit angeschlagen war, gab auf, entschuldigte sich nach wenigen Augenblicken und ging zurück zum Damenzimmer und zu ihren Rechnungen. Sie mußte zugeben, daß die Unterhaltung mit Lyndale sie beträchtlich verwirrt hatte. Erstens war sie höchst verärgert über ihn wegen der erstaunlichen und unhöflichen Bemerkungen, die er über Captain Belville gemacht hatte, und zweitens bedrückte sie das unbehagliche Gefühl, daß jeder in der Familie – ausgenommen natürlich Campaspe – sehr böse auf sie sein würde, wenn sie erführen, wie unklug sie hinsichtlich Jane vorgegangen war. Immerhin wuchsen die Herren Marquis nicht auf den Bäumen, vor allem nicht solche, die ein Vermögen von fünfzigtausend Pfund im Jahr besaßen. Ihre Familie würde jedes Recht haben, sie streng zu tadeln, wenn Jane durch die waltenden Umstände gezwungen wäre, auf Alain de Combray zu verzichten und schließlich einen Mann zu heiraten, der sehr viel weniger wünschenswert wäre als Lyndale. Sie wurde jedoch einigermaßen getröstet, als ihre Mutter und Schwestern nach Hause kamen und Campaspe ihr erzählte, daß sie zufällig Alain de Combray getroffen hatten und daß die schmerzliche Erregung von Jane und Alain jedem klarwerden mußte, der Augen im Kopf hatte.

»Es war das Traurigste, was ich jemals gesehen habe«, sagte sie in dramatischem Ton. »Genau wie die Szene in ›The Betrayed Lovers‹, wenn Maximilian Ermentrude zum letzten Mal trifft und er ihre Hand nur drückt, ohne zu sprechen, weil er zu vergrämt ist, um ein Wort sagen zu können. Nur daß Alain Janes Hand nicht drücken konnte, weil er gerade ein halbes Dutzend Pakete, die er für den Herzog besorgt hatte, trug. Er hat ›Guten Morgen‹ gesagt und kaum etwas anderes. Ich habe ihm angemerkt, daß er alles von Lyndale wußte – nun, er mußte es natürlich wissen, da Lyndale in Beauworth wohnt. Und Jane hatte Tränen in den Augen –«

All dies brachte Gwendolen zur Überzeugung, sie habe vielleicht doch nicht so übel gehandelt, Lyndale einen Wink zu geben, daß Jane über seinen Antrag vielleicht nicht allzu erfreut sein würde. Und als sie ihre Missetat Campaspe gestanden und von ihr gehört hatte, daß Jane aschfahl geworden sei, als sie von Lyndales Ankunft im Haus gehört hatte, fühlte sie sich sogar fast wieder ganz wohl. »Arme Jane«, sagten die beiden, und dann sprachen sie sich darüber aus, daß sie hofften, Jane würde nicht so töricht sein und Lyndales Antrag annehmen, wenn sie es nicht wollte. »Ob Mama sie wohl mit ihm allein läßt?« fragte Campaspe. »Sie hat ja so strenge Ansichten von Schicklichkeit – das heißt, wenn sie sich daran erinnert.«

Gwendolen sagte, daß es nach ihrer Meinung Papa sei, der sie nicht allein lassen würde, und zwar nicht, weil er irgendwelche Vorstellungen von Schicklichkeit habe, sondern weil er nicht aufhören würde, mit Lyndale über Pferde zu sprechen.

Es zeigte sich dann aber, daß es Lady Otilia war, die schließlich die Initiative ergriff, da es ja immerhin um einen Marquis ging und um ein Einkommen von fünfzigtausend Pfund im Jahr.

Als ihr Mann nach verschiedenen deutlichen Winken immer noch nicht hören wollte, nahm sie ihn am Arm und schob ihn aus dem Zimmer, damit Lyndale Gelegenheit bekam, sich unter vier Augen mit Jane zu unterhalten. Während sie zusammen mit Gwendolen und Campaspe auf das Ende dieser Unterhaltung wartete, erzählte sie ihnen nicht ohne Befriedigung, daß sie ihren Vater dazu gebracht habe, Lyndale zu erklären, daß er nichts gegen eine Werbung um Jane habe. So stünde einer Verbindung zwischen ihrer Tochter und dem Marquis nichts mehr im Wege.
Unglücklicherweise verlief die Angelegenheit jedoch nicht so einfach wie erhofft. Lyndale, der, nachdem man ihn mit Jane allein gelassen hatte, etwa zehn Minuten später aus dem Wohnzimmer kam, machte ein so nachdenkliches Gesicht, daß selbst Lady Otilia dies nicht als die Miene eines triumphierenden Liebhabers auslegen konnte. Er erklärte ihr nur, bevor er aufbrach, in aller Höflichkeit, daß es am besten sei, wenn Jane selbst ihnen sagen würde, wie sich die Sache verhalte. Dies war eine so rätselhafte Erklärung, daß Lady Otilia mit den schlimmsten Befürchtungen ins Wohnzimmer eilte, sobald sich die Eingangstür hinter ihm geschlossen hatte.
Gwendolen und Campaspe folgten ihr. Jane saß, in Tränen aufgelöst, auf dem Sofa. Sie blickte ihnen scheu entgegen.
»Oh, Mama«, sagte sie mit einem zaghaften Lächeln. »Lord Lyndale war so freundlich – so rücksichtsvoll. Ich hätte niemals geglaubt –«
»Freundlich? Rücksichtsvoll?« Lady Otilias böse Ahnungen verstärkten sich zusehends. Im allgemeinen war es nicht üblich, daß junge Damen, die gerade einen Heiratsantrag bekommen hatten, mit diesen Worten das Verhalten ihres zukünftigen Bräutigams schilderten. »Weshalb sollte er denn freundlich und rücksichtsvoll sein?« fragte sie. Ihr Gesicht zeigte eine plötzliche erregte Röte, die von Janes Alabasterfarbe deutlich abstach. »Ich nehme doch an«, sagte sie streng, »daß du ihn nicht abgewiesen hast, Jane?«
»O nein – nein, Mama!« sagte Jane schnell und voller Verzweiflung.
»Gott sei Dank!« stieß Lady Otilia hervor, sank in einen Sessel und drückte erleichtert die Hand aufs Herz. »Ich glaube nicht«, sagte sie mit dramatischer Stimme, »daß ich eine solche Enttäuschung überstanden hätte.«

»Es ist nur so, Mama«, fuhr Jane fort und blickte sie mit ängstlicher Scheu an, »daß alles noch nicht – noch nicht ganz abgemacht ist. Das heißt, Lord Lyndale hat mir gesagt, daß er mich zwar sehr gern heiraten möchte, doch er wolle keine bindende Antwort, ehe ich nicht ganz und gar dazu bereit sei, so daß wir uns in der Zwischenzeit vielleicht in aller Ruhe besser kennenlernen können –«

»Ich habe noch nie im Leben so einen Unsinn gehört«, erklärte Lady Otilia und fuhr mit einer solchen Energie aus ihrem Sessel hoch, wie man sie ihr Minuten zuvor niemals zugetraut hätte. »Sich besser kennenlernen! Was mußt du denn von ihm anderes wissen, als daß er ein Herr von Vermögen, Titel und tadellosem Charakter ist. (Was Gwendolen leicht zusammenzucken ließ, da sie ja immerhin einige Andeutungen über die Abenteuer des Marquis im Ausland gehört hatte.) Und was muß er anderes wissen, als daß du eine junge Dame ausgezeichneter Herkunft bist, mit guten Manieren und einer einwandfreien Erziehung! Du willst mir doch nicht sagen, du dummes Mädchen, daß du die Dinge in diesem Zustand belassen hast? Daß du nicht wirklich mit ihm verlobt bist?«

»Nun«, sagte Jane zögernd. »Ich weiß es selbst nicht, liebste Mama. Das heißt, er sagte, daß er sich als mit mir verlobt betrachte, doch daß ich mich nicht mit ihm als verlobt betrachten soll, ehe ich es nicht durchaus wünsche. Das hört sich jetzt ziemlich seltsam an, doch es klang sehr vernünftig, als er es mir vorgeschlagen hat, und es hat mich sehr beruhigt –«

Lady Otilia, die nun die Hände rang und darüber zu jammern begann, daß sie – der Himmel sei ihr Zeuge – es nicht verdiene, eine so dämliche Tochter zu haben, versank von neuem in den Kissen des Lehnsessels. Sie schien jedoch nicht ganz untröstlich zu sein, da sie sich wohl dachte, daß es nur von ihr abhinge, Jane ihre Skrupel vergessen zu lassen und eine reguläre Verlobung zustande zu bringen.

Inzwischen stellte Gwendolen mit Erstaunen fest, daß ihre Unterhaltung mit Lyndale, die ihr so wenig zufriedenstellend erschienen war, offenbar doch ihre Früchte getragen hatte. Das von ihm getroffene Arrangement, so fand sie, hätte selbst von ihr nicht besser ausgedacht werden können. Es war nun für Jane genügend Zeit, zu entscheiden, ob sie ihrer offenbar hoffnungslosen Liebe zu Alain de Combray folgen und die Aussicht, eine Marquise zu werden, aufgeben solle – und in der

Zwischenheit stand Lyndale immer zur Verfügung, dem sie nur einen Wink zu geben brauchte.
Gwendolen hatte allerdings ihre geheimen Zweifel, denn nach ihrer eigenen unglückseligen Erfahrung mit Seiner Lordschaft gehörten Großmut und Fügsamkeit einer Frau gegenüber nicht zu den Vorzügen seines Charakters. Sicherlich hatte er seine eigenen eigennützigen Gründe, sich Jane gegenüber so zu verhalten, wie er es getan hatte, so daß sie es nicht nötig hatte, ihre negative Einstellung ihm gegenüber zu ändern. Eine Einstellung, die sich noch hundertfach verstärkt hatte, seit er seine groben und gänzlich ungebetenen Bemerkungen über Captain Belville gemacht hatte.
In diesem Augenblick wurden ihre Gedanken und auch die ihrer Mutter und Schwester jäh unterbrochen, denn es erschien ein Bote des Herzogs von Tardiff. Er brachte eine Nachricht von Lady Maria Boulting, der unverheirateten Tochter des Herzogs, die für ihn als Gastgeberin amtierte und die die Familie von Brightleaves einlud, am Freitag nach Beauworth zum Dinner zu kommen. Es sei keine große Party, hieß es fast entschuldigend in diesem Brief – denn Lady Maria war, anders als ihr streitbarer Vater, sehr schüchtern und zurückhaltend –, sondern nur ein unterhaltsamer Abend mit einigen Freunden.
Lady Otilias Augen leuchteten, als sie diese Nachricht las, und ihr dickliches hübsches Gesicht bekam einen entschlossenen Ausdruck. Mr. Quarters, das bedeutete der Blick, sollte ruhig tun, was er wolle, und wie sie ihren Mann kenne, würde er sicher nicht nach Beauworth gehen. Doch niemand auf der Welt, das bedeutete dieser Blick auch, würde sie daran hindern, ihre Töchter dorthin zu bringen, und zwar in der allerelegantesten und vornehmsten Kleidung – selbst wenn sie zu diesem Zweck auf Brighleaves noch eine weitere Hypothek aufnehmen müsse.

5

Es zeigte sich jedoch, daß keine so drastischen Maßnahmen nötig waren, und zwar dank der Vorsorge von Lady Priscilla. Lady Priscilla, der es ebenso wie ihrer Schwester bewußt war, daß Janes neue Stellung in der Gesellschaft als Verlobte des

Marquis von Lyndale die Garderobe der Damen von Brightleaves über Gebühr strapazieren würde, hatte rechtzeitig für diesen Notfall vorgesorgt. Abgesehen davon, daß sie Jane mit Kleidern versehen hatte, die für jede gesellschaftliche Gelegenheit geeignet waren und die auch Campaspe tragen konnte, hatte sie ihr auch einige ihrer alten Kleider mitgegeben, die durchaus noch nicht démodé waren, derer sie aber schon überdrüssig wurde.
Lady Priscilla war wie Gwendolen groß, schlank und blond. Sie hatte einen exzellenten Geschmack und eine Vorliebe für jugendliche Mode, und Lady Otilia, welche sich die Kleider in Hinblick auf die Beauworth-Party angesehen hatte, fand ein Stück, das für ihre älteste Tochter sehr geeignet schien. Es war ein Kleid aus mandelgrünem Krepp, das tief ausgeschnitten war, vorne glatt und hinten in Falten gelegt, der Saum mit Stikkerei verziert. Wie Lady Otilia zufrieden feststellte, sah man sofort, daß es aus einem der eleganten Ateliers der Bruton Street stammte, und selbst Gwendolen, deren Geschmack in den meisten Fällen nicht mit dem ihrer Mutter übereinstimmte, gab ihre uneingeschränkte Zustimmung.
Als sie am folgenden Morgen vor dem Spiegel stand und sich betrachtete, dachte sie jedoch weniger an ihren Besuch in Beauworth, sondern an den Eindruck, den es auf Captain Henry Belville machen würde, wenn er nach Gloucestershire käme und wenn sie – was sicher der Fall sein würde – zusammen zu so festlichen Anlässen wie Dinner-Partys und Bällen eingeladen würden. Sie stellte fest, daß das bevorstehende Wiedersehen mit dem galanten Captain sie etwas nervös machte, weil sie nicht wußte, wie sie sich bei ihrem ersten Zusammentreffen verhalten sollte oder wie er sich verhalten würde. Sie waren ja, als sie sich zuletzt sahen, fast Fremde gewesen, und jetzt waren sie einander versprochen und wollten Mann und Frau werden. Würde er sie, wenn sie sich trafen, an seine männliche Brust drücken? Irgendwie konnte sie es sich nicht vorstellen. Andererseits konnten sie sich kaum die Hände geben und sagen: »Wie geht es Ihnen?«, wie es unter Bekannten üblich war.
Das Schlimmste von allem, so dachte sich Gwendolen, während sie etwas skeptisch ihrer bevorstehenden Zusammenkunft entgegensah, war, daß sie sich noch allzugut an Lyndales abfällige Bemerkungen über Captain Belville erinnerte. »Ausgerechnet dieser blasierte, starrköpfige Kerl«, hatte er ge-

sagt. Natürlich wußte sie, daß sie ihm eigentlich gar nicht die Ehre geben durfte, eine so unglaubliche Bemerkung ernst zu nehmen, doch ärgerlicherweise konnte sie sie nicht von sich wegschieben. Natürlich wußte sie genau, daß das, was der Marquis als »blasiert« bezeichnete, nichts anderes war als eine gewisse Würde, die ein edler Mensch eben hatte, und was er als »Starrköpfigkeit« ansprach, war nichts anderes als seine feste Meinung von allen Dingen, die er aufgrund seines großen Wissens besaß.

Die Bemerkung schien jedoch einen Zweifel mobilisiert zu haben, der in den letzten zwei Jahren in einer Ecke ihres Bewußtseins friedlich geschlummert hatte, der aber, je mehr Zeit verstrich, immer größer und bohrender wurde. So kam es, daß sie, als sie am Tag nach dem Besuch Seiner Lordschaft mit ihrer Mutter und ihren Schwestern zu den Rutledges aufbrach, eine beträchtliche Beklemmung verspürte.

Sie wußte nicht, ob sie ihren Verlobten bei den Rutledges antreffen würde. Captain Belville hatte in dem Brief, von dem sie am vergangenen Tag zu Lyndale gesprochen hatte, nur geäußert, daß er hoffe, zu dieser Zeit in Gloucestershire zu sein, jedoch ohne einen genauen Ankunftstermin zu nennen. Er hatte hinzugefügt, daß die Rutledges ihn eingeladen hätten, ihr Gast zu sein, und er würde daher nicht die Gastfreundschaft von Brightleaves in Anspruch nehmen müssen.

Dieses Arrangement war Gwendolen trotz des Captains Verwandtschaft mit den Rutledges etwas sonderbar vorgekommen, und Lady Otilia, die sich nicht gern in ihrem Stolz enttäuscht sah, drei Töchter auf einmal verlobt zu haben, kamen sofort düstere Ahnungen.

»Verlaß dich darauf«, sagte sie mit Nachdruck zu Gwendolen. »Annabel Rutledge hat immer noch nicht die Hoffnung aufgegeben, dir Belville wegzuschnappen und ihn mit Evelina zu verheiraten. Doch keine Angst, mein Schatz! Ich werde schon dafür sorgen, daß nichts dergleichen geschieht!«

Und in Verfolgung ihres Plans, jegliche Machenschaften dieser Sorte zu unterbinden, beschloß sie, noch am gleichen Morgen bei den Rutledges vorzusprechen, um festzustellen, wann genau Captain Belville dort erwartet würde.

Gwendolen, die ihre Mutter begleiten mußte, wurde zwischen Neugierde und tugendhafter Zurückhaltung hin- und hergerissen. Schließlich siegte die Neugierde, und sie machte sich

zusammen mit der Mutter, Campaspe und Jane auf den Weg. Gwendolen dachte bei sich, daß die Gesellschaft vielleicht doch ein bißchen zu groß geraten sei, doch dieses ungemütliche Gefühl wich sofort entsetztem Erstaunen, als sie vom Butler der Rutledges ins Haus geführt wurden und Captain Belville gemütlich im Wohnzimmer sitzend vorfanden, von Mrs. Rutledge und Evelina umgeben.
Lady Otilia, die es niemals zuließ, daß ihr eine dramatische Situation entkam, blieb wie angewurzelt auf der Türschwelle stehen und betrachtete ihn mit einem Blick, den Campaspe später mit dem der Lady Macbeth verglich.
»Ha! Belville!« sagte sie.
Der Captain fuhr erschrocken zusammen und sprang mit einer Schnelligkeit von seinem Sitz hoch, die nicht recht zu ihm paßte. Er war ein großer, breitschultriger Mann mit einem langen, strengen Gesicht, auf dem selten ein Lächeln erschien. Als das Kontingent der Quarters hereinkam, zeigte er ein solches – allerdings kam es ziemlich gequält heraus –, und er stammelte mit einem bemerkenswerten Mangel an jener Sicherheit, die eine anbetende jüngere Gwendolen dazu veranlaßt hatte, in ihm den Inbegriff des britischen Marineoffiziers zu sehen: »Lady Otilia! Miß Quarters! Welche Überraschung! Welch eine – eine außerordentlich erfreuliche Überraschung!«
»Ja, nicht wahr?« sagte Lady Otilia und blickte ihn an, ohne im geringsten den Verdacht zu verbergen, der offensichtlich in ihr schwelte. »Eine Überraschung, meine ich, jedoch für mich keineswegs eine sehr erfreuliche, Captain Belville. Sie hier vorzufinden, während wir noch nichts von Ihrer Anwesenheit gehört haben! Annabel«, sagte sie und wandte sich tadelnd an Mrs. Rutledge, »ich bin erstaunt – nein, mehr als erstaunt: entsetzt darüber, daß Sie uns nicht sofort von Captain Belvilles Ankunft benachrichtigt haben!«
Mrs. Rutledge, eine blonde, dickliche Frau, die für gewöhnlich Lady Otilia gegenüber immer etwas devot war, weil sie sich geschmeichelt fühlte, von der Tochter eines Grafen beehrt zu werden, zuckte leicht renitent die Achseln.
»Liebe Lady Otilia«, rief sie mit lebhafter Stimme, »natürlich war ich gerade dabei, mich hinzusetzen und Ihnen von Henrys Ankunft zu berichten, als Sie hier hereinkamen! Natürlich hatte es keinen Sinn, Sie gestern abend noch zu stören –«
»Gestern abend«, sagte Lady Otilia nun noch erzürnter und

musterte Captain Belville so streng, daß er wahrscheinlich am liebsten in den Boden versunken wäre. »Soll ich das denn so verstehen, Captain«, wandte sie sich an ihn, »daß Sie gestern abend hier angekommen sind und noch keine Gelegenheit gefunden haben, bei uns in Brightleaves vorzusprechen?«
»O Mama, um Himmels willen! Es ist doch wirklich nicht nötig, sich so aufzuregen«, unterbrach sie Gwendolen, die von dieser peinlichen Szene nun wirklich genug hatte. Sie ging auf Captain Belville zu, reichte ihm die Hand und sagte munter: »Wie nett, Sie wiederzusehen, Captain Belville. Hatten Sie eine angenehme Reise von Portsmouth?«
Es war ganz und gar nicht die Begrüßung, die sie sich ihrem Verlobten gegenüber vorgestellt hatte, doch sie sah sofort, daß sie genau das richtige gesagt hatte, denn der Captain ergriff das rettende Stichwort und begann eine Konversation, die aus einem Meer von Gemeinplätzen bestand. Er berichtete der Gesellschaft in allen Details von dem bedauernswerten Zustand der Postkutsche, in der er von Portsmouth gekommen war, erzählte von der Frechheit eines Kutschers und erwähnte die Erbärmlichkeit eines Dinners, zu dem er sich im »George« in Cheltenham niedergelassen habe, da er »Cousine Annabel nicht die Mühe machen wollte, einen unerwarteten Gast bewirten zu müssen«. Was Mrs. Rutledge zu allerhöchster Bewunderung über soviel Rücksichtnahme veranlaßte, verbunden mit der stolzen Versicherung, daß Evelina einen hervorragenden Haushalt führe und es ihr ein leichtes sei, das Tafelgedeck um ein halbes Dutzend zu erweitern, ohne in die geringsten Schwierigkeiten zu geraten.
»Sie müssen wissen, daß Mr. Rutledge nie geizig war«, sagte sie und lächelte Captain Belville so besitzergreifend an, daß Lady Otilia, die sich inzwischen gern hingesetzt hätte, unangenehm berührt war. »Niemals hat er sich auch nur mit einem Wort über die Haushaltsausgaben beklagt, wie hoch die Rechnung des Metzgers auch war. Aber – er kann es sich auch leisten, und seine Meinung ist genau die meine, daß Leute, die sich ein angenehmes Leben gönnen können, es auch tun sollen. Und dann, wenn wir einmal nicht mehr sind, wird alles ganz allein diesem Mädchen dort gehören.«
Sie lächelte Evelina mütterlich an, die leicht errötete, Captain Belville anblickte und dann – in einer Weise, die Lady Otilia als sehr herausfordernd empfand – ihre Augen niederschlug.

Alles in allem, so erzählte Lady Otilia später am Tag mit empörter Stimme ihrem uninteressierten Mann, sei es der unverschämteste Köder gewesen, von dem sie in ihrem ganzen Leben gehört habe. »Und das vor den Augen von Gwendolen! Als ob Annabel Rutledge und auch Evelina nicht ganz genau wüßten, daß sie mit ihm verlobt ist!«
Mr. Quarters, der gerade den »Racing Chronicle« las, sagte, ohne die Augen von der Zeitschrift zu heben, daß die Rutledges vielleicht der Ansicht seien, eine Verlobung, die durch eine Korrespondenz entstanden sei, wäre nicht so bindend wie eine andere. »Unsinn!« sagte Lady Otilia entschieden. »Ich weiß, daß du Captain Belville niemals leiden konntest, aber ich darf dich daran erinnern, daß er, ob du ihn nun leiden kannst oder nicht, sich immerhin mit einer deiner Töchter verlobt hat. Und daher ist es deine Pflicht, dafür zu sorgen, daß er zu seinem Wort steht. Es ist sehr schade, daß du nicht dabei warst, als er heute morgen mit uns zurück nach Brightleaves gegangen ist, denn dann hättest du gleich Gelegenheit gehabt, ihm den Kopf zurechtzusetzen.«
Diesmal hob Mr. Quarters seine Augen für den Bruchteil einer Sekunde vom »Chronicle« und bemerkte in zornigem Ton, daß dazu nicht die geringste Veranlassung bestünde.
»Dieser Bursche Belville«, sagte er, »hat nicht den Mumm, einem Mädchen den Rücken zu kehren. Das würde einen viel zu großen Skandal geben, und den würde er nie wagen. Du guter Gott, nein! Der ist um seinen Ruf besorgt wie ein altes Weib.«
Lady Otilia, die sich hinsichtlich der Verheiratung ihrer Töchter erstaunlich praktisch zeigte, war alles in allem jedoch viel zu romantisch gesonnen, um nicht sofort zu entgegnen, daß Captain Belville und Gwendolen einander sicher sehr zugeneigt seien, doch könne ein Mädchen wie Evelina Rutledge schon Schwierigkeiten machen, auch bei Leuten, die sich liebten. Sie habe daher Captain Belville ohne die Rutledges für den folgenden Abend zum Dinner gebeten.
Doch da diese interessante Nachricht von Mr. Quarters nur mit einem Brummen aufgenommen wurde, weil er wegen der ständigen Unterbrechung seiner Lektüre ungeduldig wurde, konnte das Thema nicht weiter behandelt werden.
Gwendolen, die sich zum Briefeschreiben ins Damenzimmer zurückgezogen hatte, da der Rest der Familie sich offenbar zur Zeit nur über Herzensangelegenheiten unterhalten konnte,

kaute an ihrem Federhalter und überdachte die Ereignisse des Morgens, vor allem den Gang zurück nach Brightleaves.

Sie waren – auf Lady Otilias ziemlich deutlichen Wink hin – von Captain Belville begleitet worden. Gwendolen zweifelte nicht daran, daß sie es der Umsicht ihrer Mutter zu verdanken hatte, Seite an Seite mit dem Captain vorauszugehen, während Lady Otilia weiter hinten mit Jane und Campaspe nachfolgte.

Es war ihnen also ein Tête-à-tête von beträchtlicher Länge ermöglicht worden, von dem sich Lady Otilia zweifellos erhoffte, daß es wiedergutmachen würde, was durch das unangenehme Wiedersehen im Wohnzimmer der Rutledges angerichtet worden war. Leider war dies jedoch nicht der Fall. Die Unterhaltung war vielmehr, soweit Gwendolen sich jetzt noch erinnern konnte, etwa so verlaufen:

Belville: »Welch herrliches Wetter wir haben, Miß Quarters! Finden Sie nicht auch? Vielleicht wäre es Ihnen lieber, wenn es nicht so warm wäre?«

Gwendolen: »Ich glaube, Sie sollten mich jetzt Gwendolen nennen. Es ist ein ziemlich lächerlicher Name, doch Mama hat eben eine sehr romantische Natur. Und immerhin ist er ja nicht so schlimm wie Campaspe.

Belville (nervös): »Natürlich. Natürlich, meine – meine liebe Gwendolen!«

Gwendolen: »Und soll ich Sie Henry nennen?«

Belville (dem ein Lächeln gelingt, jedoch ein ziemlich nervöses): »Natürlich – natürlich! Das wäre durchaus angemessen.« (Und weiter ziemlich gequält) »Ich habe von meiner Cousine Annabel gehört, daß sich Ihre beiden Schwestern auch bald verheiraten werden?«

Gwendolen: »Nun, nicht ganz. Das heißt, Cammie ist natürlich mit Neil Fairhall verlobt, doch Jane hat den Antrag von Lord Lyndale noch nicht angenommen.«

Belville (überrascht, fast ungläubig): »Nicht angenommen? Aber meine liebe Miß – meine liebe Gwendolen, Sie können doch nicht meinen, daß sie ein so außerordentlich vorteilhaftes Angebot ablehnen wird? Das erscheint mir – völlig undenkbar!«

Gwendolen: »Nun, es ist sicherlich nicht undenkbar, aber auch nicht sehr wahrscheinlich.« (Mit einem forschenden Blick auf ihn). »Ich glaube, Sie kennen Lord Lyndale, Henry. Meinen Sie denn, daß er für Jane der geeignete Mann ist?«

Belville (etwas verdutzt): »Geeignet? Ich verstehe nicht ganz – Er hat ein beträchtliches Vermögen, soviel ich weiß, da er ja jetzt den Titel geerbt hat –«

Gwendolen: »O ja, sehr beträchtlich! Doch das meine ich damit nicht.«

Belville: »Die Lage wäre natürlich ganz anders, wenn er nicht geerbt hätte. Wäre er der mittellose Abenteurer, den ich leider während meines Dienstes im Mittelmeer kennenlernen mußte – als er einen schurkischen Potentaten unterstützte, den die Regierung Seiner Majestät auf keinen Fall in einer hohen Position sehen wollte –, so hätte ich es nicht gern gesehen, daß er sich mit Ihrer Familie verbindet, meine liebe Gwendolen. Doch der Marquis von Lyndale ist sicherlich eine einflußreiche Persönlichkeit – ganz gleich, welche Versäumnisse er sich in der Vergangenheit auch hat zuschulden kommen lassen. Daher kann ich mir nicht vorstellen, daß er von umsichtigen Eltern nicht als ausgezeichnete Partie angesehen wird.«

Gwendolen: »Unglücklicherweise ist Jane jedoch kein umsichtiger Elternteil, sondern ein junges Mädchen – und dazu noch ein ziemlich ahnungsloses und empfindsames. Ich nehme an, Sie sollten das bedenken, wenn Sie meine Frage beantworten.«

Belville (duldsam): »Meine liebe Gwendolen, wenn die Neigungen und Empfindsamkeiten der jungen Damen die einzige Grundlage wären, um den ernsten Gegenstand einer Ehe zu erörtern, dann hätten wir lauter äußerst unkluge Ehen! Man muß in erster Linie praktisch denken.«

Gwendolen (rebellisch): »Ich glaube nicht, daß Lord Nelson praktisch gedacht hat. Vielleicht als er geheiratet hat, doch danach, als Lady Hamilton erschienen ist –«

Belville (tief schockiert sie unterbrechend): »Miß Quarters! Das heißt, Gwendolen! Das ist wirklich kein passendes Thema!«

Gwendolen (unbeeindruckt): »Und was ist mit Ihnen selbst? Ich habe kein Vermögen, und doch haben Sie mir einen Antrag gemacht –«

Belville (deutlich schluckend, jedoch nach außen hin männlich): »Ja.«

Gwendolen (betrachtet ihn, als würde sie noch etwas erwarten. Es kommt jedoch nichts. Belvilles Brauen sind zusammengezogen, und er blickt finster vor sich hin.)

Gwendolen (entschlossen): »Es ist ein sehr warmer Tag, nicht wahr? Vielleicht etwas zu warm –«
»Und weshalb«, fragte sie sich selbst, als sie so fest auf ihrem Federhalter herumbiß, daß man die Zahnabdrücke darauf sah, »warum habe ich ihm dann nicht gesagt, daß er, was mich betrifft, so frei wie ein Vogel ist? Das weiß ich wirklich nicht! Oh, bei Zeus, was für ein Durcheinander! Hat er sich so verändert, oder bin ich es?«
Und Lyndales Worte »ausgerechnet dieser blasierte, starrköpfige Kerl« klangen in ihr nach. Es war wie der Ausspruch eines ungewöhnlich eindeutigen Orakels, das sie hätte warnen sollen, es jedoch unglücklicherweise nicht getan hatte.
Es gab jetzt keine andere Möglichkeit, so sagte sie sich, als den Captain so bald wie möglich von seinem Verlöbnis zu entbinden. Offenbar hatte er das gemeinsame Tête-à-tête ebenso unerfreulich gefunden wie sie selbst, was natürlich sehr deprimierend war. Doch schließlich war es viel besser, jetzt zu entdecken, daß man nicht zusammenpaßte, als später, wenn der Knoten geknüpft war. Natürlich fragte sie sich, ob Belville deswegen so wenig begeistert über die Aussicht war, sie zu heiraten, weil sie kein Vermögen hatte. »Doch selbst das dürfte für ihn kein Grund gewesen sein, so sauertöpfisch dreinzublikken«, dachte sie sich. »Wenn ich doch nur die Sorte von saft- und kraftlosem Mädchen wäre, das ihm als geeignet für eine Heirat erscheint! Ach du lieber Gott, weswegen wollen Männer immer fügsame Frauen haben? Da könnte ich es genausogut mit Lyndale versuchen!«
Was ihre Mama dazu sagen würde, wenn sie einen ihrer Lieblingspläne durchkreuzte, wagte sie sich nicht vorzustellen. Sie hatte auch nicht die Absicht, es ihr zu sagen, bevor sie mit Belville gesprochen hatte und es zu spät für alle war, etwas daran zu ändern.
»Ich schätze«, sagte sie sich resigniert, »daß ich dazu verdammt bin, nichts als Tante zu sein. Doch auf jeden Fall gibt es in Brightleaves immer viel zu tun, und ich nehme an, daß Papa und Mama mich vermißt hätten, wenn ich Henry (puh!) wirklich geheiratet und sie verlassen hätte.«
Ihre Ernüchterung aufgrund des unvorteilhaften Verhaltens ihres bisherigen Idols war so groß, daß sie sich in höchst frevelhafter Weise fragte, ob Lord Nelson nicht vielleicht auch ein Langweiler gewesen war, wenn er nicht gerade seine Hel-

dentaten auf dem Achterdeck beging. Wer weiß, ob er Lady Hamilton nicht auch gereizt hatte, wenn er sich mit »Meine liebe Emma« an sie wandte – wie Belville sie mit einer ähnlichen Anrede gereizt hatte.

6

»Ich habe eine phantastische Idee, wie wir Jane retten können«, sagte Campaspe am nächsten Morgen zu Gwendolen.

Sie setzte sich auf Gwendolens Bett, nachdem sie in ihr Schlafzimmer gestürmt war, um sie an diesem regnerischen Morgen zu wecken. Gwendolen, die zunächst nur ein Auge öffnete, den bedeckten Himmel sah und das stete Trommeln des Regens hörte, vergrub sich noch einmal in ihr Kissen und murmelte fast unhörbar, daß Jane jetzt keiner Rettung bedürfe.

»Doch, sie tut es«, sagte Campaspe beharrlich, beugte sich nach vorn und klopfte energisch auf die Bettdecke, damit Gwendolen nicht etwa wieder einschliefe. »Du hast sie ja gestern abend nicht gehört. Sie hat wieder angefangen, von ihrer Pflicht zu sprechen und daß sie nicht morgen nach Beauworth gehen könne, wenn der Herzog und Lady Maria und alle andern denken würden, sie werde Lyndale heiraten, und wenn sie dann schließlich hören müßten, daß sie es nicht tue. Daher habe ich jetzt beschlossen, die Sache selbst in die Hand zu nehmen.«

Gwendolen, die nichts Gutes ahnte, setzte sich entschlossen auf und fragte ihre Schwester, was sie vorhabe.

»Ich habe vor«, sagte Campaspe stolz, »Mama und aller Welt zu zeigen, daß Lyndale als Ehemann für Jane überhaupt nicht in Frage kommt. Ein Mann, der mit einer Frau verlobt ist und sich gleichzeitig mit einer anderen einläßt, kann unmöglich als Ehemann für Jane geeignet sein, nicht wahr?«

Gwendolen, die nun auf einmal hellwach war, starrte ihre kleine Schwester entgeistert an.

»Sich mit einer andern einläßt?« wiederholte sie verständnislos. »Lyndale? Doch mit wem um alles in der Welt –«

»Mit mir«, erklärte Campaspe selbstzufrieden.

»Mit dir?« Gwendolen lächelte ungläubig. »O Cammie, sei doch nicht so blöd«, sagte sie. »Du und eine Affäre mit Lyn-

dale! Der würde doch bei der bloßen Vorstellung schon Krämpfe kriegen!«
»Nein, das würde er nicht«, sagte Campaspe indigniert. »Viele ältere Männer haben eine Vorliebe für junge Mädchen. Das habe ich oft gelesen.«
»Dann hast du Bücher gelesen, die für dein Alter sehr ungeeignet sind«, sagte Gwendolen bestimmt. »Wirklich, Cammie, das ist doch eine hirnverbrannte Idee! Was würde Neil dazu sagen, wenn er erleben müßte, daß du dich Lyndale an den Hals wirfst?«
Campaspe zuckte die Achseln.
»Es würde ihm vielleicht sehr gut bekommen«, sagte sie altklug. »Männer sind ja sehr geneigt, sich des anderen zu sicher zu fühlen!«
»Unsinn!« sagte Gwendolen. »Natürlich ist er deiner sicher, denn er hat dich ja wirklich schon von Kindesbeinen an gekannt.« Sie stand auf, schlüpfte in ihre Hausschuhe und blickte ihre Schwester streng an. »Cammie«, sagte sie, »ich verbiete dir, dich noch weiter mit dieser blödsinnigen Idee zu befassen. Erstens würde es keinen Zweck haben –«
»Dann tu du es eben«, sagte Campaspe und blickte sie auffordernd an. »Immerhin kennst du ihn bedeutend besser als ich –«
»Nicht um alles in der Welt!« erklärte Gwendolen heftig.
»Wegen Captain Belville?«
»Wegen meiner eigenen Selbstachtung! Lord Lyndale und ich sind bereits mehr als einmal aneinandergeraten. Er weiß genau, was ich von ihm denke, und wenn er erfährt, daß ich Belville nicht heiraten werde, dächte er sofort, wenn ich einen Köder auswürfe, daß ich auf ein größeres Vermögen und einen Titel aus bin –«
Jetzt war es an Campaspe, sie ungläubig anzustarren. »Du wirst Belville nicht heiraten?« sagte sie.
»Nein.«
»Oh, Gwen, wie wunderbar, wie herrlich!« sagte Campaspe, umarmte ihre Schwester stürmisch und küßte sie voll Begeisterung. »Ich wollte es gestern nur nicht sagen, doch er ist ein schrecklicher Mensch – so steif und blasiert! Ich kann überhaupt nicht verstehen, weshalb du ihn jemals heiraten wolltest!«
»Das kann ich auch nicht«, gestand ihr Gwendolen. »Wahrscheinlich kam es davon, daß ich ihn nicht gut kannte, und na-

türlich hatte ich, während er fort war, keine Gelegenheit, meinen Fehler einzusehen.«

»Hast du es ihm schon gesagt? Wird er sehr verärgert sein?«

»Nein, ich glaube, er wird sogar sehr erleichtert sein«, sagte Gwendolen gelassen, »obwohl ich noch keine Möglichkeit hatte, mit ihm darüber zu sprechen. Ich glaube, daß er mich ebensowenig heiraten will wie ich ihn. Und immerhin ist Evelina da, mit all dem hübschen Geld der Rutledges, die nur darauf wartet, ihm wie eine reife Pflaume in den Schoß zu fallen.« Sie blickte Campaspe warnend an. »Du darfst aber nichts davon Mama erzählen«, sagte sie. »Ich werde versuchen, heute abend nach dem Dinner mit Belville zu sprechen, und dann ist es früh genug, daß sie es erfährt.«

»Du lieber Himmel! Sie wird einen Anfall bekommen!« sagte Campaspe und blickte ihre Schwester staunend und gleichzeitig vergnügt an, weil sie dem bevorstehenden Drama mit Genuß entgegensah.

Doch es sollte sich zeigen, daß an diesem Abend weder Belville von seiner wunderbaren Errettung von der Heirat mit einer mittellosen jungen Dame erfuhr, noch hatte Lady Otilia zu erdulden, daß sie ihren Lieblingsplan durchkreuzt sah, ihre älteste Tochter an einen geeigneten Mann zu verheiraten. Um vier Uhr kam nämlich ein Bote nach Brightleaves und brachte eine Nachricht von Mrs. Rutledge. Der arme Henry, so schrieb sie mit mehr Genugtuung, als Lady Otilia es für angemessen hielt, sei unglücklicherweise daran verhindert, der Einladung des heutigen Abends nachzukommen, da er von einer außerordentlich unangenehmen Erkältung befallen sei. Dies sei wahrscheinlich darauf zurückzuführen, daß er in diesem fürchterlichen Gasthof, in dem er auf der Rückreise von Portsmouth übernachtet habe, gezwungen war, zwischen feuchten Laken zu schlafen. Sie schrieb, daß sie ihm nicht raten könne, sich dem Regen auszusetzen, doch die Quarters könnten dessen versichert sein, daß alles getan würde, um seine Erholung zu beschleunigen. Sie würden ihn in Brightleaves sehen, sobald er wieder sein altes Selbst sei.

Da Lady Otilia eine Dame war, erlaubte sie es sich nicht, angesichts dieses Briefes zu fluchen oder mit den Zähnen zu knirschen. Sie gönnte sich jedoch einige handfeste Bemerkungen über Mrs. Rutledges fragwürdige Absichten. Wie konnte sie es wagen, Captain Belville mit den Füßen im dampfenden

Senfbad vor dem Ofen sitzen zu lassen und ihn mit Haferschleim zu füttern, wenn ihm nichts anderes fehlte als eine lächerliche Erkältung! Sie erklärte sofort, daß sie gleich am nächsten Morgen zusammen mit Gwendolen bei den Rutledges vorbeischauen würde, um festzustellen, wie ernsthaft die Indisposition des Captains wirklich sei. Gegen diesen Plan legte Gwendolen jedoch ein entschiedenes Veto ein. Nichts, so erklärte sie, würde sie dazu bringen, Captain Belvilles Krankenzimmer zu betreten, ganz egal, ob sie mit ihm verlobt sei oder nicht. Sie war nahe daran, ihrer Mutter zu sagen, daß es überhaupt keine Verlobung geben würde, als zum Glück Jane hereinkam und Lady Otilias mütterliche Energien sich auf diese richteten, um festzustellen, ob sie endlich ihre jüngferlichen Skrupel aufgegeben habe und Lord Lyndales Heiratsantrag definitiv annehmen werde.
Lady Otilias Absicht, bei den Rutledges vorzusprechen, wurde am nächsten Morgen dadurch vereitelt, daß eine Nachricht von Captain Belville selbst kam. Er entschuldigte sich darin noch einmal dafür, daß er nicht in der Lage gewesen war, ihre Einladung zum Dinner am vergangenen Abend anzunehmen. Zugleich versicherte er, daß es ihm wieder gut genug gehe, um eine Einladung nach Beauworth an diesem Abend anzunehmen, die Lady Maria ihm geschickt habe, als sie hörte, daß er da sei. Es wäre ihm, so schrieb er, ein großes Vergnügen, Lady Otilia und die jungen Damen bei dieser Gelegenheit zu sehen.
»Nun, da wir ihn heute abend sehen werden, ist es nicht nötig, daß wir ihn jetzt besuchen«, sagte Lady Otilia, die jedoch ihre Enttäuschung darüber nicht ganz verbergen konnte. Sie las den Brief noch einmal durch. »Aber, meine Lieben, er schreibt nichts davon, daß die Rutledges auch eingeladen sind«, sagte sie mit unverhohlenem Triumph. »Das ist natürlich ein ganz schöner Affront, doch der Herzog will einfach in Beauworth keine Leute haben, die ihn nicht amüsieren, ganz gleich, wie merkwürdig das auch manchmal aussieht. Die arme Lady Maria hat mir früher – natürlich bevor der Herzog und Papa diese unglückselige Auseinandersetzung hatten – immer wieder gesagt, wie peinlich es ihr oft sei, doch sie könne nichts dagegen tun.«
Gwendolen war jedoch davon überzeugt (und sie teilte es Campaspe mit, kaum daß Lady Otilia den Raum verlassen hatte), daß der Herzog den Captain Belville wahrscheinlich

noch weniger amüsant finden würde als die Rutledges. Wie sie selbst kannte er ihn mehr vom Hörensagen und würde bald merken, welchen Fehler er begangen hatte, ihn einzuladen. Jane, die ruhig in einer Ecke des Zimmers saß und sich mit einer Handarbeit befaßte, blickte bei diesen Worten auf und runzelte erstaunt die Stirn.

»Aber, Gwen«, sagte sie leicht entrüstet, »du meinst doch nicht auch, daß Captain Belville langweilig ist?«

»Oh, tut sie das nicht?« warf Campaspe ein. »Er ist in der Tat langweilig – nur spielt das jetzt keine Rolle mehr, da sie ihn nicht heiraten wird.«

»Ihn nicht heiraten –«, sagte Jane entgeistert, ließ ihre Handarbeit sinken und machte runde Augen. »O Gwen, du wirst ihm doch nicht den Laufpaß geben!« ächzte sie.

»Nun, ich fürchte, das werde ich tun«, sagte Gwendolen sachlich. »Wenn man unter ›Laufpaß geben‹ versteht, daß man einen Mann, der einen offensichtlich nicht heiraten will, auch selbst nicht heiraten möchte.« Sie sah, wie Janes Augen sich mit Tränen füllten. »Sei doch nicht so dumm, Jane«, sagte sie munter. »Es ist nicht das tragische Ende einer wunderbaren Liebe! Schließlich habe ich den Mann zwei Jahre lang nicht gesehen, und es ist mir nun sonnenklar, daß ich die ganze Zeit in den Wolken geschwebt bin und ihn mir als Märchenprinz vorgestellt habe und nicht als den sehr normalen Mann, der er in Wirklichkeit ist.«

Jane zog ihr Taschentuch hervor und fuhr sich entschlossen über die Augen. »Das ist es nicht«, erklärte sie, immer noch mit leicht bebender Stimme, da sie ihre Gefühle nicht zu unterdrücken vermochte. »Wenn du – wenn du Captain Belville nicht heiraten willst, mußt du es natürlich nicht tun. Nur – nur werde ich Lord Lyndale jetzt sagen müssen, daß ich ihn heirate –«

»Also das verstehe ich wirklich nicht!« sagte Campaspe erstaunt. »Weshalb sollte das denn für dich etwas bedeuten?«

Jane blickte sie mit tränenfeuchten Augen an. »Mama«, sagte sie einfach. »Oh, verstehst du das denn nicht, Cammie? Wir können sie doch nicht beide enttäuschen! Das würde wirklich zu grausam sein!«

Gwendolen und Campaspe blickten einander an. Sie konnten nicht verstehen, weshalb Jane diese Sache so sah. Nach einem Augenblick verdutzten Schweigens machten sie sich gleichzeitig daran, sie davon zu überzeugen, daß die Tatsache von Gwendolens Entlobung nicht bedeute, daß sie nun eine Verlobung mit Lyndale eingehen müsse. Campaspe fügte in ihrer blühenden Phantasie noch hinzu, daß Gwendolen, die dann frei wäre, sicher eine ganze Reihe sehr vermögender Herren faszinieren und mit Heiratsanträgen überhäuft werden würde, die bedeutend vorteilhafter wären als der von Belville. Und Gwendolen drohte, daß sie den widerwärtigen Captain auf der Stelle heiraten und ihr Leben lang zu Tode gelangweilt sein würde, wenn Jane nicht verspreche, hinsichtlich Lyndales im Augenblick nichts zu unternehmen.

»Trotzdem –«, sagte Campaspe unzufrieden zu Gwendolen, nachdem sie Jane dieses Versprechen abgenommen hatte und sie gemeinsam das Zimmer verlassen hatten, »ich glaube, man kann ihr nicht ganz trauen. Wer weiß, ob sie nicht doch wieder von ihren edlen Gefühlen überfallen wird, wenn sie sieht, wie aufgeregt Mama ist, nachdem du Belville den Laufpaß gegeben hast. Du kannst sagen, was du willst, Gwen, doch irgend etwas muß jetzt wirklich unternommen werden, und wenn du keinen besseren Plan hast, werde ich meinen doch noch ausführen müssen.«

Diese Erklärung machte Gwendolen keineswegs glücklich, denn sie dachte an den kommenden Abend in Beauworth, der sowieso schon für sie schwierig sein würde, da sie dort als Belvilles Verlobte erscheinen mußte. Sie hatte sich schon überlegt, ob sie ihm nicht einfach einen Brief schreiben und ihn darüber informieren sollte, daß ihre Verlobung zu Ende sei, doch sie hatte sich schließlich dazu entschlossen, dies nicht zu tun. Es war doch besser, ein öffentliches Erscheinen mit ihm zusammen in Kauf zu nehmen, als in dieser rücksichtslosen Weise mit ihm zu brechen.

Ein Blick in den Spiegel, der ihr eine elegante junge Dame in ihrem ersten Abendkleid zeigte, gab ihr dann die nötige Sicherheit, um an diesem Abend mit Gelassenheit nach Beauworth aufzubrechen. Lady Otilia, die in ihrem purpurfarbenen Satinkleid überaus majestätisch wirkte, hatte mit keinerlei Zweifeln zu kämpfen. Tatsächlich wäre das Herz einer jeden Mutter beim Anblick dieser drei jungen Damen geschwollen, die sich mit ihr in dem dürftigen Wohnzimmer versammelten und darauf warteten, in der rumpelnden alten Familienkutsche nach Beauworth gebracht zu werden. Jane war natürlich die unbestrittene Schönheit der Familie – eine Märchenprinzessin in ihrem Kleid aus rosa Gaze. Doch auch Gwendolen in ihrem mandelgrünen Kleid und dem hochfrisierten blonden Haar (mit ein paar reizvollen Ringellöckchen an den Schläfen und am Nacken) sah an diesem Abend besonders vorteilhaft aus. Selbst Campaspe in ihrem einfachen weißen Musselingewand, das rote Haar à l'Anglaise frisiert, wirkte durchaus als modische junge Dame.

Alles in allem, so dachte Lady Otilia stolz, würde der Herzog, der als Kenner weiblicher Schönheit bekannt war, allen Grund haben, den Streit zu bedauern, der zum Ausschluß der Familie Quarters geführt hatte. Sie war zuversichtlich, daß er, sobald er ihre Töchter erblickt hätte, nicht zögern würde, sie auch ferner in die ehrwürdigen Portale von Beauworth einzulassen.

An Mr. Quarters jedoch wäre sie beinahe verzweifelt. Er hatte sich geweigert, nach Beauworth mitzukommen, und hatte gesagt, daß ihn nur die Aussicht, mit Lyndale über dessen arabische Stuten zu sprechen, verlockt haben würde, nach dorthin mitzukommen. Da Lyndale jedoch an diesem Morgen selbst einen Blick in seine Ställe geworfen habe, und da sie eine sehr zufriedenstellende Unterhaltung gehabt hätten, bestehe für ihn wirklich keine Notwendigkeit, sich dieser Anstrengung zu unterziehen.

So brachen also die Damen von Brightleaves ohne ihn nach Beauworth auf, und bald rollte ihre Kutsche durch das Parktor des herzoglichen Besitzes, vorbei an einer Grotte, einem Brunnen, einem Arboretum exotischer Bäume, bis sie schließlich zu dem glanzvollen Schloß selbst kam, das in einem malerisch romantischen Stil erbaut war. Der Herzog, dem es etwa vor zwanzig Jahren in den Sinn gekommen war, seinen Besitz in Gloucestershire zu vergrößern, hatte diesen Bau an der Stelle des bescheideneren Hauses aus der Jakobinischen Zeit errichten lassen, das seinen Vorfahren genügt hatte. Das Schloß mit seinen Erkern und Jochen, einem mächtigen Turm und kleinen Ecktürmchen erinnerte an ein Gebäude aus dem Mittelalter.

Als die Damen Quarters eingetreten waren, fanden sie sich in einer Halle, die mit einem schwindelerregend hohen Treppenhaus verbunden war. Die Treppen liefen in zwei Fluchten zum ersten Stock, umgeben von Marmorarkaden, die von einer Galerie und einem Fächergewölbe überragt waren.

»Bei Jupiter!« flüsterte Campaspe, die dies noch nie gesehen

hatte, in Gwendolens Ohr, als sie einem würdevollen Butler die Treppe hinauf folgten. »Neil sagt, daß er immer das Gefühl hat, er müsse eine Rüstung tragen, wenn er hierher kommt, und jetzt weiß ich genau, was er meint. Weißt du, daß er heute abend hier sein wird? Die Fairhalls sind eingeladen worden, und die Ärzte haben gesagt, daß er kommen könne.«
»Schscht!« sagte Gwendolen.
Sie kamen am Ende der Treppe an, wo Lady Maria ohne den Herzog, doch unterstützt von einem schlanken, zarten blonden Mann mit feinen, vornehmen Zügen die Gäste empfing.
»Alain«, zischte die unverbesserliche Campaspe noch einmal in Gwendolens Ohr. »Ich nehme an, Lady Maria hat ihn heute abend gebraucht, um ihr bei Tisch zu helfen. Schau dir doch Jane an! Ich fürchte, sie fällt gleich in Ohnmacht.«

7

Jane war jedoch während ihrer Londoner Saison zu gut geschult worden, um etwas so schockierend Unmodernes zu tun, als angesichts ihres Herzallerliebsten in Ohnmacht zu fallen. Obwohl ihre Lippen bebten und ihr Gesicht sehr blaß war, gelang ihr, als sie Lady Maria mit Knicks begrüßte und M. de Combray guten Abend sagte, ein sehr lobenswertes Lächeln. Dieser, so war ebenfalls festzustellen, sah genauso bleich aus wie sie selbst. Da die Fairhalls zum Glück gerade in diesem Augenblick ankamen und mit einigen Schwierigkeiten die Treppe heraufstiegen – denn der junge Leutnant Fairhall hatte Mühe, mit seinem verwundeten Bein die vielen Stufen zu bewältigen –, hatten die beiden Liebenden genügend Zeit, sich zu fassen, bevor sie in die Lange Galerie kamen, wo der Herzog und seine anderen Gäste sich versammelt hatten.
Lady Maria hatte von einer kleinen Gesellschaft gesprochen, doch Gwendolen sah sofort, daß sie bei Tisch mindestens zwanzig Personen sein würden. Auch dieser Raum mit seinen Stichbalken und den Maßwerkfenstern im gotischen Stil war außerordentlich beeindruckend. Abgesehen von den Gästen aus der Nachbarschaft und den Mitgliedern der herzoglichen Familie – an diesem Abend vertreten durch Lady Maria und den zweitältesten Sohn des Herzogs, Lord Wilfried Boulting –

bemerkte Gwendolen wenigstens ein halbes Dutzend Fremde, die wahrscheinlich Hausgäste in Beauworth waren. Sie waren nach allerletzter Londoner Mode gekleidet und schienen mit dem Herzog und auch untereinander auf sehr vertrautem Fuß zu stehen.

Der Herzog selbst, ein ziemlich kleiner Mann, der Anfang Sechzig war, jedoch bedeutend älter wirkte, saß auf einem großen geschnitzten Eichensessel auf dem Podium am Ende des langen Saales und begrüßte seine Gäste ebenso ungezwungen wie hochnäsig.

Lady Maria, die Lady Otilia und ihre Töchter betreute, stellte die Damen vor. »Du erinnerst dich sicher an Lady Otilia Quarters, Papa – Miß Quarters – Miß Jane Quarters – Miß Campaspe –«

Der Herzog hob sein Lorgnon und musterte sie – wie Campaspe später indigniert bemerkte – wie ein Viehhändler eine Rinderherde. »Sie werden erlauben, daß ich mich nicht erhebe, Madam«, sagte er mit gleichgültiger Miene uninteressiert zu Lady Otilia, als er seine Musterung beendet hatte. »Meine Gicht plagt mich.« Seine grauen Augen, die in seinem verwüsteten Gesicht immer noch scharf wirkten, betrachteten sie spöttisch. »Quarters scheint nicht erschienen zu sein – was?« kläffte er. »Überrascht mich nicht. Sagen Sie ihm, ich werde sein Land trotzdem bekommen.« Er wandte sich Jane zu. »Kommen Sie hierher, meine Liebe«, sagte er und blickte sie lüstern an. »Da brauch' ich nicht lange fragen, wen von Ihnen Lyndale ausgewählt hat. Sie sind die Schönheit, ganz zweifellos. Setzen Sie sich hier neben mich. Ich habe nicht oft Gelegenheit, so ein hübsches Gesicht zu sehen.«

Diese Bemerkung schien einer großen, gutaussehenden, dunkelhaarigen jungen Frau im eleganten bernsteinfarbenen Spitzengewand, die neben dem Herzog saß, nicht besonders zu gefallen. Als die Quarters hereinkamen, hatte sie mit ihm gescherzt und geplaudert und wurde Lady Otilia wenige Augenblicke später von Lady Maria als Miß Courtney vorgestellt. Captain Belville, der die vier Damen begrüßte, nachdem der Herzog sie entlassen hatte, informierte Gwendolen im Flüsterton, daß sie eine große Erbin und von der Seite ihrer Mutter nicht nur mit dem herzoglichen Geschlecht, sondern ebenso mit vielen anderen bedeutenden englischen Familien verbunden sei.

Gwendolen, die bemerkte, daß Miß Courtney, vom Herzog enttäuscht, nun ihre Aufmerksamkeit Lyndale zuwandte – und zwar in einer Art, die dem Grund seiner Anwesenheit in Gloucestershire kaum Rechnung trug –, sagte kritisch, daß sie zwar sehr hübsch sei, doch daß sie Lord Lyndale kaum gefallen werde.

»Lord Lyndale gefallen! Nein, das glaube ich wirklich nicht«, sagte Captain Belville schockiert. »Schließlich hat er ja Ihrer Schwester einen Antrag gemacht!«

»Nun, zwischen Lipp und Kelches Rand schwebt der dunklen Mächte Hand«, sagte Gwendolen weise und wünschte, sie könnte dem Captain auf der Stelle sagen, daß zwischen der Lipp und dem Kelch ihrer Heirat eine ziemlich dunkle Macht schwebte. »Selbst wenn er Jane schließlich nicht heiratet«, fuhr sie fort, »so glaube ich, daß Miß Courtney ihre Zeit verschwendet. Sie scheint mir nicht im geringsten der Typ zu sein, den Lord Lyndale sich als Frau wünscht.«

Zu Captain Belvilles sichtbarer Erleichterung – er schien verblüfft über die Bemerkungen seiner Verlobten über Lyndales weibliche Vorlieben – wurde in diesem Augenblick ihre Unterhaltung von Alain de Combray unterbrochen. Er kam zögernd heran, um Gwendolen gegenüber seine Freude auszudrücken, sie nach so langer Zeit wiederzusehen. Sie hatte ihn immer besonders gern gemocht und ihn hoch geschätzt, seit er vor einem Jahr Sekretär des Herzogs geworden war. Sie fand ihn angenehm und intelligent und liebte seine ruhige Art. Abgesehen von dem Vermögensproblem waren Jane und er nach ihrer Ansicht wie füreinander geschaffen.

Sie bemerkte jedoch einen Schatten in seinem Gesicht, der früher nicht da war, und sah, wie oft er verstohlen zu Jane hinblickte, die errötend ihre Unterhaltung mit dem Herzog absolvierte. Wie sehr wünschte sie, ihn hinsichtlich seiner Zukunft zu trösten. Doch der einzige Trost, den sie ihm bieten könnte, war die Nachricht, daß Campaspe sich dazu entschlossen hatte, die Ehe zwischen Jane und Lyndale zu verhindern, und das erschien ihr wirklich nicht sehr beruhigend.

Sie stellte im übrigen mit Unbehagen fest, daß Campaspe bereits mit ihrer Kampagne begonnen hatte, Lyndale als herzlosen Wüstling erscheinen zu lassen, der sich mit der einen Schwester verlobte und mit der anderen ein zärtliches Spiel begann. Es war ihr nämlich mit einer Kühnheit, die Lady Otilia tief schockiert hätte, gelungen, Lyndale von Miß Courtney zu entfernen und ihn in eine animierte Konversation zu verstrikken.

Zum Glück machte die Ankündigung, daß das Dinner serviert sei, diesem ungehörigen Tête-à-tête ein Ende, und die ganze Gesellschaft begab sich ins große Eßzimmer, das ebenso mittelalterlich wirkte wie die anderen Räume. Hier, so hatte Gwendolen das Gefühl, würden sich Blumenteppiche und Spielleute mit Posaunen und Oboen sehr gut ausnehmen, wenn der Herzog Musik nicht verabscheut und Aubussonteppiche den Naturteppichen vorgezogen hätte. Gwendolens Tischplatz war zwischen Captain Belville und Lord Wilfried Boulting, und sie war erleichtert, als sie bemerkte, daß Campaspe weit weg von Lyndale saß, der zwischen Jane und Miß Courtney Platz genommen hatte. Gewendolen blickte Miß Courtney mit Mißbilligung an, denn diese unternehmungslustige junge Dame hatte keinen Moment gezögert, die Aufmerksamkeit des Marquis auf sich zu ziehen, sobald sie neben ihm am Tisch saß. Es würde für Campaspe wohl keine Schwierigkeit bedeuten, eine weitere Frau zu finden, die eine Affäre mit Lyndale beginnen wollte, denn Miß Courtney bot sich sicherlich von selbst an.

Hier wurden Gwendolens Überlegungen von einer Stimme neben ihr unterbrochen.

»Ich weiß«, sagte Lord Wilfried Boulting mit einem leicht arroganten Genäsel, das selbst dem berühmten Mr. Brummel nicht hätte besser gelingen können, »daß Sie nach allen gesellschaftlichen Regeln mit Belville sprechen sollten, Miß Quarters. Doch da Frieda Courtney den ganzen Tisch durcheinanderbringt, indem sie mit Lyndale spricht, kann ich mich wohl der allgemeinen Anarchie anschließen und mich mit Ihnen unterhalten! Übrigens können Sie bestimmt nicht den Wunsch verspüren, sich mit Belville zu unterhalten. Ich weiß nicht, weshalb Marineleute immer entweder anödend fröhlich sind oder überwältigend langweilig. Der galante Captain, habe ich den Eindruck, gehört zur letzteren Kategorie.«

Gwendolen starrte ihn an und wußte nicht, ob sie entrüstet oder belustigt sein sollte. Sie hatte Lord Wilfried zuvor noch nicht gekannt, da er sehr wenig Zeit in Beauworth verbrachte, und auf jeden Fall würde er auch kaum Zeit für das unordentliche Schulmädchen gehabt haben, das sie vor dem berühmten

Streit zwischen dem Herzog und Mr. Quarters gewesen war. Jetzt fragte sie sich, ob er gut aussah, antwortete jedoch gleich mit einem Nein. Seine Augen standen zu nahe zusammen, seine Züge waren nicht klar, und seine Figur war etwas untersetzt. Als Mitglied des exklusiven Bow Window Set verstand er es jedoch, sich so selbstsicher zu geben, daß seine körperlichen Unzulänglichkeiten nicht so ins Gewicht fielen.
»Sie können«, bemerkte sie nach diesen Feststellungen, »kaum wissen, daß Captain Belville und ich verlobt sind. Doch bitte«, fügte sie freundlich hinzu, »ich möchte nicht, daß Sie das in Verlegenheit bringt.«
»Ganz im Gegenteil«, sagte Lord Wilfrid, »ich weiß es durchaus, und ich bin absolut nicht in Verlegenheit gebracht. Ich finde es viel einfacher, mit den Leuten zurechtzukommen, wenn man vollkommen offen mit ihnen ist, ganz gleich, ob es sich schickt oder nicht. Und das bringt mich zu der Bemerkung: Weshalb sollte ein so reizendes Mädchen wie Sie den Wunsch haben, sich mit einem Marineoffizier zu verheiraten? Es erscheint mir in jeder Hinsicht ein schwereres Schicksal zu sein als der Tod, denn es bedeutet ja Witwenschaft – wenn man es recht bedenkt – für einen guten Teil des eigenen Lebens, und das ohne den Trost, sich nach Ersatz umschauen zu dürfen.«
Gwendolen, die ihn interessiert ansah, fand dies bemerkenswert, meinte jedoch, daß sie nicht an so etwas gedacht habe.
»Ich glaube«, sagte sie nachdenklich, »es ist, weil ich nie so weit gekommen bin. Ich meine, wenn man verlobt ist, scheint es irgendwie eine dauernde Angelegenheit zu sein, oder wenigstens kommt man in Gedanken nie über die eigene Heirat hinaus. Nachher ist es dann so, wie wenn man das letzte Kapitel eines Romans gelesen hat und sich überlegen muß, was nun mit den Personen geschieht. Das heißt, wenn sie nicht tot sind, was ja in den Tragödien meist der Fall ist.«
»Doch Sie und der Captain«, sagte Lord Wilfried beharrlich, der durch diese sachliche Reaktion einigermaßen aus der Fassung gebracht schien, »werden doch voraussichtlich nicht tot sein, Miß Quarters.«
»O nein«, sagte Gwendolen. »Doch auf der anderen Seite werden wir auch nicht –«
Sie konnte sich gerade noch zurückhalten, denn sie war dabei zu sagen: »Wir werden auch nicht verheiratet sein.« Es war ihr

jedoch noch rechtzeitig eingefallen, daß es nicht nur ungehörig, sondern auch unklug sein würde, Lord Wilfrid – der sicherlich nicht imstande war, Geheimnisse für sich zu behalten – zu verraten, daß sie nicht die Absicht hatte, Belville zu heiraten, wenn es noch nicht einmal der Captain selbst wußte.
Lord Wilfried tat jedoch, was sie befürchtet hatte: er nahm ihre eigenen Worte wieder auf.
»Sie werden auch nicht was?« fragte er.
»Oh – nichts«, sagte Gwendolen vage. »Ich habe vergessen, was ich sagen wollte. Das ist ein herrlicher Raum, nicht wahr? Doch ziemlich erdrückend. Sie kommen nicht oft nach Beauworth, nicht wahr?«
Lord Wilfrids dünne, sandfarbene Brauen gingen hoch. »So viele Ablenkungsmanöver!« sagte er. »Ich habe den Verdacht, da muß etwas dahinterstecken. Sie und der Captain werden nicht – was, Miß Quarters? Könnte das fehlende Wort vielleicht ›verheiratet‹ heißen?«
»Nun, natürlich würden wir verheiratet sein, wenn wir heiraten werden«, sagte Gwendolen ausweichend. »Nur tun es manche Leute nicht, nicht wahr. Nehmen Sie einmal Jane und Lord Lyndale zum Beispiel –«
»Ich würde Jane sehr gern nehmen«, sagte Lord Wilfrid höchst ungehörigerweise. »Und was Lyndale betrifft, so gehört er genau zu der Sorte Mann, die man am liebsten nicht in der Gesellschaft sehen würde. Er hat keinen Takt, sagt zu meinem herzoglichen Papa genau das, was er denkt, so daß das Leben zu einer Abfolge von Explosionen wird, wenn sie zusammen sind, und hat nicht die geringste Ehrfurcht vor seinem Boulting-Blut. Es ist typisch für ihn (wenn Sie mir vergeben, daß ich es sage, doch Sie werden es natürlich tun, denn ich habe noch nie eine junge Dame erlebt, die so tolerant ist wie Sie), sich einer kleinen provinziellen Unbekannten zuzuwenden, wenn er unter den Londoner Schönheiten nur zu wählen bräuchte. Sehen Sie sich zum Beispiel Miß Courtney an. Sie wird die Jagd nicht aufgeben, bis das glückliche Paar aus der Türe von St. George am Hanover Square gegangen ist.«
»Nun, ich denke, es wäre dann sehr gütig, wenn Sie sie darüber informieren würden, daß sie ihre Zeit vergeudet«, sagte Gwendolen entschlossen. »Lord Lyndale möchte eine fügsame Frau haben, das hat er mir selbst gesagt. Und Jane ist weiß Gott fügsam. Ich wünschte, sie wäre es nicht.«

Lord Wilfrids sandige Brauen gingen noch einmal hoch. »Soll ich das so verstehen«, fragte er, »daß Sie Ihre Schwester nicht gern mit Lyndale verheiratet sehen? Wie außerordentlich merkwürdig!« Gwendolen sagte nichts. »Wollen Sie es nicht?« fragte er beharrlich.
»Nun – wenn sie nicht glücklich miteinander sein werden, dann nicht«, sagte Gwendolen vieldeutig.
Lord Wilfrid lächelte. Es war nicht seine Gewohnheit zu lachen, und er sah auch nicht danach aus. »Mein liebes gutes Kind«, sagte er in einer Art toleranter Herablassung. »Sie müssen wirklich nicht sprechen wie die Heldin in einem sentimentalen Roman. Es gilt in Londoner Kreisen als völlig altmodisch zu glauben, daß Ehe irgend etwas mit Liebe zu tun hat.«
»Ja, aber sehen Sie, ich war noch nie in London.«
»Sie sollten aber einmal hinfahren. Sie müssen dorthin. Ich werde selbst dafür sorgen, daß Sie in den exklusivsten Kreisen zugelassen werden. Sie werden einen enormen Erfolg haben. Doch nicht«, sagte er warnend, »wenn Sie sentimentale Reden halten, und nicht, wenn Sie mit dem Seehelden da an Ihrer Seite verheiratet sind. Sind Sie sicher, daß Sie diesen fatalen Schritt machen müssen?«
»Nun – das weiß man nie, oder?« sagte Gwendolen sachlich. »Sehen Sie, ich glaube, er möchte auch eine fügsame Frau haben, und ich bin überhaupt nicht fügsam.« Sie sah Lord Wilfrid erwartungsvoll an. »Würden Sie sich wirklich für mich verwenden, wenn ich nach London ginge«, fragte sie. »Ich glaube, Sie haben dort sehr viel Einfluß! Sie sehen jedenfalls so aus, als sei das der Fall, und immerhin sind Sie der Sohn eines Herzogs.«
»Daß ich der Sohn eines Herzogs bin«, sagte Lord Wilfrid hochmütig, »hat nichts damit zu tun, meine liebe Miß Quarters. Ich bin in London eine sehr einflußreiche Person, doch es ist der Genius, der mir zu diesem Rang verholfen hat. Die Anordnung meines Halstuchs, der Schnitt meines Fracks, die außerordentlich elegante Art und Weise, mit der ich meinen Tabak nehme – all dies sind Dinge, mit denen ich mich zugegebenermaßen auszeichne. Ich habe es darin zur Meisterschaft gebracht – zur Verzweiflung derjenigen, die es mir gleichtun wollen. – Langweile ich Sie?« fragte er etwas scharf, als er bemerkte, daß Gwendolen ihm offenbar nicht ganz aufmerksam zuhörte.

»Ja, das tun Sie eigentlich«, sagte Gwendolen und lächelte ihn freundlich an. »Wie scharfsinnig, daß Sie es bemerken! Die meisten Menschen tun das nämlich nicht. Sie plaudern einfach immer weiter über Dinge, die den andern nicht im geringsten interessieren. Doch ich nehme an, daß Ihre Erfahrung in der Gesellschaft dazu geführt hat, daß Sie in dieser Hinsicht aufmerksamer sind als andere Menschen.« Und als Lord Wilfrid – der in den zwölf Jahren, seitdem er in die Stadt gekommen war, noch niemals etwas anderes vernommen hatte, als daß er ein hervorragender Plauderer sei – sie nur einfach anstarrte, weil es ihm zunächst die Sprache verschlug, fuhr sie freundschaftlich fort: »Auf jeden Fall muß ich jetzt mit Belville sprechen, denn er macht einen recht gekränkten Eindruck, weil wir uns so schlecht benehmen. Doch denken Sie daran – falls ich einmal nach London gehen sollte, erwarte ich Ihre Unterstützung.«

Sie wandte ihre Aufmerksamkeit dem Captain zu, der wegen ihrer Pflichtvergessenheit allerdings etwas säuerlich dreinblickte. Es war nicht einfach, ihn jetzt zu einer zivilisierten Unterhaltung zu bringen, und als es ihr schließlich gelungen war, erwies sich diese sogar als noch langweiliger als Lord Wilfrids Lobpreisungen seines eigenen Genius', denn sein einziges Thema schien die ehrfürchtige Bewunderung der Ausstattung von Beauworth zu sein. Nachdem er sich diesbezüglich erschöpft hatte, begann er über die Köstlichkeit des Essens zu parlieren, das ihnen serviert wurde. Hin und wieder fielen auch einige Bemerkungen sotto voce über den außerordentlichen Rang der übrigen Gäste – Informationen, die er offenbar in allen Details aus Lady Maria herausgepreßt hatte. All dies vollzog sich, während man sich an den Geflügelsautés à la Lucullus und dem Kalbsfricandeau erfreute, die der Küche des Hauses wirklich alle Ehre machten.

Alles in allem war Gwendolen herzlich froh, als Lady Maria ihre Damen in den großen Roten Salon führte, während die Herren ihren Wein im Eßzimmer zu sich nahmen.

Sie mußte jedoch bald feststellen, daß das Beisammensein mit den Damen in Beauworth noch weniger lohnend war als die Unterhaltung in gemischter Gesellschaft. Sie war nämlich nicht nur gelangweilt, sondern wurde auch noch schlecht behandelt, vor allem von der flotten Miß Courtney, die hinter ihrem Fächer ihren Freundinnen belustigte Bemerkungen über

»Provinzschönheiten« zuflüsterte, lauthals über Witze lachte, die die Damen von Brightleaves nicht verstanden, und mit ihren großen, hochmütigen und kuhförmigen Augen (eine Bezeichnung Gwendolens) beharrlich durch Gwendolen hindurchstarrte, wann immer diese es wagte zu sprechen.
Lady Maria, die sichtbar deprimiert über die schlechten Manieren ihrer Londoner Gäste war, erwies sich jedoch als zu schüchtern, um die Unterhaltung selbst in die Hand zu nehmen. So war der Stand der Dinge, bis die Ankunft der Herren die ungemütliche Situation beendete.

8

Der Herzog, der zwar selbst nicht mehr das Tanzbein schwang, es jedoch genoß, einen Flor junger Damen beim Walzer und den Kontratänzen zu beobachten, hatte ein Orchester gemietet, das nach dem Essen aufpielen sollte. Und da der Ballraum, wie er Lady Otilia gegenüber bemerkt hatte, viel zu groß war für sechs oder acht Paare, hatte er einen der großen Salons von Beauworth für den Tanz frei machen lassen.
Gwendolen nahm an, daß sie verpflichtet war, den ersten Tanz mit Belville zu absolvieren, und blickte diesem Ereignis mit wenig Enthusiasmus entgegen. Sie hatte nämlich schon genug von seinen anödenden Begeisterungsausbrüchen, den Glanz von Beauworth betreffend, und erinnerte sich daran, daß er als Tänzer ebenso ungeschickt war wie als Unterhalter. Sie war daher nicht wenig erstaunt, als Lyndale auf sie zukam (und zwar ebensowenig formell, wie sie es von anderen Gelegenheiten her kannte) und sie fragte, ob sie den Kontretanz mit ihm wagen wolle, zu dem sich die Paare gerade formierten.
»Aber sollten Sie nicht Jane auffordern?« fragte Gwendolen und blickte ihn zweifelnd an, denn obwohl sie nicht wollte, daß er ihre Schwester allzusehr bedrängte, war es ihr doch nicht recht, wenn Jane sich zurückgesetzt fühlte.
»Aber keineswegs«, sagte Lyndale prompt. »Das ist Wilfrids Sache als Repräsentant des Herzogs. Er hat bereits um den Tanz gebeten.«
»Oh – also gut«, stimmte Gwendolen zu. »Es ist mir auf alle Fälle lieber, als mit Belville zu tanzen, und ich bin sicher, daß er

die Absicht hat, mich aufzufordern. Es tut mir sehr leid, Henry«, fuhr sie fort, als der Captain gerade in diesem Augenblick neben ihr erschien und den Mund öffnete, um etwas zu sagen, »aber Lord Lyndale hat mich bereits um diesen Tanz gebeten. Weshalb versuchen Sie es nicht mit Cammie? Wie Sie sehen, kann Leutnant Fairhall kaum humpeln, geschweige denn tanzen, und diese Londoner Leute sind so mit sich selbst beschäftigt, daß wahrscheinlich niemand auf die Idee kommen wird, sie aufzufordern.«

Der unglückliche Belville, der sich wieder zugunsten eines anderen zurückgesetzt fühlte – jedenfalls nahm Gwendolen an, daß er es so empfand –, preßte den Mund zusammen und blickte Lyndale unfreundlich an. Doch dann, nachdem ihm offenbar eingefallen war, daß ein Mann von Stand seine Privilegien hatte, verbeugte er sich etwas steif vor ihm, sagte, Lyndale hätte tatsächlich eine gute Wahl getroffen, und ging fort.

»Sie werden doch diesen Burschen nicht heiraten, oder?« fragte Lyndale in belustigtem Ton, als er Gwendolen zu den Tänzern führte. »Ich habe heute abend nämlich einen gewissen Mangel an leidenschaftlichem Feuer an Ihnen bemerkt, ihm gegenüber. Und da ich ein Gentleman bin, werde ich natürlich nicht darauf hinweisen, daß auch er von Ihrer fatalen Schönheit und seinen eigenen leidenschaftlichen Gefühlen nicht gerade überwältigt zu sein scheint.«

»Aber Sie haben darauf hingewiesen«, erklärte Gwendolen, ohne mit der Wimper zu zucken. »In der Tat haben Sie es sogar sehr deutlich gesagt.« Sie blickte nachdenklich zur anderen Seite des Raumes, wo die hohe, schmale Gestalt des Captains sich gerade über Campaspes Hand beugte. »Und vielleicht ist es wahr«, gab sie zu, »daß er von seinen Gefühlen nicht gerade übermannt wird. Doch andererseits müssen Sie zugeben, daß er sehr gehorsam ist, was bei einem Mann eine außerordentlich wünschenswerte Eigenschaft ist. Ich bin davon überzeugt, daß er einen exzellenten Ehemann abgeben wird.«

»Jedoch nicht für Sie«, erklärte Lyndale mit Überzeugung.

»Oh? Aber warum denn nicht?« fragte sie mit ahnungsloser Miene. Selbst wenn sie nicht mehr die geringste Absicht hätte, Belville zu heiraten, würde sie dem Marquis sicher nicht den Triumph gönnen, von ihr zu hören, wie recht er in der Einschätzung des Captains hatte.

Lyndale erklärte jedoch nur in einer aufreizend sachlichen Art,

daß sie es, wenn sie es noch nicht wisse, bestimmt bald genug herausfinden würde, sobald sie ihn geheiratet habe. Dann ging er zu einem anderen Thema über, nämlich zu Campaspe, und fragte sie, was zum Teufel denn heute in das Kind gefahren sei. »Wenn ich nicht ein besonders bescheidener Mensch wäre, könnte ich auf die Idee kommen, daß sie sich mir an den Hals werfen will«, sagte er. »Ich habe gedacht, sie ist mit dem jungen Fairhall verlobt.«
»Schscht!« sagte Gwendolen tadelnd und warf einen bedeutungsvollen Blick auf die anderen Tänzer.
»Unsinn!« sagte Lyndale. »Sie flirten doch alle so toll miteinander, daß sie gar nicht bemerken würden, wenn wir hier einen schottischen Tanz aufführten oder ›God Save the King‹ singen würden. Ich habe noch nirgendwo soviel Seufzen und Liebäugeln erlebt wie in vornehmen englischen Kreisen. Wenn in Marokko nur die Hälfte davon passierte, würde es von durchschnittenen Kehlen und blitzenden Dolchen nur so wimmeln. Zum Glück hat dort das weibliche Geschlecht bedeutend weniger Gelegenheit, seine Untugenden zu praktizieren.«
»Ich nehme an, Sie meinen die Harems«, sagte Gwendolen, die sich um einen strengen Ton bemühte, trotzdem aber nicht in der Lage war, ihre Neugierde zu verbergen. »Bitte erzählen Sie mir darüber! Tragen die Frauen dort wirklich Hosen und –«
»Meine liebe Miß Quarters!« unterbrach sie Lyndale mit einem bedeutungsvollen Heben seiner Brauen und einem Blick auf die anderen Tänzer. »Bitte denken Sie an meinen Ruf, wenn Sie schon nicht an Ihren denken!«
»Aber Sie haben doch gesagt, daß die gar nicht auf uns achten – oh, Sie machen nur einen Scherz!« sagte sie und blickte ihn streng an. »Was für ein widerlicher Mensch Sie doch sind!«
»Weil ich mit Ihnen nicht über Harems sprechen will! Das ist doch reine Selbsterhaltung. Wenn ich es nämlich täte, würden Sie mir doch sicher eine Predigt über die Unmenschlichkeit des männlichen Geschlechts halten.«
»Nun, ich glaube wirklich nicht, daß es ein sehr unterhaltsames Leben ist«, sagte Gwendolen in bestimmtem Ton. »Immer eingeschlossen zu sein und niemanden zum Sprechen zu haben als einen Haufen anderer Frauen. Ich glaube, man würde schließlich eine tödliche Langweilerin werden, was für den Ehemann auch nicht sehr angenehm ist.«
Lyndale versicherte ihr mit einem Ernst, der ihr verdächtig er-

schien, daß sie selbst in einem Harem wohl kaum zur tödlichen Langweilerin werden könnte, da er allein durch ihre Gegenwart schon beträchtlich belebt werden würde. Er fügte noch hinzu, daß nach seiner Erfahrung die Männer in Marokko unglücklicherweise wenig Wert auf die Plauderkunst ihrer Frauen legten. Dann kam er jeder abfälligen Bemerkung über diese Zustände zuvor, indem er das Gespräch noch einmal auf Campaspe brachte und sie fragte, was ihre Schwester denn im Sinn habe.

»Ich weiß es nicht«, sagte Gwendolen, die lieber gestorben wäre, als daß sie ihre junge Schwester verraten hätte, wie sehr sie deren Plan auch mißbilligte. Sie blickte mit ausdruckslosem Gesicht auf einen großen Beauvais-Wandteppich, auf dem sich eine Reihe üppiger Nymphen, die auf rosa Wolken schwebten, um einen selbstzufriedenen Jupiter drängten. Dann fuhr sie, einer plötzlichen Erleuchtung folgend, fort: »Vielleicht hat sie sich in Sie verliebt!«

»Eine sehr wahrscheinliche Geschichte«, sagte Lyndale grinsend.

»Oh?« sagte Gwendolen und hob ihre schrägen dunklen Brauen. »Ist das denn nicht meist bei Frauen der Fall? Ich dachte, daß es einer ganzen Reihe von ihnen passiert ist!«

Er nickte gelassen. »Oh, einer ganzen Reihe«, sagte er in aufreizend unverschämtem Ton. »Daher kenne ich auch die Anzeichen, Miß Quarters. Und ich kann Ihnen verraten, daß Ihre junge Schwester keineswegs solche Anzeichen zu erkennen gibt.«

»Tut es denn dann Miß Courtney?« fragte Gwendolen mit größter Unschuld. »Sie scheint ja sehr an Ihnen interessiert zu sein.«

Lyndale blickte hinüber zu Miß Courtney, die mehrere Aufforderungen zum Tanz abgelehnt hatte, weil sie die Ehre, neben dem Herzog sitzen zu dürfen, vorzog. Nun saß sie da und erlaubte ihm, unter ihrem Fächer ihre Hand zu halten.

»Miß Courtney«, sagte er trocken, »ist sehr an meinem Titel und meinem Vermögen interessiert, doch ich bezweifle, ob sich in ihrem mädchenhaften Herzen wirklich Liebe für mich regt. Nun erzählen Sie mir aber nicht«, fuhr er fort, als Gwendolen den Mund aufmachte, um etwas zu sagen, »daß Fräulein Campaspe sich auch zu dieser Ansicht bekehrt hat und meint, die Kleider einer Marquise würden ihr besser stehen als Ihrer

Schwester Jane. Das würde ich Ihnen nämlich nicht abnehmen, Miß Quarters!«
»Aber nein!« sagte Gwendolen ernst. »Cammie kümmert sich nicht um Titel und Vermögen – so einen Unsinn würde ich Ihnen wirklich nicht zu verkaufen versuchen. Übrigens habe ich Ihnen noch nicht dafür gedankt, daß Sie meinen Rat bezüglich Jane angenommen haben. Ich finde, daß Sie sich in der Sache sehr nett benommen haben.«
»Ja, finden Sie wirklich?« sagte Lyndale höflich, doch sehr unverbindlich. Und da sie in diesem Augenblick durch die Wendung des Tanzes getrennt wurden, hatte sie keine Gelegenheit, sich zu dem Thema weiter auszulassen.
Als sie wieder in der Lage waren, ihre Unterhaltung aufzunehmen, schien Lyndale sich mehr dafür zu interessieren, über Pferde zu sprechen als über Menschen. Er sagte, daß Mr. Quarters' »Conqueror« nach seiner Meinung die besten Aussichten habe, bei den Rennen in Cheltenham zu gewinnen, und obwohl Gwendolen in keiner Weise so ein Pferdenarr war wie ihr Vater, verstand sie als ausgezeichnete Reiterin doch eine Menge von Pferden, so daß das Gespräch in interessantester Weise verlief.
Die letzten Klänge der Musik waren gerade vergangen, als sie Campaspe und Captain Belville neben sich fanden.
»Oh, Lord Lyndale«, sagte Campaspe mit einem Ton, den Gwendolen als außerordentlich gewagt empfand, und so, als sei sie eine Dame von Welt. »Ich hoffe, Sie werden mich zum nächsten Tanz auffordern! Ich kann es kaum erwarten, von Ihnen alles über Marokko – oder war es Algerien? – zu hören und über die einheimischen Tänze, die Sie sicherlich bis zur Vollendung zu beherrschen gelernt haben.«
Lyndale blickte Gwendolen mit hochgezogenen Brauen so unverschämt an, daß sie ihn am liebsten ermordet hätte. »Das ist ganz reizend von Ihnen«, sagte er zu Campaspe, »doch meinen Sie nicht, daß ich Ihre Schwester Jane noch vor Ihnen zum Tanz auffordern sollte? Tatsächlich hat Miß Quarters mich in dieser Hinsicht gerade an meine Pflicht erinnert.«
»Oh«, sagte Campaspe völlig ungerührt, »Jane ist es überhaupt nicht gewohnt, auf ihre Rechte zu pochen. Und«, so fügte sie schmeichelnd hinzu, »ich möchte so gern alles über Algerien hören!«
Gwendolen bemerkte, daß Captain Belville dieser schamlosen

weiblichen Attacke völlig konsterniert folgte und daß Fairhall, der in der Nähe seinen Platz hatte und alles hören konnte, sie entsetzt anblickte. Sie entschied sich daher sofort, die Angelegenheit in die eigenen Hände zu nehmen, und sagte bestimmt: »Sei doch nicht so dumm, Cammie! Natürlich möchte Lord Lyndale mit Jane tanzen. Komm mit, ich bringe dich zu Mama.« Sie trieb ihre junge Schwester unbarmherzig vor sich her und kümmerte sich auch nicht weiter darum, als diese empört »Verräterin!« in ihr Ohr zischte.

»Hast du Alain denn nicht gesehen?« fuhr Campaspe zornig fort, als sie das Sofa erreicht hatten, von dem aus Lady Otilia zufrieden die Tanzenden beobachtete. »Er sieht ganz krank aus! Hast du denn überhaupt kein menschliches Mitgefühl?«

»Ich werde mit dir kein Mitgefühl haben, wenn du dieser lächerlichen Jagd auf Lyndale nicht sofort ein Ende machst!« versprach Gwendolen ihr heftig. »Jetzt setz dich neben Mama und versuche dich einigermaßen anständig zu benehmen!«

Campaspe blickte sie störrisch an und ließ sich nur höchst unwillig neben Lady Otilia auf dem Sofa nieder. Gwendolen, die sich nun darauf gefaßt machte, von Captain Belville, der ihnen gefolgt war, zum Tanz aufgefordert zu werden, fand sich im nächsten Augenblick Auge in Auge mit Lord Wilfrid.

»Miß Quarters, wollen Sie mir die Ehre geben?« sagte er, verbeugte sich leicht und bot ihr seinen Arm an.

Gwendolen blickte den Captain an, auf dessen Gesicht deutlich die Eifersucht des enttäuschten Liebhabers mit dem Respekt vor einem Titel kämpfte. Schließlich siegte das letztere, er preßte wieder einmal den Mund zusammen, machte ein mürrisches Gesicht und sagte gar nichts.

»Oh, also dann!« sagte Gwendolen zu Lord Wilfrid und ließ sich von ihm zu den übrigen Tänzern führen.

Lord Wilfrid begann sofort von einem improvisierten Picknick zu sprechen, das er für den nächsten Tag plante.

»Es ist mir eingefallen, während ich mit der reizenen Jane tanzte«, sagte er. »Ich muß unbedingt die drei Schwestern, wie die drei Grazien, Arm in Arm über eine Wiese in einer Waldlichtung schreiten sehen. Ich kann mich nie an ihre Namen erinnern – an die der drei Grazien natürlich –, doch ich glaube, daß sicherlich keine von ihnen Jane hieß. Doch Gwendolen und Campaspe würden mir als geeignet erscheinen, wenn sie auch nicht ganz stimmen.«

Gwendolen sagte, sie glaube, eine von ihnen hieß Euphrosyne, was sogar noch schlimmer sei als Campaspe. Sicherlich wäre Jane so getauft worden, wenn sie nicht glücklicherweise eine Großtante gehabt hätte, die Jane hieß und ein wenig Geld besaß.

»Und ich würde sehr gern zu einem Picknick mitkommen«, sagte sie. »Wir alle würden es gern. Werden wir fahren oder reiten? Und wohin soll es gehen?«

Lord Wilfrid, der sie von der Seite anblickte, meinte, sie könne doch bei diesem scheußlichen Wetter nicht in der Gegend herumstreifen wollen.

»Ja, aber wo soll denn sonst das Picknick stattfinden?« fragte Gwendolen verwundert.

»Wir werden es«, sagte Lord Wilfrid und zuckte müde die Schultern, »natürlich hier auf dem Besitz von Beauworth stattfinden lassen, Miß Quarters. Ich verirre mich selten nach draußen, jenseits des Schloßtores. Ich finde das Land so gewöhnlich, verstehen Sie – all die frische Luft, und dann glaube ich, daß da Kühe sind –«

»O ja, eine ganze Menge«, versicherte Gwendolen. »Ich mag sie aber gern – doch natürlich bin ich noch nie in London gewesen.«

»Diesen Mißstand werden wir abstellen, das haben wir uns doch vorgenommen. Sind Sie immer noch mit diesem prosaischen Captain verlobt?«

»Ja, natürlich. Wie hätte ich mich denn auf einer Dinnerparty entloben können, selbst wenn ich es gewollt hätte. Doch vielleicht werde ich es eines Tages nicht mehr sein. Das weiß man ja nie«, sagte Gwendolen und blickte Lord Wilfrid nachdenklich an. Sie wußte von ihrer Lektüre und von dem gelegentlichen Kontakt mit solchen Leuten wie Lady Priscilla genug von der vornehmen Welt, um zu merken, daß Lord Wilfrid nicht der Typ eines Mannes mit Heiratsabsichten war. Sie fragte sich daher mit einiger Beklemmung, ob sie von ihm vielleicht einen unsittlichen Antrag bekommen würde. Alles in allem empfand sie ihn jedoch als ebenso langweilig wie den Captain. Man konnte sich jedoch seine unsittlichen Anträge nicht aussuchen, und da sie, wie Lady Otilia, auch ein bißchen romantisch veranlagt war, begann sie sich in ihrer Phantasie sofort eine dramatische Szene auszudenken: Lord Wilfrid, verschmäht von einer tugendhaften Frau, folgte seiner niederen

Natur und versuchte sie mit Gewalt zu nehmen, wurde jedoch von ihrem galanten Verlobten Captain Belville, der sie mannhaft verteidigte, an seiner schändlichen Absicht gehindert. Der einzige Haken war nur, daß sie sich beim besten Willen nicht vorstellen konnte, daß Captain Belville jemals so weit gehen würde, ein Mitglied des Hochadels anzugreifen. Jedoch, so dachte sie bei sich, konnte man nicht wissen, ob er nicht doch verborgene Tiefen hatte, die einen hoffnungsvoll stimmen durften.

Während des restlichen Tanzes waren Lord Wilfrids Aufmerksamkeiten Gwendolen gegenüber auf jeden Fall außerordentlich zufriedenstellend. Und zwar so sehr, daß nach dem Ende des Tanzes, als es Captain Belville schließlich gelang, ihre Hand für den nächsten Tanz zu erlangen, kaum ein Wort gesprochen wurde, weil er so gekränkt war. Sie bemerkte, wie Lord Lyndale – der zu Miß Courtneys offensichtlichem Mißvergnügen mit einer anderen Londoner Dame tanzte – sie mit unverschämter Belustigung ansah. Dies reizte Gwendolen so sehr, daß sie die Zähne zusammenbiß und sich mit Entschlossenheit Belville zuwandte, den sie allerdings mit ihrem Geplauder nicht aus der Reserve locken konnte.

Schließlich war der Tanz zu Ende, und sie konnte den Captain seiner Verdrossenheit überlassen und sich neben den jungen Leutnant Fairhall setzen, der auch den Eindruck machte, als würde dieser Abend ihn nicht recht erfreuen. Erstens interessierte er sich nicht für die herzogliche Pracht von Beauworth; zweitens konnte er nicht tanzen; und drittens glühte er vor Eifersucht und Enttäuschung, weil Campaspe sich den ganzen Abend nicht im geringsten um ihn gekümmert und sich statt dessen lächerlich gemacht hatte, als sie hinter Lyndale herlief.

»Was zum Teufel denkt sie sich eigentlich dabei?« fragte er zornig. »So etwas Blödsinniges habe ich mein ganzes Leben noch nicht gesehen. Lyndale hat doch Jane einen Antrag gemacht, nicht wahr? Sie sind, nach dem, was meine Mutter sagt, so gut wie verlobt. Und Cammie und ich sind verlobt, verdammt noch mal! Sie muß wirklich nicht ganz richtig im Kopf sein heute abend!«

Gwendolen versuchte alles, um ihn zu trösten, doch sie wußte nicht, wie sie das anstellen sollte, ohne ihm zu verraten, daß Campaspe in ihrer Verfolgung Lyndales nur von den edelsten Absichten getrieben wurde. Denn das eigentliche Motiv konnte sie ihm nicht sagen. Sie hatte Neil sehr gern, doch sie glaubte, daß er nicht mehr Diskretion besaß als Campaspe, und wenn sie ihm erzählen würde, daß sie alles tat, um Jane daran zu hindern, Lyndale heiraten zu müssen, weil sie Alain de Combray liebte, dann würde die Geschichte bald in der ganzen Nachbarschaft verbreitet sein.

Sie sagte ihm also statt dessen, daß Campaspe noch sehr jung sei und daß sie, Gwendolen, mit ihr sprechen wolle, was sie tatsächlich auch tat, jedoch ohne den geringsten Erfolg. Campaspe, die hingerissen war von dieser ersten »Erwachsenen-Party« ihres Lebens, hatte nicht die geringste Lust, vernünftige Ratschläge anzunehmen. Sie erklärte statt dessen, daß sie Lyndale noch einmal fragen wolle, ob er mit ihr tanzen werde, und indem sie dies sagte, stand sie schon auf und bewegte sich auf ihn zu. Gwendolen, die ihr folgte, war bald in eine hitzige, jedoch nach außen hin gütliche Unterhaltung mit ihr verwickelt, die jedoch jäh ein Ende fand, als das Orchester zu spielen begann und Lyndale sie und nicht Campaspe aufs Parkett führte.

»Aber nein! Soll ich denn? Sollten Sie nicht besser Miß Courtney gebeten haben?« fragte sie verwirrt und kam sich wie eine der Sabinerinnen vor, die von einem grimmigen Römer entführt wurde. Das Orchester spielte nämlich einen Walzer, und statt ihrem Partner in artigem Abstand gegenüberzustehen, lag sie in seinen Armen und wurde auf eine meisterhafte Art durch den Raum gewirbelt. »Immerhin ist dies heute abend das zweite Mal, und Sie haben noch nicht einmal mit ihr getanzt –«

»Miß Quarters«, sagte Lyndale, »wenn Sie nicht aufhören, mir zu erzählen, mit wem ich tanzen soll und mit wem nicht, werde ich etwas Drastisches –«

»Aber was könnten Sie denn tun?« unterbrach ihn Gwendolen interessiert. »Sie könnten mir nicht zuhören, aber das ist doch nichts Drastisches –«

»Nun, zum Beispiel könnte ich für den ganzen Rest des Abends mit Ihnen tanzen«, sagte Lyndale.

»Nein, das könnten Sie nicht, denn ich würde es nicht tun«, erklärte Gwendolen prompt. »Sie tanzen nämlich gar nicht besonders gut Walzer. Sie sind viel zu eigenwillig und wollen es auf Ihre Weise machen, und daher wäre es für mich kein Vergnügen, selbst wenn es schicklich wäre, daß ich so oft mit Ihnen tanze. Doch ich nehme an, man tanzt in Marokko keinen

Walzer, so daß Sie keine Gelegenheit hatten, es richtig zu lernen. Ich gebe zu, daß auch ich keine Expertin bin, denn hier auf dem Land wird nicht viel Walzer getanzt. Doch Jane hat versucht, es mir beizubringen, seit sie aus London zurück ist. Sie tanzt ihn ganz vorzüglich!«
»Ich sehe es«, sagte Lyndale, den ihre Kritik an seinen tänzerischen Fähigkeiten nicht besonders zu beeindrucken schien.
Sein Blick ging hinüber auf die andere Seite des Raumes, wo Jane, die Alaine de Combray gestattet hatte, sie aufs Parkett zu führen, in langen, verträumten Kreisen dahinschwebte. Ihre Lippen waren leicht geöffnet und ihre Wangen leicht gerötet. Gwendolen bemerkte mit einigem Schrecken, daß ihre blauen Augen, die auf das Gesicht des jungen Franzosen blickten, in einer Art trauriger Intensität glänzten, die jedermann berühren mußte, der sie beobachtete. Sie blickte Lyndale schnell von der Seite an. Er blieb ruhig, machte jedoch einen nachdenklichen Eindruck. »Ohne Zweifel«, so bemerkte er dann, »ist das ein schönes Paar – Ihre Schwester und der junge M. de Combray, Miß Quarters.«
»Ja, wirklich«, stimmte ihm Gwendolen zu und versuchte zu verbergen, wie unangenehm ihr dieses Thema war, doch konnte sie nicht verhindern, daß diese beiden Worte begeistert herauskamen. Sie versuchte es dann wieder gutzumachen, indem sie erklärte, daß fast jeder Herr vorteilhaft wirke, wenn er mit Jane tanze. »Wie ich Ihnen schon gesagt habe, sie hat in London gelernt, wie man Walzer tanzt«, sagte sie.
»Und hat dort auch eine Menge anderer Dinge gelernt, nehme ich an«, sagte Lyndale, immer noch mit nachdenklicher Stimme. Er schaute dann auf einmal Gwendolen an. »Werden Sie und Ihre Schwestern morgen an Wilfrids Picknick teilnehmen?« fragte er und wechselte damit plötzlich das Thema.
Gwendolen sagte etwas verwundert, daß sie es wohl tun würden, wenn Lady Otilia nichts dagegen habe.
»Weshalb fragen Sie?« wollte sie wissen.
»Reine Neugierde«, sagte Lyndale kurz, was natürlich nur ein höflicher Euphemismus war. »Das ist jedoch nicht Ihre Sache, Miß Quarters.«
Sie blickte ihn mißtrauisch an und hatte das Gefühl, daß er einen Plan im Kopf hatte, der in irgendeiner Weise Jane und Alain de Combray betraf, und sie hatte Mühe, einen Seufzer zu unterdrücken angesichts der schrecklich verwickelten Lage.

Wenn nur Jane sich dazu entschließen könnte, Lyndale zu sagen, daß sie ihn nicht heiraten könne. Selbst wenn Alain und Jane arm wie Kirchenmäuse wären und Brightleaves in die Hände der Messrs. Smith and Brown fiele, wüßte man wenigstens, woran man war, und könnte dementsprechend handeln. Im Augenblick wußte sie jedoch nicht, ob sie froh oder traurig darüber sein sollte, daß Lyndale diesen Ausdruck auf Janes Gesicht gesehen hatte. Es machte sie jedoch auf jeden Fall etwas nervös. Männer, die längere Zeit in Marokko gelebt hatten, könnten seltsame Vorstellungen über verlobte Frauen (selbst wenn sie nicht offiziell verlobt waren) entwickeln, die andere Männer so anblickten wie Jane M. de Combray. Und selbst wenn es sich nicht so verhielt, konnte sie das Gefühl nicht loswerden, daß Lyndale unberechenbar war.
Sie würde nichts anderes machen können, als Jane, wenn sie nach Brightleaves zurückgekehrt wären, davor zu warnen, Alain überhaupt anzublicken, wenn sie nicht in der Lage war, ihre Augen besser zu hüten. Doch da sie nach ihrer Rückkehr alle ziemlich müde waren und Jane sowieso in schlechtester Stimmung schien, entschloß sie sich, das Thema nicht zur Sprache zu bringen.

9

Am folgenden Tag erschien eine glanzvolle Kutsche mit pflaumenblauen Polstern und dem Wappen des Herzogs auf der Türe in Brightleaves, um die drei jungen Damen nach Beauworth zu bringen. Lady Otilia hatte es unter dem Vorwand, an diesem Tage wie üblich die Kranken und Armen besuchen zu müssen, abgelehnt, sie zu begleiten. Im Grunde hatte sie jedoch das dunkle Gefühl, daß es besser sei, nicht mitzukommen, da Lyndale vielleicht eher die Gelegenheit ergreifen würde, Jane zum Ja-Sagen zu bewegen, wenn keine zukünftige Schwiegermutter in der Nähe war. Sie hatte natürlich dafür gesorgt, daß die Mädchen nicht ohne Chaperons waren, und da Lady Maria und eine der Londoner Damen, eine Mrs. Webley, anwesend waren, brauchte sie sich diesbezüglich keine Sorgen zu machen.
Gwendolen, die ein rehfarbenes Kleid und einen breitkrempi-

gen Hut trug, den sie mit braunen Samtbändern unter dem Kinn befestigt hatte – beides aus London von Lady Priscilla geschickt –, sah darin äußerst vorteilhaft aus. Als sie die Kutsche bestieg, gab ihr das einige Sicherheit, denn sie sah nun der Unterredung mit Captain Belville, die sie an diesem Nachmittag haben würde, mit mehr Gelassenheit entgegen. Was Jane betraf, so sah sie hübscher aus denn je in ihrem himmelblauen Kleid und Hut, was genau zur Farbe ihrer Augen paßte. Campaspe hatte alles getan, um ihre allzu jugendliche Erscheinung zu verändern. Sie hatte in letzter Minute zu ihrem geblümten Musselinkleid einen von Lady Otilias Turbanen ergattert, zusammen mit langen Ohrringen aus Bergkristall. Sie wußte genau, daß es nun für ihre Mutter und Schwestern zu spät war, sie noch einmal zurück ins Schlafzimmer zu schicken, um sich eine passendere Kopfbedeckung zu holen.

Sie fuhr also im Triumph in der Kutsche fort, den Turban immer noch auf dem Kopf. Natürlich gab es von seiten der herzoglichen Gäste einiges Kichern hinter vorgehaltenem Fächer und manche erstaunten Blicke, doch sie nahm dies mit größtem Aplomb entgegen, da sie es als Tribut an ihre elegante Aufmachung ansah. Zu Gwendolens größtem Mißvergnügen hängte sie sich sofort an Lyndale, obwohl sie ihr extra befohlen hatte, dies nicht zu tun. Als die Gesellschaft hinaus in den Garten zog, hatte sie seinen Arm ergriffen und ließ ihn nicht mehr los.

»Bitte ermutigen Sie sie nicht!« zischte Gwendolen, die ihrerseits Belvilles Arm genommen hatte, ihm jedoch kurz entkam, eindringlich in Lyndales Ohr. Der Captain hatte ihr zuvor mit der Geste eines Mannes, der in einen sauren Apfel beißt, den Arm gereicht, bemühte sich nun jedoch, eine heitere Miene zu machen.

Lyndale wandte sich nach ihr um. »Oh, sie bedarf keiner Ermutigung«, versicherte er ihr. »Ebensowenig wie eine Klette. Sie könnten sie jedoch bitten, nicht so an mir zu ziehen, denn sonst werde ich erschöpft sein, bevor es Abend wird.«

Gwendolen, deren Wangen vor Entsetzen gerötet waren, sagte entrüstet zu Campaspe: »Wenn du dich schon nicht um deinen eigenen Ruf kümmerst, könntest du wenigstens an den deiner Familie denken. Merkst du denn nicht, daß Lord Lyndale gar nichts an deiner Gesellschaft gelegen ist? Geh zu Neil und häng dich bei ihm ein.«

Campaspe schnitt eine Grimasse. »Ich kann es nicht«, sagte sie. »Neil ist böse mit mir. Außerdem bin ich ausgezeichnet mit Lyndale ausgekommen, bevor du dich eingemischt hast. Stimmt es nicht, Mylord?« fragte sie und blickte ihn mit einem Ausdruck an, den sie offenbar für sehr kokett hielt.

»Nun, wenigstens bewahren wir uns beide davor, Dummheiten zu machen«, gab Lyndale zu. »Doch weshalb schließen Sie sich uns nicht an, Miß Quarters? Wenn ich eine von Ihnen an jedem Arm habe, wird selbst Miß Campaspe nicht von mir annehmen, daß ich zu weit gehe!«

»Zwei Damen ganz für Sie allein, Lyndale! Das ist unfair – außerordentlich unfair!« sagte Lord Wilfrid, der in diesem Augenblick mit seiner gewohnt herablassenden Miene neben ihnen erschien. »Miß Quarters, ich beanspruche Ihre Gesellschaft als mein Recht. Erlauben Sie mir, Ihnen die Gärten zu zeigen, bevor die Hitze unerträglich wird? Mein Papa hat keine Kosten gescheut, um sie anzulegen, also müssen sie bewundert werden!«

Gwendolen, die keine rechte Möglichkeit sah, Lord Wilfrid Campaspe als Ersatz vorzuschlagen oder Campaspe dazu zu bringen, Lyndale zu verlassen, sagte in ihrer Verzweiflung, daß sie entzückt darüber wäre. Natürlich wußte sie, daß sie nun Belville wieder Grund geben würde, sich gekränkt zu zeigen, denn zuerst hatte sie mit Lyndale gesprochen, und nun würde sie mit Lord Wilfrid davonziehen. Doch sie war sowieso dazu entschlossen, heute abend die Verlobung zu lösen. Dann mußte sie ihn an einen ausreichend abgelegenen Ort locken – und ihr Instinkt sagte ihr, daß es leichter ist, einen Liebhaber fortzuschicken, der sowieso mit einem böse war, als einen, der sich in bester Stimmung befand.

Was sie wirklich bekümmerte, war Campaspe, die sie nicht gern mit Lyndale zurückließ, da ihm bei seinem mangelnden Sinn für Schicklichkeit alles zuzutrauen war. Diesbezüglich mußte sie sich wahrscheinlich auf Miß Courtney verlassen, die offenbar ihre Jagd auf Lyndale noch nicht aufgegeben hatte und die sicherlich bald auf der Bildfläche erscheinen würde, um dieses Tête-à-tête zu einer Konversation à trois zu machen.

So ging sie mit Lord Wilfrid davon, warf aber Campaspe noch einen warnenden Blick zu, der bedeuten sollte, daß es fürchterliche Konsequenzen hätte, wenn sie sich nicht sittsam benehmen würde. Sie mußte jedoch leider feststellen, daß ihre

kleine Schwester dies nicht weiter beachtete und daß Lyndale sie nur belustigt anblickte.
Doch sowohl Campaspe als auch Seine Lordschaft waren bald Gwendolens Gedächtnis entschwunden, da andere Gedanken sie in Anspruch nahmen. Sie und Lord Wilfrid waren kaum aus dem »Englischen Garten« herausgekommen – der nach der Mode des 18. Jahrhunderts mit Rosenbeeten, Rabatten und Statuen von Schafhirten und Schafthirtinnen bestückt war – und hatten den kunstvolleren »Italienischen Garten« betreten, als sie entdeckte, daß Lord Wilfrid, ebenso wie Campaspe, an diesem Tag nicht gesonnen war, bei der Ausführung seiner Pläne viel Zeit zu verlieren. Als er sie dazu einlud, an der Balustrade der Terrasse zu halten, von der aus man auf den Seerosenteich und den wunderbaren Bronzebrunnen blicken konnte, fühlte sie auf einmal, wie sich ein Arm schmeichelnd um ihre Hüfte legte. Als sie sich abwandte und ihr Interesse für einen wilden Garten bekundete, der weiter unten in einem kleinen Tal lag, wurde sie in eine Eibenalle geführt und entdeckte zu spät, daß sie nun erst recht verraten war, denn man konnte dort von niemandem beobachtet werden.
»Hinreißende Kreatur!« sagte Lord Wilfrid in der emphatischen Manier der Kavaliere des 18. Jahrhunderts. »Wann werde ich dafür belohnt, mein bezaubernder Engel«, fuhr er fort und legte seinen Arm wieder um ihre Taille, »daß ich nun bereits vierundzwanzig Stunden an Sie verschwendet habe?«
Und noch bevor sie sich von der Überraschung über soviel Kühnheit erholen konnte, hatte er seine freie Hand unter ihr Kinn gelegt, hob es leicht und war gerade dabei, einen Kuß auf ihren Mund zu drücken, als eine empörte Stimme auf einmal dieser romantischen Absicht ein Ende machte.
»Madam!« sagte die Stimme, die Captain Belville gehörte, wie Gwendolen sofort erfaßte, noch bevor sie sich umgedreht hatte. »Ist das Ihre – Ihre Treue?« fuhr er fort, und zwar mit dem zornigen Ton eines Admirals, der gerade Zeuge einer unerhörten Insubordination in den Reihen seiner Soldaten geworden war. »Haben Sie denn ganz vergessen, Madam, daß Sie mir versprochen sind?«
»Aber, aber, Mann«, sagte Lord Wilfrid mit seiner langgezogenen, trägen Stimme und schritt damit selbst ein, noch bevor Gwendolen etwas sagen konnte. »Haben Sie doch Manieren und machen Sie hier keine Szene! Was wäre denn ein Picknick

ohne einen kleinen Flirt? Und Miß Quarters ist, wie Sie ja wissen, ein verteufelt hübsches Mädchen. Kein bißchen Unrecht in der ganzen Angelegenheit –«

Gwendolen konnte sehen, wie die Lippen des Captains bei der Arroganz dieses Dandys zitterten. Doch nicht einmal der Anblick seiner Verlobten in den Armen solch eines Wüstlings konnte ihn dazu bewegen, über den Sohn eines Herzogs den Zorn auszugießen, den er ihr gegenüber nur zu gern äußerte.

»Sir – Sir –« stammelte er steif. »Ich möchte Ihre Rolle in dieser unglückseligen Angelegenheit außer acht lassen! Die Sache geht ausschließlich Miß Quarters und mich etwas an, und ich würde Sie bitten, sich zurückzuziehen und uns allein zu lassen.«

»Aber mit dem größten Vergnügen, mein lieber Mann!« sagte Lord Wilfrid zuvorkommend. »Nichts verabscheue ich so wie Szenen, vor allem vor dem Essen – außerordentlich unbekömmlich für die Verdauung, meinen Sie nicht auch? Aber ich bitte Sie alle beide, kommen Sie nicht zu unserem kleinen Picknick zu spät. Victor – der wirklich vorzügliche Küchenchef meines Papas – versicherte mir, daß er sich heute mit einem Biscuit à la crème selbst übertroffen habe. Sie können uns in etwa einer Viertelstunde unter der hübschen rosa Musselinmarkise versammelt finden, die Sie dort am Ende der Allee sehen. Miß Quarters« – höfliche Verbeugung – »Ihr sehr gehorsamer Diener.«

Und er war gegangen und überließ Gwendolen ungeschützt dem Zorn des indignierten Belville.

Sie merkte jedoch sofort, daß diese Szene keineswegs nur Indignation bei ihm bewirkte, denn er hatte offenbar inzwischen erfaßt, daß sich hier eine Chance anbot, sich von ihr zu befreien. Als er zu sprechen begann, geschah es nämlich keineswegs mit der Miene eines Mannes, der gerade gesehen hatte, wie seine Verlobte von einem anderen Mann umarmt wurde. Da sie aber keine Lust hatte, ihm den Triumph zu gönnen, das Verlöbnis von sich aus zu lösen, begann sie sofort zum Angriff überzugehen und sagte gebieterisch: »Bitte hören Sie auf!«

Captain Belville, der dazu erzogen war, Befehle anzunehmen, tat es, ohne darüber nachzudenken. Doch dann, nachdem er sich besonnen hatte, von wem der Befehl kam, runzelte er die Stirn und setzte noch einmal an:

»Wie ich bereits gesagt habe –«

»Sie werden gar nichts sagen, Henry«, erklärte Gwendolen höflich, aber bestimmt, »bis Sie gehört haben, was ich zu sagen habe.« Sie sprach schnell weiter, weil sie den rebellischen Blick des Captains bemerkte. »Erstens muß ich Ihnen sagen, wie schockiert und enttäuscht ich über Ihr Benehmen bin –«

»Mein Benehmen?«

»Natürlich, Ihr Benehmen. Ich hatte Sie für einen ritterlichen Mann gehalten, einen Mann, auf dessen edelmütige Natur ich mich verlassen konnte, um mich vor so unangenehmen Aufmerksamkeiten zu bewahren, wie Lord Wilfrid sie mir aufgezwungen hat –«

»Ihnen aufgezwungen!« sagte der Captain, dessen Gesicht rot anlief. »Sie sind ja selbst mit ihm hierhergekommen!«

»Weil ich mich«, sagte Gwendolen geistesgegenwärtig, »auf seine Ehrenhaftigkeit als Gentleman verlassen habe. Wie konnte ich annehmen, daß er seine Kenntnis dieses verborgenen Ortes ausnützen würde, um mir seine Aufmerksamkeiten aufzuzwingen? Oder«, fuhr sie unbarmherzig fort, als sie sah, daß der Captain wieder den Mund aufmachte, um etwas zu sagen, »daß der Gentleman, auf den ich glaubte mich in erster Linie verlassen zu können, um mich zu schützen, statt dessen die unmännlichste und gemeinste Interpretation der Situation bereit gehabt hat.«

»Aber, zum Teufel, Madam«, stammelte der Captain und versuchte verzweifelt, aus der Ecke herauszukommen, in die er sich gedrängt sah, »was sollte ich denn sonst annehmen? Sie können doch nicht leugnen, daß Lord Wilfrid Sie seit gestern abend, als er Sie zum ersten Mal sah, ständig mit Aufmerksamkeiten verfolgt hat und daß Sie ihm keinen Grund gegeben haben anzunehmen, diese Aufmerksamkeiten würden Ihnen unangenehm sein –«

Gwendolen merkte, daß es wieder Zeit war, zum Angriff überzugehen, damit der Captain sie nicht seinerseits in die Ecke drängen konnte.

»Captain Belville«, sagte sie mit einem würdevollen Bedauern, das selbst Lady Otilia, die sich mit dramatischen Szenen auskannte, Anerkennung abgezwungen hätte, »Sie brauchen mir nichts mehr zu sagen! Ich nehme an, Sir, Ihr langer Aufenthalt zur See hat bewirkt, daß Sie bezüglich der gegenwärtigen gesellschaftlichen Gepflogenheiten nicht mehr ganz auf dem laufenden sind. Auf jeden Fall sind Sie der Typ Mann, der sich bei jeder Gelegenheit, die ihm seiner Meinung nach Anlaß zur Eifersucht gibt, unangenehm verhält. Unter solchen Umständen und mit dem größten Bedauern muß ich Ihnen sagen, daß ich es für die beste Lösung halte, wenn wir uns trennen.«

»Uns trennen?« sagte der Captain und blickte sie ungläubig an, offenbar hin- und hergerissen zwischen Erleichterung und Indignation. Erleichterung, weil er die Freiheit vor sich sah, und Indignation, weil man ihm die Rolle der beleidigten Partei entrissen hatte. »Meinen Sie –«

»Genau das meine ich«, warf Gwendolen ein, die nicht die Absicht hatte, sich die Initiative nehmen zu lassen. »Unsere Verlobung, Captain Belville, ist an ihrem Ende angekommen. Ich glaube, daß eine Notiz in der ›Morning Post‹ zu diesem Zweck angebracht wäre, doch da ich keine Erfahrung in diesen Angelegenheiten habe, kann ich es nicht genau sagen. Vielleicht sind Sie in der Lage, mir diesbezüglich zu helfen?« Captain Belville, der nun vor Entsetzen beinahe erstickte, weil man ihm zumutete, der Veteran von einem halben Dutzend aufgelöster Verlöbnisse zu sein, sagte mit größter Schärfe, daß er in dieser Hinsicht ebenso unerfahren sei wie sie. Sie standen einander einige Sekunden feindlich gegenüber, und dann, wie auf geheime Verabredung, gingen sie auf einmal auf die rosa Musselinmarkise zu, die Lord Wilfrid erwähnt hatte. Nach einigen Schritten hielt Gwendolen jedoch noch einmal an und wandte sich Captain Belville zu.

»Ich glaube«, sagte sie freundlich zu ihm, »daß ich am besten zuerst vorgehe und daß Sie mir nach ein paar Minuten folgen, so daß Miß Courtney nicht auf die Idee kommt, wir hätten miteinander gestritten. Und es könnte Ihnen helfen, wenn Sie sich um eine freundlichere Miene bemühten. Gesichter sind nämlich so verräterisch, müssen Sie wissen.«

Nachdem sie dies gesagt hatte, ging sie die lange grüne Allee entlang und ließ Belville, der noch immer völlig benommen war, hinter sich. Natürlich war es für ihn durchaus wünschenswert, von der Verpflichtung befreit zu sein, eine junge Dame zu heiraten, die kein Vermögen hatte und die gewiß für ihn nicht sehr leicht zu ertragen gewesen wäre. Doch daß sie es war, die das Verlöbnis gelöst hatte und ihn wie einen dummen Schuljungen behandelte – das sah er als außerordentlich schwere Kränkung an.

Er ging langsam die grüne Allee hinunter und grübelte darüber nach, wie er sich der aufreizenden Miß Quarters gegenüber verhalten sollte, da er ja heute nachmittag in der Öffentlichkeit in ihrer Begleitung erscheinen mußte. Sollte er ihr in aller Deutlichkeit zeigen, daß sie ihn tief verletzt hatte? Diese Reaktion würde ihm sicher gut zustatten kommen, wenn – was ja notwendig wäre – die unangenehme Geschichte von dem aufgelösten Verlöbnis erzählt werden mußte. Oder sollte er sich bemühen, ganz wie sein gewohntes Selbst zu erscheinen – ein Mann, dessen Gewissen rein und der durchaus bereit war, sich einer Frau gegenüber großmütig zu zeigen, die ihn so schlecht behandelt hatte?

Er konnte sehen, daß das modische rehbraune Gewand dieser ärgerlichen jungen Dame so unbekümmert daherflatterte, als hätte man sie nicht gerade in flagranti entdeckt – oder wenigstens dabei, was seiner Meinung nach in flagranti bedeutete. Doch auf einmal hielt es an, und zwei andere Gestalten erschienen im Blickfeld – die eines großen jungen Mannes mit einem deutlichen Hinken und die andere einer kleinen jungen Dame im geblümten Musselingewand und einem Turban. Der junge Mann hatte Mühe, mit der jungen Dame Schritt zu halten, doch seine ganze Haltung drückte deutliche Entschlossenheit aus, und er hatte offenbar auch keine Skrupel, von einer empörten Stentorstimme Gebrauch zu machen, als er merkte, daß die junge Dame ihn hinter sich ließ.

»Cammie! Komm hierher zurück!« schrie er wütend.

»Das werde ich nicht tun! Du bist ein Biest!« schrie die junge Dame zurück und hielt einen Augenblick an, damit sie ihm diese Worte noch wirkungsvoller entgegenschleudern konnte.

Die jungen Leute, das war klar, waren mit sich zu sehr beschäftigt, um die Gegenwart Gwendolens wahrzunehmen, die fast am Ende der Allee angekommen war, oder die von Captain Belville, der ihr auf dem Fuß folgte. Erst als Campaspe sich noch einmal nach Leutnant Fairhall umdrehte und dabei mit ihrer Schwester zusammenstieß, merkte sie, daß die Szene, in die sie so heftig verstrickt war, sich nicht im Privaten abspielte.

»O Gwen!« ächzte sie erschrocken, fuhr dann aber gleich fort: »Wie froh bin ich, dich zu sehen!« Sie drehte sich um und klammerte sich an Gwendolens Arm, die kleine Gestalt sehr steif und aufrecht. »Willst du bitte diesem – diesem Gentleman beibringen«, sagte sie und wies mit hochmütiger Geste auf den jungen Fairhall, »daß es mir wirklich ein Vergnügen ist, wenn er nicht länger mit mir verlobt sein will. Denn ich will auch nicht länger mit ihm verlobt sein! Und nun – willst du mich bitte zurück zu den anderen bringen, denn ich habe nicht die Absicht, mit ihm zusammen zu bleiben!«

10

Es wäre übertrieben zu behaupten, daß diese Erklärung in den Herzen der Personen, die sie vernahmen, reines Entsetzen hervorgerufen hätte. Sicher fand Gwendolen es etwas beunruhigend, doch da sie ihre kleine Schwester kannte, dachte sie sich, daß die ganze Angelegenheit vielleicht nicht mehr bedeute als ein Sturm im Wasserglas. Leutnant Fairhall war offensichtlich viel zu verärgert, um über irgend etwas entsetzt zu sein, und Captain Belville – das muß gestanden werden – empfand nichts als ruchlose Freude. Die Auflösung seines Verlöbnisses mit Gwendolen, die ja einiges Aufsehen erregen würde, wurde nun durch den noch viel sensationelleren Bruch zwischen dem jungen Fairhall und Campaspe weit in den Schatten gestellt.

Es gelang ihm jedoch, trotz seiner gehobenen Stimmung seine würdige Haltung zu bewahren, so daß Campaspe, die ihn weiter unten in der Allee wie festgewurzelt dastehen sah, auf ihn zuging und sagte: »Captain Belville, wollen Sie mich bitte zu den andern zurückbringen? Ich möchte auf gar keinen Fall hierbleiben!« Dies tat sie, weil sie erkannt hatte, daß Gwendolen nicht beabsichtigte, sie mit sich zu nehmen, bevor sie ihr nicht erklärt hatte, was der Grund ihres Zwistes war.

Captain Belville, der auch nicht dort bleiben wollte, andererseits jedoch ernste Bedenken hatte, sich in den Streit zweier Liebender einzumischen, nachdem er selbst gerade wenig ruhmreich einem solchen Streit entkommen war, blickte sie zweifelnd an. Doch Gwendolen, die inzwischen mit Leutnant Fairhall hinter Campaspe hergegangen war, löste das Dilemma, indem sie ihm sagte, er solle ihre Schwester zum Gartenzelt bringen, da sie mit Leutnant Fairhall ein Wort zu sprechen habe.

»Es hat überhaupt keinen Zweck, daß du mit ihm sprichst«, er-

klärte Campaspe hochmütig. »Er ist außerordentlich schlecht gelaunt und vollkommen unvernünftig.«
Und sie nahm den Arm des Captains und ging mit ihm davon, während Neil wutschnaubend zurückblieb.
»Schau sie doch einmal an!« sagte er zähneknirschend. »Könnte man nicht meinen, daß sie diejenige ist, die in ihrer Ehre gekränkt wurde? Dabei weißt du ganz genau, daß sie es war, die sich so unmöglich benommen hat bei ihrer Flirterei mit Lyndale.«
»Ja, ich weiß«, sagte Gwendolen beschwichtigend. »Sie hat sich wirklich sehr schlecht betragen – doch du mußt dir nicht zu viele Gedanken darüber machen. Sie ist eben noch jung und leichtfertig –«
»Ja, verdammt noch mal, allzu leichtfertig für meinen Geschmack!« sagte Neil bitter. »Doch das spielt jetzt keine Rolle, denn unsere Verlobung existiert nicht mehr, und es kann mir ganz egal sein, welche Dummheiten sie sich jetzt noch in den Kopf gesetzt hat!«
»Aber, aber, Neil, das ist doch Unsinn!« sagte Gwendolen sachlich. »Du und Cammie, ihr habt euch doch schon fast als Kinder vorgenommen zu heiraten, und du kannst doch nicht wegen so einem dummen Mißverständnis den Kopf verlieren!«
»Nein, kann ich das nicht?« sagte Neil zornig. Er wandte sich ihr zu und sah sie auf einmal sehr freundlich an. »Aber ich bin wirklich ein Grobian, Gwen, daß ich dir das alles ins Gesicht schleudere«, sagte er. »Du bist so ein guter Kerl, bist es immer gewesen und bist Dutzende von Cammies wert! Und ich hab' ja Belville angemerkt, daß du in dieser Hinsicht auch deine Schwierigkeiten gehabt hast –«
»Aber nein, nicht die geringsten Schwierigkeiten«, versicherte ihm Gwendolen. »Du sollst der erste sein, dem ich es sage, Neil, daß Captain Belville und ich beschlossen haben, unser Verlöbnis zu lösen, weil wir zu der Ansicht gekommen sind, daß wir nicht zueinander passen.«
Neil stieß einen Pfiff aus. »Gut«, sagte er nach einer Weile freimütig, »ich kann nicht behaupten, daß ich überrascht bin darüber. Ich habe mich immer gefragt, wie ihr beiden jemals miteinander auskommen würdet. So ein pedantischer, steifer Kerl wie der –«
Gwendolen lächelte etwas reumütig. »Nein, du darfst den ar-

men Mann nicht allzuschlecht machen«, sagte sie. »Ich habe das sehr ungute Gefühl, daß von Anfang an alles mein Fehler war. Ich konnte einfach nicht von meinen romantischen Vorstellungen lassen, denn ich habe doch Lord Nelson so verehrt. Und ich habe ihm den Vorschlag gemacht, ihm zu schreiben, und dann haben wir uns eben verlobt. Ich glaube gar nicht, daß er es so gern getan hat. Doch jetzt ist er frei und kann Evelina Rutledge heiraten, und ich –«

Der junge Leutnant Fairhall, der in seiner erbärmlichen Situation, in die ihn der Streit mit Campaspe versetzt hatte, ebenfalls zu romantischen Gefühlen neigte, äußerte nun mit jungenhaftem Eifer, daß Gwendolen ein prima Kerl sei, es so aufzunehmen. Seiner Meinung nach sei Belville ganz schön blöd, daß er Evelina Rutledge ihr vorziehe.

»Ja, aber ich habe nicht das geringste Vermögen, und sie hat es«, sagte Gwendolen. »Es ist ein großer Nachteil für eine Frau, kein Vermögen zu haben«, fuhr sie fort und freute sich, als sie merkte, daß ihr Begleiter wenigstens für den Augenblick von seinem Groll auf Campaspe abgelenkt war. »Ich bin eigentlich der Ansicht, daß ein Mann, der bereits gut gestellt ist, in der Lage sein sollte, aus Liebe zu heiraten und nicht um des Geldes willen. Doch es zeigt sich immer wieder, daß die ebenso habgierig sind wie alle andern. Nicht«, fügte sie gerechterweise hinzu, während sie langsam die Allee hinunter- und auf das rosa Gartenzelt zugingen, »daß du habgierig wärst, Neil. Das rechne ich dir auch ganz hoch an.«

Der junge Leutnant Fairhall, der mit einiger Verwirrung bemerkte, daß Gwen Quarters noch nie so hübsch ausgesehen hatte und daß hier wirklich jemand war, der ihn verstand – anders als diese kleine Katze Campaspe –, erklärte ihr mit unerwarteter Glut, daß ein Mann, der ein Vermögen ihrer Liebe vorzöge, auch nicht ihrer Zuneigung wert sei. Dann fügte er noch hinzu, daß er sie auf der Stelle heiraten würde, wenn er nicht bereits verlobt wäre. Er erinnerte sich dann aber sofort daran, daß das ja gar nicht mehr stimmte, und wurde knallrot, was Gwendolen mit einem freundlichen Lächeln quittierte. Sie sagte ihm, er solle nicht so töricht sein, denn er würde natürlich Campaspe heiraten.

»Nein, das werde ich nicht, denn ich kann es nicht«, sagte er finster. »Sie will mich nicht haben, das hat sie mir ja gesagt. Du hast es selbst gehört.« Dann fügte er erklärend und ein biß-

chen schuldbewußt hinzu: »Wir hatten einen fürchterlichen Krach. Ich bin davon überzeugt, daß Lyndale uns gehört hat und vielleicht auch Miß Courtney.«
»Ach, du lieber Gott!« sagte Gwendolen. »Nun, man muß es eben wieder ins Gleis bringen. Doch hier sind die andern. Versuch so zu tun, als ob nichts geschehen wäre.«
Sie waren inzwischen aus der Eibenallee in den Großen Garten mit seinen Blumenbeeten im französischen Stil und einem langen Wasserkanal, der zu einem kleinen Pavillon nach Art des Batty Langley führte, gekommen. Hier war das Gartenzelt, von dem Lord Wilfrid gesprochen hatte, aufgerichtet worden, und die anderen Gäste hatten sich bereits versammelt. Gwendolen wunderte sich über die weißen Tischtücher, Kristallgläser, das Silbergerät, die Lakaien und Diener und ein Orchester, denn dies alles war für ein Picknick ziemlich ungewöhnlich. Doch sie war sehr erleichtert, als sie bemerkte, daß die Gäste viel zu beschäftigt mit dem Essen waren und die Tischmusik viel zu laut, um eine Unterhaltung überhaupt möglich zu machen. Es gelang ihr und Leutnant Fairhall also ohne Mühe, sich unter die übrigen Gäste zu mischen, ohne allzuviel Aufmerksamkeit zu erregen.
Sie hatte Neil erklärt, daß er sich nicht um sie kümmern müsse, und während sie sich gerade ihren Teller füllte, erschien auf einmal Lyndale neben ihr.
»Sie sehen etwas merkwürdig aus«, sagte er. »Und Belville auch. Ist irgend etwas geschehen?«
»Was meinen Sie damit – ist irgend etwas geschehen?« fragte sie vorsichtig, während sie es sich auf einem der französischen Fauteuils bequem machte, die unter dem großen Gartenzelt aufgestellt waren. Sie warf einen verstohlenen Blick auf Captain Belville, der allein dasaß und gerade ein Glas Champagner trank. Tatsächlich war sein Gesichtsausdruck nicht ganz alltäglich, denn er verriet sowohl Gekränktheit als auch Euphorie.
»Sie wissen, was ich meine«, sagte Lyndale mit seiner aufreizenden Direktheit. »Schauen Sie sich den Mann doch nur an. Ich weiß, daß er hinter Ihnen und Wilfrid hergegangen ist. Was, zum Teufel, haben Sie mit ihm angestellt?«
»Ich habe gar nichts angestellt«, sagte Gwendolen mit Würde. »Er hat es getan. Er hat entdeckt, wie Lord Wilfrid versucht hat, mich zu küssen, und hat einige sehr unfreundliche Dinge zu mir gesagt, und daher habe ich ihm erklärt, daß wir nicht län-

ger verlobt seien. Ich glaube, er hat es gar nicht so ungern – ich meine, nicht mehr verlobt zu sein.«
Lyndale lachte schallend.
»Tun Sie das nicht«, sagte Gwendolen tadelnd. »Es ist wirklich nicht sehr lustig. Ich meine, ich bin heute hierhergekommen, um ihm zu sagen, daß ich ihn nicht heiraten werde, doch –«
»Nicht heiraten werde! Nicht heiraten kann«, unterbrach sie Lyndale. »Das habe ich Ihnen vorher schon gesagt.«
»Also dann – nein, ich kann es nicht«, sagte Gwendolen kühl. »Doch würde kein Gentleman jemals auf die Idee kommen, zu einer Dame zu sagen ›das habe ich Ihnen vorher schon gesagt‹.«
»Ich habe Ihnen bereits erklärt, daß ich nicht mehr in Übung bin«, sagte Lyndale. »Ich werde mich für das ›Ich habe es Ihnen vorher schon gesagt‹ entschuldigen, wenn Sie wollen.«
»Ihre Entschuldigung«, sagte Gwendolen großzügig, »wird angenommen. Schließlich kann man sich ja denken, daß ein Mann in einem Harem keine Manieren braucht –«
»Es tut mir sehr leid, daß ich Sie enttäuschen muß, Miß Quarters«, sagte Lyndale. »Doch bedauerlicherweise muß ich Ihnen sagen, daß ich niemals einen Harem eingerichtet habe. Noch nicht einmal einen kleinen«, fügte er hinzu und bemerkte, wie sie ihn ungläubig anblickte.
»Na ja«, meinte Gwendolen, »ich nehme an, es würde auch ziemlich teuer kommen. Und vielleicht hatten Sie auch nicht das Bedürfnis nach einer dauernden Etablierung.«
Lyndale, der gerade Champagner trank, verschluckte sich. »Das«, so versicherte er ihr, als er sich wieder erholt hatte, »trifft genau den Kern der Sache, Miß Quarters. Wollen wir nun aber nicht zu Ihren Angelegenheiten zurückkehren? Sie haben gesagt, daß Ihre Entlobung von Captain Belville nichts Belustigendes ist –«
»Nun – nicht wirklich«, gestand Gwendolen. »Nicht, daß ich annehmen würde, daß er unglücklich darüber ist. Ich bin es ja auch nicht – doch immerhin war ich lange an den Gedanken gewöhnt, verlobt zu sein, und davor auch, verliebt zu sein, und es ist jetzt ein etwas seltsames Gefühl, daß es nicht mehr der Fall ist.«
»Ja, das verstehe ich. Doch Sie können sich ja immer noch in jemand anderen verlieben«, erinnerte sie Lyndale. »Mädchen tun das ständig.«

»Nicht, wenn sie in Brightleaves leben«, sage Gwendolen und schüttelte den Kopf. »In der Gegend gibt es kaum Männer, die zum Heiraten in Frage kommen. Wahrscheinlich habe ich mich auch deswegen in Belville verliebt. Da war keine besonders große Auswahl.«

»Und was ist mit Wilfrid? Er scheint mir ja hingerissen von Ihnen zu sein.«

»O ja, aber ich glaube nicht, daß er gern mit mir verlobt wäre und noch viel weniger verheiratet. Doch man weiß das nie. Ich nehme an, Ihre Freunde haben vor einigen Monaten auch kaum angenommen, daß Sie heiraten wollen.«

»Nein, das haben sie sicher nicht angenommen. Würden Sie denn Wilfrid gern heiraten?«

»Was für eine außerordentlich ungehörige Frage!«

»Und welch ausweichende Antwort!«

»Nun«, sagte Gwendolen nachdenklich. »Immerhin ist er der Sohn eines Herzogs, und ich nehme an, ich werde eines Tages jemanden heiraten müssen. Aber ich glaube doch, daß mir noch etwas Besseres gelingen wird, vor allem, wenn ich Tante Pris dazu bringen kann, mich in diesem Sommer nach Brighton einzuladen. Sie hatte schon vor, mich in London in die Gesellschaft einzuführen, bevor sie Jane eingeführt hat, doch ich habe mich dann mit Belville verlobt, und daher war es sinnlos.« Sie wurde durch den Anblick Campaspes unterbrochen, die mit ihrem Picknickteller, den Captain Belville ihr gebracht hatte, fertig geworden war und nun auf sie zukam. Sie ging dabei an dem Sessel, auf dem Leutnant Fairhall saß, vorbei, ohne ihn eines Blickes zu würdigen. »Ach, du lieber Gott, hier kommt Cammie«, sagte sie. »Können Sie nicht bitte einmal ganz grob mit ihr sein und sie einfach fortschicken? Sie müssen nämlich wissen, daß sie Ihretwegen einen fürchterlichen Krach mit Neil Fairhall hatte –«

»Ja, ich weiß, denn ich hatte das Vergnügen, fast alles mit anhören zu müssen. Bedauerlicherweise ist Grobheit bei ihr jedoch völlig wirkungslos. Das habe ich nämlich schon ausprobiert.«

»Dann werde ich sie eben selbst wegbringen müssen. Ich will einfach nicht, daß sie noch eine Szene macht.«

Inzwischen war Campaspe bei ihnen angekommen und lächelte verführerisch in Lyndales Richtung. Gwendolen stand auf.

»Komm mit, Cammie«, sagte sie und nahm ihre Schwester fest am Arm. »Ich möchte einmal mit dir sprechen.«
»Aber ich möchte nicht –«
»Doch, du möchtest«, sagte Gwendolen und blickte bedauernd auf ihren eigenen halbvollen Teller. »Und selbst wenn du es nicht möchtest, so möchte ich es doch.« Sie schob Campaspe fort und ging mit ihr den breiten Kiesweg hinunter, der von klassischen Marmorstatuen umsäumt war und an dessen Ende ein Säulenpavillon stand. »Du hast dich wirklich ganz unmöglich benommen«, sagte sie streng, sobald sie nicht mehr in Hörweite der anderen Gäste waren. »Neil hat mir gesagt, daß du deine Verlobung gelöst hast. Das ist natürlich ein fürchterlicher Unsinn!«
»Nein, das ist es nicht. Ich will ihn nie mehr sehen«, sagte Campaspe und reckte ihr Kinn in die Höhe. »Er ist der allerunvernünftigste –«
»Es ist überhaupt nicht unvernünftig von ihm, wenn er dich tadelt, weil du dich so ungehörig Lyndale an den Hals geworfen hast. Cammie, du mußt jetzt unbedingt damit ein Ende machen. Du tust Jane überhaupt keinen Gefallen, und mich ärgerst du zu Tode mit deinem Mangel an Benehmen! Und nun ist es soweit gekommen, daß du deine Verlobung gelöst hast. Was um alles in der Welt soll Mama denn dazu sagen?«
»Und was meinst du, wird sie sagen, wenn sie hört, daß du deine Verlobung mit Belville gelöst hat?« erwiderte Campaspe. »Denn das hast du doch getan, nicht wahr? Er hat ein so saures Gesicht gemacht, daß ich das annehmen muß. Und wenn du mit ihm brechen kannst, weil er blasiert und unangenehm ist, und du festgestellt hast, daß du ihn nicht mehr lieben kannst, warum kann ich dann nicht auch dasselbe mit Neil machen, wenn es sich bei uns genauso verhält? Oh!« Sie brach plötzlich ab und drehte sich um. »Ich dachte doch, daß ich jemand hinter uns gehört habe. Es sind Mrs. Webley und Mr. York. Es macht dir doch nichts aus, wenn ich mich ihnen jetzt anschließe, oder? Ich kann es kaum mehr erwarten, Mrs. Webley über die neuen Hüte auszufragen, die jetzt in Mode kommen. Ich habe mir gedacht, ich könnte diesen alten, den ich habe, etwas umändern –« Mit dieser fadenscheinigen Entschuldigung, die nur den Zweck hatte, sie vor weiteren Beschimpfungen zu bewahren, lief sie davon in Richtung auf Mrs. Webley und ihren Begleiter. Diese, so dachte sich Gwen-

dolen, würden sicherlich alles andere als erfreut sein, wenn sich jemand an sie hängen würde, um ihr Tête-à-tête zu stören. Sie wußte, daß dies Campaspe überhaupt nicht irritieren würde, da sie nicht das geringste Gefühl für die Nuancen menschlichen Beisammenseins besaß. Sie war durchaus fähig, sich eine halbe Stunde lang mit zwei Menschen, die nichts anderes im Sinn hatten, als vergnüglich miteinander zu flirten, über die neueste Hutmode zu unterhalten.

So ging sie selbst also in ziemlich unglücklicher Stimmung auf den kleinen Pavillon am Ende des Gartens zu, obwohl ihr eigentlich bewußt war, daß sie sich dem Rest der Gäste anschließen müßte. Sie hatte jedoch das Bedürfnis, allein zu sein, denn sie empfand, daß das Leben, das noch vor einer Woche voll wunderschöner Pläne und Träume war, auf einmal beladen mit Problemen war, die zentnerschwer auf ihr lasteten. Sie war tief in düstere Gedanken versunken, als sie auf einmal bemerkte, daß der kleine Pavillon, auf den sie zuging, nicht leer war. Vor ihren erschrockenen Augen breitete sich eine erstaunliche Szene aus – eine Szene, die sie an die Statue des Schafhirten mit seiner Hirtin erinnerte, die sie zuvor im Englischen Garten gesehen hatte. In diesem Fall war die Schafhirtin eine hübsche junge Dame mit dunklen Locken und einem himmelblauen Kleid und der Schafhirt, der sie zart umarmte, ein schlanker, blonder junger Mann in gutgeschnittenem Frack aus feinstem Tuch. Es handelte sich ganz zweifellos um ihre Schwester Jane und Alain de Combray, obwohl man ihre Gesichter, die hinter einem Pfeiler verborgen waren, nicht sehen konnte. Als sie dort wie festgewurzelt stand, hörte sie auf einmal die Stimme eines Mannes neben sich.

»Ein hübsches Bild –«

Sie drehte sich erschrocken um und erblickte Lyndale.

»Es wäre allerdings für alle Beteiligten«, so fuhr er mit größter Gelassenheit fort, »bedeutend angenehmer gewesen, wenn ich vorher davon gewußt hätte, Miß Quarters. Oder war es das, was sie mir damals anzudeuten versuchten, als ich nach Brightleaves kam, um meinen Antrag zu machen?«

Gwendolen, die entsetzt in das gebräunte, höflich ausdruckslose Gesicht blickte, sah auf einmal ein grauenhaftes Bild vor sich: zwei schweigende Gestalten in der Morgendämmerung, die sich in Paddington Green trafen oder was immer die Entsprechung dieses Londoner Duellierortes in Gloucestershire

sein mochte, die rechten Arme ausgestreckt, blitzende Pistolen im Anschlag. Sie suchte verzweifelt nach Worten, um den kalten Rachedurst zu dämpfen, der nach ihrer Meinung hinter der kühlen, ausdruckslosen Maske Lyndales stecken mußte. Bevor sie jedoch sprechen konnte, hatte sich noch Schlimmeres ereignet, denn die Liebenden erwachten aus ihrem seligen Traum, als sie Lyndales Stimme hörten und bemerkten, daß sie nicht allein waren. Sie wichen entsetzt auseinander, beide mit hochroten Gesichtern. »Mylord!« stammelte der junge M. de Combray, während Jane, die keines Wortes mächtig war, das Gesicht verzweifelt in ihren Händen vergrub.
Gwendolen merkte, daß sie hier eingreifen mußte, und da sie darauf wartete, daß Lyndale seinen Handschuh gegen Alains Gesicht schleudern und sagen könnte: »Sie werden morgen von meinen Freunden hören, Sir!«, ergriff sie seinen Arm und sagte in bestimmtem Ton: »Das dürfen Sie nicht tun!«
Lyndale blickte überrascht zu ihr nieder. »Was darf ich nicht tun?« fragte er.
»Ihn zum – zum Duell fordern!« sagte Gwendolen verzweifelt. Und sie fuhr fort, weil ihr eine noch furchtbarere Möglichkeit einfiel: »Oder – oder was man sonst in Marokko tut!«
»Weil Miß Jane den guten Geschmack hatte, jemand anderen mir vorzuziehen! Seien Sie doch nicht so dumm, Miß Quarters!« sagte Lyndale kopfschüttelnd.
Jane, der es bei diesen Worten gelang, ihre Hände vom Gesicht zu heben und ihre Augen zu öffnen, blickte ihn flehend an. M. de Combray seinerseits, dessen Gesicht abwechselnd rot und blaß wurde, faßte sich mutig und sagte mit soviel Ruhe, wie er aufbringen konnte: »Ich – ich fürchte, Mylord, ich schulde Ihnen eine Erklärung –«
»Unsinn! Sie schulden mir überhaupt nichts«, sagte Lyndale. »Miß Jane weiß sehr gut, daß sie durch kein Versprechen an mich gebunden ist. Und ich glaube, ich kann die Gelegenheit jetzt ergreifen und ihr sagen, daß ich mich, wenn sie es möchte, von jedem Versprechen entbunden fühle, das ich ihr gemacht habe. Wenn sie es wünscht«, sagte er mit Nachdruck und blickte Jane direkt an, die bei diesem Blick noch einmal das Gesicht mit den Händen bedeckte und zu schluchzen anfing.
Gwendolen, die erleichtert war, daß Lyndale offenbar doch nicht so mordlustig gesonnen war, wie sie befürchtet hatte, ging auf Jane zu und legte ihren Arm um sie.

»Sei doch nicht so dumm, mein Schatz!« sagte sie. »Es muß Lord Lyndale doch ganz klar sein, daß du eine andere Neigung gefaßt hast, und es ist sicherlich besser, wenn du ihm sagst, daß er von jeder Verpflichtung dir gegenüber frei ist –«
Jane, die ihren Kopf an Gwendolens Schulter preßte, brachte nur einige halberstickte Worte hervor, des Inhalts, daß es ihr leid tue, daß sie aber nichts daran ändern könne.
»Nein, natürlich kannst du es nicht«, sagte Gwendolen ermutigend. »Doch das bringt uns nicht weiter, nicht wahr? Du mußt Lord Lyndale sagen –«
»Ich kann nicht! Mama!« kam es noch einmal halb schluchzend heraus.
Gwendolen schrak zusammen und ließ ihre Schwester auf einmal los.
»Ach, du lieber Gott, Mama!« wiederholte sie entsetzt, weil auch ihr plötzlich einfiel, daß man Lady Otilia zu Hause nicht nur zwei, sondern sogar drei aufgelöste Verlöbnisse servieren mußte. Sie blickte Lyndale an. »Bitte, verstehen Sie«, sagte sie flehend, »ich kann Mama heute einfach nicht sagen, daß Sie und Jane die Verlobung gelöst haben – nicht, nachdem ich gerade mit Belville gebrochen habe und Cammie mit Neil Fairhall. Würde es Ihnen sehr viel ausmachen, wenn wir eine Woche oder so warten würden, bevor wir es offiziell bekanntgeben? Ich meine, Sie wollen sich doch im Augenblick nicht mit jemand anderem verloben, oder?« – »Nein, im Augenblick nicht«, sagte Lyndale belustigt. »Doch es könnte für alle Beteiligten bedeutend weniger aufregend sein, wenn Sie Lady Otilia den ganzen Sack schlechter Nachrichten auf einmal auftischen würden, nicht wahr? Wir alle müssen uns ja ständig irgendwo treffen, was die Verstellungskünste Ihrer Schwester doch beträchtlich strapazieren würde –«
»Nun, Sie könnten ja zum Beispiel zurück nach London gehen«, sagte Gwendolen hoffnungsvoll.
»Auf gar keinen Fall«, sagte Lyndale mit solchem Nachdruck, daß Gwendolen sich fragte, ob Miß Courtney nicht vielleicht doch einen größeren Eindruck auf Seine Lordschaft gemacht hatte, als sie annahm, und daß er daher entschlossen war, Gloucestershire nicht zu verlassen, solange sie sich in Beauworth aufhielt. Er blickte Jane an, die zu weinen aufgehört hatte und M. de Combray voller Trauer ansah. Dieser mischte sich nun auf einmal wieder ins Gespräch.

»Ich muß Ihnen sagen, Mylord«, erklärte er in einer aufrechten Haltung, die Gwendolen an einen jungen Aristokraten erinnerte, der sich auf dem Weg zur Guillotine befand, »daß Miß Jane und ich in dem Augenblick, als Sie uns entdeckten, gerade für immer voneinander Abschied nehmen wollten. Ich bin nämlich malheureusement nicht in der Lage, ihr einen Heiratsantrag zu machen –«

»Meine Lieben!« Es war Miß Courtneys Stimme, die in diesem Augenblick trällernd dazwischenfuhr, so daß die Versammelten sich erschrocken umdrehten. »Wie absolut scheußlich von mir, mich nicht zu räuspern oder sonst auf mich aufmerksam zu machen, doch ich war so fasziniert von dem, was ich hörte, daß ich es einfach nicht fertigbrachte!« Dann wandte sie sich an die völlig entgeisterte Jane: »Ich muß sagen, ich kann es wirklich verstehen, meine Liebe – ein so hübscher Junge, und die Franzosen sind tellement romantique! Aber wie betrüblich für Sie, Lyndale –«

»Nicht halb so betrüblich, Frieda«, unterbrach Lyndale sie mit einer Stimme, die Gwendolen und Jane später als absolut furchterregend bezeichneten, »wie es für Sie sein wird, wenn Sie es wagen sollten, irgend etwas von dem, was Sie hier gehört haben, an eine Ihrer Freundinnen weiterzuerzählen.«

»Oh, Lieber! Wir farouche Sie mir vorkommen!« sagte Miß Courtney schmollend. »Natürlich werde ich schweigen wie ein Grab!« erklärte sie mit einem solchen Mangel an Aufrichtigkeit, daß Lyndale ein noch grimmigeres Gesicht machte und Gwendolen verzweifelt dachte, daß nun überhaupt nicht mehr zu hoffen sei, die Sache vor Lady Otilia zu verheimlichen. Natürlich würde Miß Courtney trotz Lyndales Warnung und ihres eigenen Versprechens die ganze Geschichte ihren Freundinnen mitteilen, sobald sie zu ihnen käme – was sie auch auf der Stelle in Angriff nahm, denn sie rannte mit einem Winken davon, wobei sie ihnen zurief, daß sie doch sicherlich alleine sein wollten.

»Abscheuliche Person!« sagte Gwendolen ärgerlich. »Sie haben Ihr Bestes getan, Mylord, doch ich bin davon überzeugt, daß sie sofort jedes Wort, das sie gehört hat, dem Herzog mitteilen wird, selbst auf die Gefahr hin, daß sie Ihnen mißfällt.«

»Ja, das glaube ich auch«, sagte Lyndale ruhig. »Nach meiner Erfahrung gibt es überhaupt kein Mittel, eine Frau zum Schweigen zu bringen, es sei denn, man dreht ihr den Hals

um.« Er wandte sich Jane zu, die immer noch einen benommenen und schuldbewußten Eindruck machte. »Nun gut, damit ist alles klar«, sagte er. »Ich werde mit Ihnen jetzt zurück nach Brightleaves kommen, und wir werden sehen, wie Ihre Eltern reagieren und was sie vorschlagen. Ich denke, Sie haben alle nichts dagegen, wenn wir jetzt aufbrechen, oder?«
Jane sagte mit kläglicher Stimme, daß sie gern aufbrechen würde, und mit einem letzten herzzerreißenden Blick auf den jungen M. de Combray – den Campaspe zum Glück nicht miterleben konnte – erlaubte sie Gwendolen, sie wegzuführen. Dann wurde Campaspe eingesammelt, und nach wenigen Augenblicken wurden drei sehr niedergeschlagene junge Damen in der herzoglichen Kutsche zurück nach Brightleaves gebracht, wobei Lyndale sie auf seinem prächtig aufgezäumten Rotfuchs begleitete.

11

Gwendolen konnte sich auf dem kurzen Rückweg nach Brightleaves nicht von ihren Gedanken an die Szene freimachen, die sich mit Sicherheit abspielen würde, wenn Lady Otilia erführe, daß alle ihre drei Töchter nun wieder zur Rolle des Ungebundenseins verdammt waren. Sie ahnte, daß ihre Ankündigung, die sie in dem kärglichen Wohnzimmer zu machen hatte, wie eine Bombe einschlagen würde. Wie erstaunt war sie daher, als sie, nachdem sie die Schwelle zu eben diesem Wohnzimmer überschritten hatte, feststellen mußte, daß diese Bombe – oder jedenfalls eine Bombe ähnlicher Art – bereits explodiert war, noch bevor sie ins Haus trat. Denn Mr. Quarters schritt mit finsterem Gesicht, wie ein Löwe im Käfig, im Zimmer auf und ab und stieß hin und wieder grimmige Flüche aus, während Lady Otilia, die auf dem ziemlich ramponierten Chippendalesofa saß, ihre Hände in bester Tradition eines theatralischen Melodramas rang.
»Papa! Mama! Was um alles in der Welt ist denn geschehen?« rief Gwendolen aus, die so abrupt unter der Türe stehenblieb, daß Campaspe, die direkt hinter ihr folgte, beinahe über sie fiel.
Lady Otilia und Mr. Quarters, die jetzt erst feststellten, daß sie

nicht mehr unter sich waren, blickten auf und begannen gleichzeitig zu sprechen, so daß die vier Ankömmlinge in dem Durcheinander nur hin und wieder einige Worte verstanden wie »verdammte Schurken«, »für alle Zeiten ruiniert« und »die Schande niemals ertragen«. Gwendolen, aus deren Kopf nun alle Gedanken an gebrochene Verlobungen entwichen, warf einen entsetzten Blick auf ihre Schwestern, ging schnell durchs Zimmer und setzte sich neben ihre Mutter auf das Sofa.

»Aber Mama, weine doch nicht«, sagte sie bittend, als sie merkte, daß Lady Otilia beim Anblick ihrer Töchter beängstigende Anzeichen erkennen ließ, in Tränen auszubrechen. Sie legte den Arm um ihre Mutter und blickte Mr. Quarters an, der seinen ungestümen Marsch durch das Zimmer unterbrochen hatte und nun vor dem Sofa stand und grimmig auf sie herabblickte. »Papa, sag' uns jetzt bitte, was geschehen ist!« bat sie. »Ihr seht aus, als würde die Welt gleich untergehen.«

»Ja, das ist auch der Fall, mein Mädchen, soweit es uns alle hier betrifft!« sagte Mr. Quarters grob, der offenbar die größte Mühe hatte, sich zu beherrschen. »Wir werden gepfändet. Diese verdammten schurkischen Wucherer haben die Hypothek für verfallen erklärt.«

»Für verfallen erklärt?« Gwendolen starrte ihn an. Sie hatte so lange unter der Bedrohung einer finanziellen Katastrophe gelebt, die dann doch immer wieder – durch eine kleine Erbschaft oder ein siegreiches Pferd – abgewendet worden war, daß sie schon gar nicht mehr daran glaubte, es könne wirklich einmal geschehen. »Aber – aber du willst doch damit nicht sagen, daß wir aus Brightleaves fortmüssen?« klagte sie.

»Nein, will ich das nicht sagen?« gab Mr. Quarters zurück. »Genau das will ich sagen, und zwar sehr bald – und wenn diese beiden Schurken Smith und Brown meinen, daß ich nicht weiß, wer dahintersteckt, haben sie sich sehr geirrt!« Er stand vor ihr und blickte zornig zu ihr hinab. »Sie sagen, daß sie für den Besitz einen Käufer haben – einen Herrn, der aber anonym bleiben möchte. Nun, der kann anonym bleiben, solange er will, doch ich weiß genau, wer dieses Spielchen betreibt! Der Herzog von Tardiff – das ist sein Name und sein Stil, so wahr ich hier stehe!«

Inzwischen waren Campaspe, Jane und Lyndale eingetreten und nahmen das, was hier vor sich ging, mit verschiedenen

Graden an Interesse und Bestürzung auf. Lyndale, so stellte Gwendolen fest, wirkte ebenso gelassen und distanziert wie immer, was ja auch kein Wunder war, da er nun von seiner Verlobung mit Jane befreit war. Doch Jane selbst, deren körperliche Kräfte noch nie besonders stark waren, schien unter dieser neuen Belastung völlig zusammenzubrechen, denn sie stieß einen schwachen Schrei aus und war im Begriff, in Ohnmacht zu sinken. Lyndale, der blitzschnell die Situation erfaßte, fing sie auf und brachte sie zu einem Stuhl.

»O Jane, sei doch nicht so dumm!« sagte ihre jüngere Schwester, die von diesem Schwächeanfall, den sie für modisches Londoner Getue hielt, nicht besonders beeindruckt schien. »Das ist doch nun wirklich kein Grund, um in Ohnmacht zu fallen. Mir tut es überhaupt nicht leid, wenn wir aus Brightleaves fortmüssen. Es ist doch wirklich tödlich langweilig, hier auf dem Land leben zu müssen, und wenn wir nach Cheltenham ziehen, werden wir uns dort enorm amüsieren. Mama sagte ja, daß wir dorthin gehen, wenn Papa ruiniert ist –«

»In einem gemieteten Haus«, warf Lady Otilia mit deutlichem Schaudern ein. »Nein, ich werde es nicht ertragen können!«

»Nun, ich glaube, man kann in einem gemieteten Haus ebenso fröhlich sein wie sonstwo«, erklärte Campaspe unbeirrt. Sie war dabei, Janes Hände und Wangen so kräftig zu massieren, daß diese es schon aus reinem Selbsterhaltungstrieb aufgab, in Ohnmacht fallen zu wollen, und sich aufrecht in ihrem Sessel hinsetzte. »Jeden Abend gibt es dort in der Saison Bälle und Dinner-Partys und dann das Theater und die Trinkhallen und Hunderte von Offizieren, selbst wenn fast alle Leute, die man dort kennenlernt, fürchterliche alte Käuze sind –«

Lady Otilia, die ihre tragische Miene aufgesetzt hatte, sagte ihr, daß sie nicht verstehe, wie man so reden könne, wenn die eigene Familie gerade an den Rand des Ruins gebracht worden sei. Dann wurde ihr offenbar erst bewußt, daß Lyndale ja auch zu den Zuhörern gehörte, und sie sagte mit großer Würde zu ihm: »Lord Lyndale! Bitte verzeihen Sie, daß ich Sie nicht angemessen begrüßt habe. Die beklagenswerten Umstände, in denen Sie uns vorfinden –«

»Oh, es besteht nicht der geringste Grund zu einer Entschuldigung, ich habe das vollste Verständnis, Lady Otilia«, sagte Lyndale. Er wandte sich Mr. Quarters zu, der mehr denn je wie ein zorniger und angeschossener Löwe wirkte mit seinem strohblonden, zottigen Haar und dem wetterbraunen Gesicht. »Also haben Smith und Brown beschlossen, Ihnen den Garaus zu machen«, sagte er lässig. »Wie schlecht steht es denn?«

»Verdammt schlecht!« sagte Mr. Quarters düster. »Sie können mich pfänden, mit allem, was ich habe, und sie können es nicht nur, sie haben es auch vor, diese verdammten alten Geldschinder! Ich habe ihnen gesagt, daß ich vielleicht wieder auf die Beine komme, wenn sie mir genügend Zeit lassen – Sie wissen ja auch, Lyndale, daß ich bei den Rennen in Cheltenham sicher einige Siege machen werde mit Conqueror und Madam Miracle –.« Seine Passion nahm wieder von ihm Besitz. »Verdammt, wenn das nicht mehr ist, als ein Mann ertragen kann! Mein Land und meine Pferde – alles geht an den Herzog –«

»Aber es ist vielleicht gar nicht der Herzog, der es kauft, Papa«, warf Gwendolen ein, stand auf und legte ihre Hand beschwichtigend auf den Arm des Vaters. »Du weißt doch gar nicht, ob er es ist, den diese fürchterlichen Leute Smith und Brown als Käufer im Sinn haben. Und vielleicht wird es sogar gar nicht erst soweit kommen. Es ist uns bisher doch immer noch gelungen, uns irgendwie durchzubringen, und ich bin davon überzeugt, daß es auch diesmal gelingen wird. Vielleicht wird Onkel Horace dir genügend leihen, um diese Schwindler zufriedenzustellen –«

»Horace!« sagte Mr. Quarters mit verächtlichem Schnauben. Es war kein Geheimnis, daß er nicht die beste Meinung von Lady Priscillas Mann hatte, der enorm reich war, sein Geld jedoch so liebte, daß es bisher nur seiner Frau gelungen war, ihm etwas davon zu entlocken. »Der wird doch sicher keinen einzigen Penny herausrücken. Erst voriges Jahr, als er mir eine Kleinigkeit geliehen hat, um diese Blutsauger abzuwehren, hat er mir erklärt, daß es das letzte Mal gewesen sei und daß er uns lieber im Armenhaus sähe, als mir nochmal etwas zu leihen. Doch dazu wird es nicht kommen«, sagte er düster. »Deine Mutter hat ja noch etwas eigenes Geld, und an das können sie nicht herankommen.«

Lady Otilia, die trotz der Beschwörungen ihrer Tochter ein Taschentuch hervorgezogen hatte und leise hineinweinte, ließ in diesem Augenblick noch einmal einige klagende Worte bezüglich einer Wohnung in Cheltenham hören. Mr. Quarters wandte sich gereizt an sie.

»Jawohl, in Cheltenham, Madam«, sagte er. »Ich werde mor-

gen hinfahren und nach etwas Geeignetem Ausschau halten. Denn ich kann dir verraten, daß ich nicht dabeisein werde, wenn mein Hab und Gut vor meinen eigenen Augen verkauft wird. Und du kannst dich außerdem noch glücklich preisen«, fuhr er grimmig fort, als Lady Otilia von neuem einen Ansatz machte zu protestieren, »wenn es uns überhaupt gelingt, uns in Cheltenham niederzulassen, denn es ist sehr wahrscheinlich, daß wir all den Hokuspokus dort nicht mitmachen können und auf den Kontinent ziehen müssen. Ich habe mir sagen lassen, daß man in Boulogne sehr billig leben soll.«
»Boulogne!« Lady Otilia trennte sich jäh von ihrem Taschentuch, setzte sich aufrecht hin und blickte ihren Mann mit dem Ausdruck leidenschaftlicher Indignation an. »Nein, das kommt überhaupt nicht in Frage, Mr. Quarters, das mache ich nicht mit! Nach Boulogne, nein wirklich, und dort in häßlichen feuchten Wohnungen leben, mitten unter Fremden! Da brauchst du mich gar nicht erst zu fragen, denn ich werde es niemals tun!« Sie wandte sich mit Entschlossenheit an Lyndale. »Lord Lyndale«, sagte sie, »Sie müssen uns helfen! Ich habe mir sagen lassen, daß Ihre Mittel es erlauben, und sicherlich wollen Sie nicht die Familie der jungen Dame, mit der Sie verlobt sind, in solcher Bedrängnis sehen, wenn es in Ihrer Macht steht, das zu ändern.«
Lyndale warf einen Blick auf Jane, die heftig errötete und ihn flehend ansah.
»Unglücklicherweise, Madam«, sagte er mit seiner üblichen Gelassenheit, »sind Ihre Tochter und ich nicht mehr verlobt.«
»Ja, ich weiß – nicht formell«, sagte Lady Otilia, die offenbar nicht recht hingehört hatte und annahm, er meine damit nur die Tatsache, daß Jane ihm ihre Antwort nicht in aller Form gegeben hatte. »Doch das ist ja nur –«
»Nein, Mama, es ist nicht«, sagte Gwendolen bestimmt, da sie das Gefühl hatte, sie müsse in dieser unangenehmen Situation eingreifen. »Lord Lyndale und Jane sind nicht verlobt und werden es auch in Zukunft nicht sein. Jane hat zu jemand anderem eine Zuneigung gefaßt –«
»Zu jemand anderem?«
Lady Otilia starrte Jane ungläubig an, die den Eindruck machte, als hielte sie einen neuerlichen Ohnmachtsanfall für die beste Idee, um aus ihrem Dilemma herauszukommen. Doch neben dem, was ihre Schwester als Weichheit bezeichne-

ten, besaß sie doch auch ein gutes Stück Mut, dessen sie sich jetzt besann, und so sagte sie mit einigermaßen fester Stimme: »Ja, Mama, zu jemand anderem. Es ist M. de Combray, und obwohl ich mir bewußt bin, daß er im Augenblick nicht in der Lage ist, mir einen Antrag zu machen, bin ich doch bereit zu warten –«

An dieser Stelle wurde sie durch entsetzte Ausrufe ihrer Eltern unterbrochen. Mr. Quarters äußerte mit höchstem Mißfallen: »De Combray! Was zum Teufel sagst du da?« Und Lady Otilia betonte die Worte »um Himmels willen« mit einem solchen Schaudern, daß an ihren Empfindungen nicht zu zweifeln war. »Du kannst doch unmöglich sagen wollen, Jane«, fuhr Lady Otilia mit bebender Stimme fort, »daß du so schlecht und so undankbar warst und all die Chancen, die man dir gegeben hat –«

Gwendolen unterbrach sie. »Aber Mama, es ist doch wirklich nicht recht, mit Jane zu schimpfen. Außerdem ist es absolut nicht ihre Schuld. Sie hat sich gerade für immer von M. de Combray verabschiedet, genauso, wie du es dir gewünscht hättest, und da kam Lord Lyndale dazu und erfaßte die Situation. Und ich bin davon überzeugt, daß es letztlich sicher das beste ist –«

»Das beste!« rief Lady Otilia in theatralischem Ton aus. »Wenn sie unsere letzte Chance vernichtet hat, vor dem Ruin gerettet zu werden!« Plötzlich hatte sie jedoch eine Erleuchtung. »Aber nein – nicht die letzte«, fuhr sie hoffnungsvoll fort. »Da ist ja noch Belville. Er ist ein vermögender Mann, er wird nicht wollen, daß die Familie seiner Braut in Schmach und Schande von ihrem Besitz vertrieben wird –«

»Es tut mir schrecklich leid, Mama«, sagte Gwendolen mit sinkendem Mut, denn sie sah voraus, wie ihre Ankündigung sich auf ihre Mutter auswirken würde, »aber ich werde nicht die Braut von Captain Belville werden.« Lady Otilia blickte sie fassungslos an. »Wir sind übereingekommen, daß wir nicht zueinander passen«, fuhr Gwendolen fort und fügte dann, an Campaspe gewandt, hastig hinzu: »Cammie, geh und hole Mama ihr Riechfläschchen –«

»Also gut«, sagte Campaspe, die nicht sehr viel von Leuten hielt, die Zuflucht zu solchen Mitteln suchten. »Aber es wird besser sein, wenn du ihr sofort sagst«, empfahl sie beim Weggehen, »daß auch Neil und ich nicht heiraten werden. Daher ist

es gar nicht erst nötig auszusprechen, ob die Fairhalls uns vielleicht helfen könnten.«
Sie verschwand in der Halle, und Lady Otilia sank mit einem mitleiderregenden Ächzen in Gwendolens Arme.
»Ja, ich weiß, Mama – es ist wirklich sehr hart für dich«, sagte Gwendolen voller Mitgefühl, jedoch ohne Beunruhigung, denn sie wußte, daß Lady Otilia eine robuste Konstitution besaß. Obwohl sie zu dramatischen Szenen neigte, war sie durchaus in der Lage, die verschiedenen unangenehmen Schocks, die sie gerade empfangen hatte, ohne allzugroßen Schaden zu ertragen. »Doch wie Lord Lyndale mir gesagt hat, ist es wirklich besser, all die schlechten Nachrichten in einem Aufwasch zu erledigen, damit die liebe Seele Ruh hat.« Sie blickte zu Lyndale auf, der im Gegensatz zu andern Männern, die im Wohnzimmer von Bekannten peinliche Gefühlsausbrüche erleben, keine Anzeichen machte, die Flucht zu ergreifen, sondern die ganzen Vorgänge mit dem größten Interesse zu verfolgen schien. »Ich nehme an, Sie hätten nichts dagegen, uns mit einer hübschen Summe auszuhelfen, selbst wenn Sie nicht mehr mit Jane verlobt sind?« fragte sie ihn hoffnungsvoll. »Ich glaube sicher, daß Sie es sich leisten können –«
»O ja, ich kann es mir leisten«, stimmte Lyndale ihr zu. »Doch die Frage ist, kann es Miß Jane auch?«
»Jane?« Gwendolen blickte ihn verständnislos an. »Aber was hat sie damit zu tun?«
»Nun, sie könnte sich ja zum Beispiel verpflichtet fühlen, mich zu heiraten«, meinte Lyndale. Gwendolen begann zu sprechen, doch er schnitt ihr das Wort ab. »Miß Jane«, erinnerte er sie, »hat, soweit ich festgestellt habe, ein sehr gut entwickeltes Pflichtgefühl. Wer kann also sagen, daß sie es – wenn ich eine stattliche Summe für die Rettung von Brightleaves zur Verfügung stelle – nicht für ihre Pflicht hält, den jungen M. de Combray zu vergessen und mich zu heiraten?«
Dies, so gab Gwendolen zu, war eine Frage, die nicht beantwortet werden konnte. Jane, solcher Großzügigkeit gegenübergestellt, könnte angesichts des mangelnden Verständnisses, das ihre Eltern einer Verbindung mit Alain de Combray entgegenbrachten, sehr wohl dazu verleitet werden, ihre Entscheidung zu revidieren und Lyndale doch noch zu heiraten. Lady Otilia jedoch, welche die Dinge offenbar ganz anders ansah, griff hier wieder ins Gespräch ein und sagte mit anklagen-

der Stimme zu Lyndale, daß dies doch sicher genau das sei, was er sich erhoffe.

»Was M. de Combray betrifft«, so sagte sie mit großer Geste, »so wissen Sie doch genau, daß junge Mädchen immer solche romantischen Träume haben. Ich selbst war verzweifelt in meinen Tanzlehrer verliebt, bevor ich Mr. Quarters geheiratet habe. Es bedeutet – das muß ich Ihnen sagen – überhaupt nichts.«

Gwendolen war entsetzt, daß ihre Mutter auf einmal einen Standpunkt einnahm, der ganz gegen ihre sonstigen romantischen Vorstellungen verstieß, und es war offensichtlich, daß Campaspe, die in diesem Augenblick mit dem Riechfläschchen zurückkam, ebenso überrascht war.

»Aber Mama, wie kannst du so etwas sagen?« protestierte sie. »Du hast uns immer gesagt, daß man niemals heiraten soll, wenn nicht eine wirkliche Zuneigung –«

»Und das sage ich immer noch«, bemerkte Lady Otilia mit einiger Strenge und wies das Riechfläschchen mit einer weiten Handbewegung von sich. »Aber ich weiß wirklich nicht, was Lord Lyndale so Abstoßendes an sich haben soll! Sicher, seine Haut ist sehr gebräunt, doch wird ein Aufenthalt in England dies früher oder später beheben. Ich weiß wirklich nicht, weshalb Jane nicht eine Zuneigung zu ihm entwickeln kann. Wenn sie nur den geringsten guten Willen dazu besäße! Immerhin würde das ja auch ihre ganze Familie vor dem Ruin bewahren.«

Gwendolen, die zwar die offenen Redensarten ihrer Mutter gewohnt war, schaute diesmal doch etwas betreten auf Lyndale, da sie nicht wußte, wie er diese seltsamen Bemerkungen über sein Äußeres aufnehmen würde. Zu ihrer Erleichterung konnte sie jedoch feststellen, daß er alles ganz ruhig nahm. Mr. Quarters jedoch, der sich bisher ziemlich zurückgehalten hatte, begann an dieser Stelle zu explodieren und sagte mit größter Bitterkeit, daß ein Mann, der Töchter habe, doch ein verdammter Narr sei. Und mit dieser Erklärung marschierte er aus dem Zimmer, und kurz darauf hörte man, wie er draußen mit lauter Stimme befahl, eines seiner Pferde zu satteln.

»Sie dürfen es ihm nicht übelnehmen, Lord Lyndale«, sagte Lady Otilia, die nicht mehr die Absicht zu haben schien, in Ohnmacht zu fallen, und die jetzt sehr aufrecht auf ihrem Sofa saß. Sie machte den Eindruck einer dicken, jedoch entschlossenen Henne, die sich vorgenommen hat, ihre Küken zu umsorgen, obwohl sie sich als Entchen entpuppt hatten, noch dazu als sehr häßliche. »Männer haben diese entsetzliche Eigenschaft, immer dann zornig zu werden, wenn es völlig sinnlos ist. Nicht, daß Sie nicht auch ein Mann wären – daher wissen Sie genau, was ich meine. Doch ich bin sehr froh, daß Sie nicht zornig sind, was Ihnen wirklich zur Ehre gereicht, da Jane sich ja so töricht benimmt. Wenn Sie also so freundlich sein wollen, sich hier neben mich zu setzen, können wir in aller Ruhe diese Angelegenheit aus der Welt schaffen –«

Sie blickte Lyndale hoffnungsvoll an, doch zu ihrer Enttäuschung reagierte er nicht auf ihre Bitte, sondern blickte sie statt dessen mit einem Lächeln an, das sie als rätselhaft und zugleich auch als beruhigend empfand.

»Ich glaube nicht, Lady Otilia«, sagte er. »Doch wenn ich Sie wäre, würde ich mir deswegen keine allzugroßen Sorgen machen. Sie haben ja immer noch drei sehr attraktive Töchter, und wer weiß, ob eine von ihnen nicht doch einmal als Marquise enden wird! Meine Damen, ich wünsche Ihnen allen einen guten Tag.«

Und mit einer schwungvollen Verbeugung verließ er den Raum, was Lady Otilia dazu veranlaßte, ihm empört nachzublicken.

»Abscheulicher Mann!« sagte sie. »Als ob die Herren Marquis in Gloucestershire nur so aus der Erde sprießen würden! Ich bin davon überzeugt, daß er diese aufdringliche Miß Courtney heiraten wird, und Belville wird Evelina Rutledge heiraten. Und Neil Fairhall wird zu einem jener Männer werden, die bis fünfunddreißig überhaupt nicht heiraten, weil sie mit ihren Pferden und Hunden viel zu beschäftigt sind. Und meine Campaspe hat das Nachsehen!« Sie bedachte ihre drei beschämten Töchter mit einem sibyllinischen Blick. »Ich sehe«, sagte sie, »daß ich die Angelegenheit in meine eigenen Hände nehmen muß, denn offenbar habe ich drei Töchter aufgezogen, die mehr Haare als Verstand besitzen und nicht die geringste Ahnung haben, was für sie von Vorteil ist. Ich werde mir sofort Pris aus Brighton kommen lassen, und wir beide werden schon sehen, ob wir euch nicht standesgemäß unterbringen – ob ihr nun wollt oder nicht!«

12

Gesagt, getan – Lady Otilia schickte sofort einen Expreßbrief an ihre Schwester, mit dem Erfolg, daß Lady Priscilla noch vor Ende der Woche in Brightleaves ankam. Wie immer war sie nach der neuesten Mode gekleidet: ein hinreißendes Reisekostüm in französisch Grün und ein dazu passender Hut mit einer kühnen Krempe. Sie stürmte ins Haus, ohne die Packkisten zu beachten, die bereits in der Halle bereitstanden, als gehörten sie zum üblichen Mobiliar. Nachdem sie Lady Otilia, die beim Geräusch der Wagenräder herausgeeilt war, zur Begrüßung die Wange gereicht hatte, ging sie sofort mit ihr ins Wohnzimmer, wo sie sich mit großem Aplomb auf ein Sofa fallen ließ, auf dem bereits ein großes Familienbild ruhte.

»Nun, meine liebe Otilia«, sagte sie, »sei bitte so gut und berichte mir sofort von dieser lächerlichen Situation, in die du dich begeben hast. Eine Wohnung in Cheltenham – ausgerechnet! Und drei aufgelöste Verlobungen! Ich schwöre dir, daß es auf der ganzen weiten Welt keine zweite Familie gibt, die sich in eine solchen Klemme gebracht hat!«

Lady Otilia, die um mehrere Jahre älter war als ihre Schwester, sich jedoch von Kindheit an nicht hatte gegen sie durchsetzen können, blickte sie etwas rebellisch an, bedachte dann aber, daß sie ihre Hilfe dringend brauchte, und erklärte kleinlaut, daß es nicht ihre Schuld sei.

»Aber nein, natürlich nicht«, sagte Lady Priscilla, während sie Hut und Handschuhe ablegte. »Es ist ja nie deine Schuld. Hugh ist immer schon schwierig gewesen, schon seit du ihn geheiratet hast. Aber das spielt jetzt keine Rolle«, fuhr sie fort und überließ es gnädig einer anderen Gelegenheit, auf die Mängel von Mr. Quarters Charakter zurückzukommen. »Die Frage ist jetzt, was stellen wir mit diesen drei Töchtern von dir an? Ich muß zugeben, daß ich über Campaspe gar nicht erstaunt bin, denn sie hat immer schon wenig Vernunft und noch weniger Benehmen besessen. Doch von Gwendolen hatte ich mehr erwartet, denn die ist vernünftig genug, um zu wissen, daß man mit einundzwanzig keine allzuhohen Ansprüche mehr stellen kann. Soviel ich weiß, ist Captain Belville eine sehr beachtliche Partie für ein Mädchen ohne Vermögen, und ich werde versuchen, ihr das auch deutlich zu machen.«

Lady Otilia sagte mit finsterer Miene, daß sie sich diese Mühe sparen könne, denn Captain Belville habe im Handumdrehen Evelina Rutledge einen Antrag gemacht, und man habe die beiden schon zusammen in der High Street sehen können, sie an seinem Arm, ganz wie ein verlobtes Paar.

»Doch«, fuhr sie hoffnungsfroh fort, »Lord Wilfrid Boulting ist fast jeden Tag vorbeigekommen, offensichtlich um Gwendolen zu sehen, daher denke ich, daß in dieser Hinsicht einiges zu erwarten ist.«

»Wilfrid Boulting?« fragte Priscilla skeptisch. »Oh, auf den würde ich mich nicht allzusehr verlassen. Den müßte es schon sehr erwischen, damit er einer Frau einen Heiratsantrag macht. Ich muß dich darauf aufmerksam machen, daß eine ganze Menge Damen hinter ihm her sind, einige davon Brillanten reinsten Wassers, was, wie du zugeben mußt, Gwendolen nicht ist.«

Lady Otilia, die ihre älteste Tochter sehr gern hatte, erklärte indigniert, daß Gwendolen eine ganze Portion Originalität besäße. Lady Priscilla winkte geringschätzig ab.

»Ja, ich weiß, meine Liebe – doch Originalität ist nicht das, was die meisten Männer bei einer Frau suchen«, sagte sie. »Tatsächlich wäre es für uns viel leichter, sie an den Mann zu bringen, wenn sie weniger Originalität besäße. Doch gibt es wirklich keinen anderen Anwärter als Lord Wilfrid?« fuhr sie fort. »Natürlich könnte ich sie mit nach Brighton nehmen, doch die jungen Männer in solch vornehmen Kurorten wollen sich meist nur amüsieren. Und die anderen, die ernstere Absichten haben, sind meist Mitgiftjäger und würden sich nicht im geringsten für sie interessieren.«

Lady Otilia sagte zweifelnd, daß da auch noch Neil Fairhall sei, der sich in Brightleaves oft sehen ließe, obwohl er mit Campaspe gebrochen habe. Er würde seine ehemalige Verlobte total ignorieren und statt dessen stundenlang mit Gwendolen sprechen. »Natürlich ist er ein Jahr jünger als sie«, sagte sie, »doch das hat nicht allzuviel zu bedeuten. Und wenn Campaspe so töricht war, ihn weggehen zu lassen, ist es nur gerecht, wenn Gwendolen ihn bekommt. Sie hat ihn ja immer schon gern gemocht.«

Lady Priscilla erklärte munter, daß man ihn wenigstens als eine Möglichkeit ansehen könne, und dann brachte sie die Sprache auf Janes Verhalten ihrem Verlobten gegenüber.

»Ich muß wirklich sagen«, bemerkte sie, »daß ich in meinem

Leben noch nie so schockiert war wie in dem Augenblick, als ich las, daß sie Lyndale den Laufpaß gegeben hat. Denn darauf kommt es schließlich hinaus, selbst wenn sie nicht offiziell verlobt waren. Sie hat mir in London einen so wohlerzogenen Eindruck gemacht! Ich hätte niemals geglaubt, daß sie so etwas Unglaubliches tun könne. Einem Marquis und dazu noch fünfzigtausend im Jahr einfach den Rücken kehren! Natürlich ist mir sofort klargeworden, daß ich unbedingt mit ihr sprechen muß.«

Lady Otilia, die angesichts dieser herben Kritik an ihrer zweitältesten Tochter doch etwas ungehalten war – obwohl sie ja diesbezüglich sehr ähnlich empfand –, erklärte, daß es gar keinen Zweck habe, mit ihr zu sprechen. Lord Lyndale habe nämlich plötzlich beschlossen, nach London zurückzugehen. Offensichtlich habe er nicht mehr die Absicht, Jane zu heiraten. »Diese abscheuliche Miß Courtney war die ganze Zeit, während der er in Gloucestershire war, hinter ihm her«, sagte sie. »Und nun, da er nach London zurückgekehrt ist, hat sie plötzlich entdeckt, daß sie auch dorthin muß. Ausgerechnet im Juli, meine Liebe, wo kein vernünftiger Mensch sich dort aufhält! Ich nehme an, wir werden in Kürze hören, daß die beiden verlobt sind!«

Lady Priscilla konnte jedoch diese düsteren Ansichten nicht teilen und erklärte, daß Frieda Courtney keineswegs der Typ Frau sei, nach dem Lyndale Ausschau halte, jedenfalls soweit er es ihr zu verstehen gegeben habe. Sie fügte hinzu, daß es ihnen vielleicht doch gelingen könne, Jane und ihn zusammenzubringen. »Verlaß dich drauf«, sagte sie, »er ist nicht der Typ Mann, der auf seine Ehre pocht und für ewig gekränkt ist, nur weil sich ein junges Mädchen vorübergehend in einen anderen jungen Mann verliebt hat. Sicher können wir Jane soweit bringen einzusehen, daß es eine Torheit ist, sich an einen mittellosen Franzosen zu hängen, der nicht die geringste Aussicht hat, sie heiraten zu können.«

Da sie eine Frau von unbegrenztem Tätigkeitsdrang war, bestand sie dann darauf, nach Cheltenham gebracht zu werden, damit sie selbst das kleine Haus sehen könne, in dem Mr. Quarters seine Familie unterzubringen gedachte. Gwendolen und Campaspe, die gerade in diesem Moment aus dem Dorf zurückkamen – sie hatten Jane dorthin begleitet, die den Nachmittag bei einer kranken Dame verbrachte –, wurden sofort in

das Unternehmen miteingeschlossen. Sie hätten selbst allerdings gern auf diese Ehre verzichtet, denn es war ihnen nur zu klar, daß Lady Priscilla die Fahrt nach Cheltenham dazu benützen würde, sie wegen ihres schändlichen Verhaltens ihren Verlobten gegenüber zu tadeln.
Immerhin wurden sie am Ende der Fahrt damit belohnt, ihr zukünftiges Heim besichtigen zu können. Es war ein kleines Haus mit einem Erkerfenster vor dem Wohnzimmer, das auf eine der weniger beeindruckenden Stellen des Badekurortes blickte. Es hätte sich sehr gut für ein junges Paar geeignet, das sein gemeinsames Leben bescheiden anfing, doch es erschien Lady Priscilla und Lady Otilia für eine Familie mit drei sehr lebhaften jungen Damen doch als entsetzlich beengt.
Doch wenn die zwei älteren Damen auch schockiert den Kopf schüttelten angesichts des kleinen Wohnzimmers, der drei kleinen Schlafzimmer im ersten Stock und der winzigen Dienstbotenzimmer ganz oben, die nur über eine halsbrecherisch steile Treppe zu erreichen waren, so dachten Gwendolen und Campaspe doch anders darüber. Sie fanden es ausgesprochen vergnüglich, in einem Viertel der Stadt zu wohnen, das fast wie eine Hochzeitstorte wirkte mit seinen spitzenartigen Verzierungen aus Schmiedeeisen und den hübschen Säulenportalen. Sie stießen sich auch nicht daran, daß man vom Wohnzimmer aus das geschäftige Getriebe der Stadt beobachten konnte – modisch gekleidete Damen in ihren Sänften, vorbeischlendernde Offiziere, elegante Kutschen, hin und wieder auch gichtige alte Männer und kränkliche alte Jungfern auf dem Weg zu den Trinkhallen oder zu Bettisons oder Williams' Bibliothek. Campaspe hatte sich schon einen Prospekt von all den Vergnügungen besorgt, welche die Stadt bereithielt – Bälle am Montag und Freitag, Theater am Dienstag, Donnerstag und Samstag, daneben kleine Tanzveranstaltungen am Mittwoch. Dies erschien ihr so verlockend, daß sie beschloß, keine dieser Gelegenheiten auszulassen.
Und dann war da noch die Aussicht auf die Rennwoche – falls sie zu dieser Zeit schon ihren Umzug von Brightleaves hinter sich gebracht hatten –, in der die Zuschauer die Hotels füllten und Bälle, Abendgesellschaften, Rennen und Theater nicht nur für Amüsement sorgten, sondern drei heiratswilligen jungen Damen auch manche Gelegenheit boten, einen Ehemann zu finden.

Selbst Lady Otilia, die im Augenblick geneigt war, alles nur in den düstersten Farben zu sehen, mußte zugeben, daß hier derartige Gelegenheiten bedeutend zahlreicher waren als in der Abgeschlossenheit von Brightleaves, doch befürchtete sie, daß die wirklich erstrebenswerten Männer niemals den kläglichen Zustand ihrer Familienfinanzen übersehen würden, der sie dazu gezwungen hatte, in einem so dürftigen Haus zu wohnen. Doch schließlich mußte sogar sie zugeben, daß wenigstens das Wohnzimmer trotz seiner geringen Ausmaße recht elegant war, denn es besaß immerhin eine Tapete mit reizenden Chinoiserien und einen hübschen Lüster.
Man fuhr daher in ziemlich vergnügter Stimmung nach Brightleaves zurück, wo man Mr. Quarters vorfand, der gerade zum letzten Mal seine Ställe besichtigt hatte, denn am nächsten Morgen sollten seine Pferde nach London zu Tattersall gebracht werden. Seine Stimmung war entsprechend schlecht und wurde auch nicht besser beim Anblick seiner Schwägerin, die er herzlich verabscheute. Das Dinner verlief entsprechend ungemütlich, denn die beiden unterließen es nicht, sich gegenseitig mit Unfreundlichkeiten zu bedenken. Gwendolen und ihre Schwestern hüllten sich in Schweigen, denn sie hatten keine Lust, die Kampfgeschosse auch noch auf sich gerichtet zu fühlen. Es bewahrte sie jedoch nicht davor – ganz besonders natürlich Jane –, nach dem Essen von Lady Priscilla in schärfster Weise zur Rede gestellt und an ihre Pflichten gemahnt zu werden. Dies mit dem Erfolg, daß Jane nach wenigen Minuten in Tränen aufgelöst dasaß, Campaspe finstere Blicke um sich warf und Gwendolen einen höchst unziemlichen Lachkrampf bekam.
»Ich konnte einfach nicht anders«, sagte sie später am Abend zu Campaspe, als sie wieder allein waren. »Schon der Gedanke, Tante Pris' Rat anzunehmen und zu versuchen, ›Belville wieder an mich zu fesseln‹, wie sie es ausdrückte! Der arme Mann war doch so glücklich, mich endlich los zu sein, daß er sofort die Flucht ergreifen würde, wenn ich ihm schöne Augen machte! Und was Neil Fairhall betrifft, so sollte sie nur einmal unsere Gespräche mitanhören, dann würde sie sofort merken, daß er nur zu mir kommt, um über dich sprechen zu können und sich zu beklagen, wie schlecht du dich ihm gegenüber benommen hast.«
»Nun, er hat sich mir gegenüber ebensoschlecht benommen«,

sagte Campaspe mit Heftigkeit. »Er hat gesagt, ich sei unglaublich flatterhaft und er habe keine Lust, sich mit mir zu verheiraten. Und als ich versucht habe, ihm zu erklären, daß ich es alles für Jane getan habe, da wollte er es mir nicht glauben. Da wir schon einmal bei Jane sind«, fuhr sie fort – jetzt schon wieder munterer, nachdem sie ihrem Unmut Luft gemacht hatte –, »so glaube ich, daß wir noch mal etwas für sie tun müssen. Sie wird nämlich schon wieder schwach! Hast du gesehen, was für ein Gesicht sie gemacht hat, als Tante Pris ihr sagte, welch böses und undankbares Mädchen sie sei und warum sie Lyndale nicht sofort beim Wort genommen habe, als er ihr den Antrag machte? Und daß es ihre Schuld sei, daß wir nun alle Brightleaves verlassen müssen!«

»Ja natürlich, aber jetzt könnte sie oder jemand anderes gar nichts unternehmen, solange Lyndale in London ist«, sagte Gwendolen sachlich. »Selbst Tante Pris kann nicht erwarten, daß Jane ihm dorthin folgt, und ich halte es für sehr unwahrscheinlich, daß er bald wieder nach Gloucestershire zurückkommen wird. Er steht ja nicht auf besonders gutem Fuß mit dem Herzog oder auch Lord Wilfrid, und jetzt, da er mit Jane gebrochen hat, besteht sicher kein Grund, daß er nochmal hier in die Gegend kommt.«

Sie war selbst etwas überrascht, daß sie, als sie diese letzten Worte aussprach, so etwas wie Bedauern empfand. Sie sagte sich jedoch sofort, daß es wohl daher kam, daß Seine Lordschaft trotz seiner unmöglichen Offenheit im Gespräch – oder gerade deshalb – in jede Gesellschaft Leben brachte. Sicher konnte es keinen anderen Grund geben, daß sie seine Abwesenheit bedauerte!

Es war eine Empfindung, die sie bald vergaß, denn der Umzug nach Cheltenham erwies sich als außerordentlich turbulent, zumal Lord Wilfrid Boulting und Leutnant Neil Fairhall ständig im Wege waren und ihre Aufmerksamkeit beanspruchten, obwohl das Haus voller Kisten und Koffer stand. Es war für sie eine ganz neue Erfahrung, so verfolgt zu werden, und obwohl sie die ernstesten Bedenken hatte, daß keiner ihrer Verehrer wirklich eine ehrenhafte Heirat im Sinn hatte, fühlte sie sich doch von all diesen Aufmerksamkeiten sehr geschmeichelt. Lord Wilfrid hatte bereits um die Ehre gebeten, sie während der Rennwoche zu einem Ball begleiten zu dürfen, und Neil hatte in einem Hotel ein Zimmer reservieren lassen, nur um

zur Stelle zu sein, falls sie in seiner Begleitung an einer der Festlichkeiten teilnehmen wolle.
All das war ziemlich berauschend, und wenn, so dachte sie, Jane nur besserer Stimmung wäre, könnten sie sich während der Rennwoche alle köstlich amüsieren und die unangenehme Frage vergessen, wie sie drei geeignete Männer fänden, die sie heiraten würden. So jedenfalls dachte sie, bis Campaspe am ersten Morgen der Rennwoche zu ihr ins Zimmer gestürmt kam, während sie gerade einen der Hüte von Lady Priscilla für den eigenen Gebrauch umänderte. Campaspe ließ sich auf einen Sessel ihr gegenüber fallen und machte den Eindruck, als ob sie gleich platzen würde, weil sie es nicht mehr aushielt, ihre Neuigkeiten für sich zu behalten.
»Du wirst es nicht für möglich halten«, sagte sie, als sie wieder zu Atem gekommen war, denn sie war die Treppen im Eiltempo heraufgelaufen. »Wen habe ich wohl in der High Street getroffen?«
»Ja, wen wohl«, sagte Gwendolen mechanisch, während sie den Hut hochhielt und ihn kritisch prüfte. »Cammie, wie gefällt dir dieses Band? Ich habe mir gedacht –«
»Ach, laß mich doch mit deinen Hutbändern in Ruhe«, unterbrach sie Campaspe ungeduldig. »Weißt du, wen ich gerade getroffen habe? Lyndale! In der High Street! Er ist zurückgekommen!«
»Lyndale?« Jetzt war der Hut auf einmal nicht mehr wichtig, denn während Gwendolen ihre Schwester anstarrte, sank er auf den kleinen Arbeitstisch, der neben ihr stand. »Hier? Oh, du mußt dich getäuscht haben!« sagte sie ungläubig.
»Wie kann ich mich getäuscht haben, wenn er mit mir gesprochen hat?« sagte Campaspe ärgerlich. »Er ist hier, ich sage es dir, und außerdem hat er mich gefragt, wo wir wohnen, und hat gesagt, daß er uns sofort einen Besuch machen wird. Ich bin gleich nach Hause gerannt, damit ich Jane warnen kann. Ich nehme an, da ist er schon«, fügte sie hinzu, als sie aus der Halle die aufgeregte Stimme ihres jungen Dienstmädchens hörten, das sich bemühte, mit einem männlichen Besucher fertig zu werden. »Nun, er hat keine Zeit versäumt, wie?« Sie lehnte sich nach vorne und sagte in drängendem Ton: »Gwen, wir müssen irgend etwas unternehmen, hörst du! Denn er hat es sich bestimmt anders überlegt und ist gekommen, um Jane doch noch zum Heiraten zu bewegen!«

13

Gwendolen sagte sich, daß sie aus reiner Neugierde mit Campaspe hinuntergehen würde und sicher nicht aus dem Bedürfnis, Lyndale wiederzusehen. Als sie wenige Minuten später ins Wohnzimmer kamen, fanden sie Seine Lordschaft in freundschaftlicher Unterhaltung mit Lady Otilia, Jane und Lady Priscilla vor. Letztere wohnte wegen der beengten Verhältnisse nicht im Haus, doch sie war glücklicherweise – jedenfalls nach ihrer Ansicht – kurz zuvor aus ihren Räumen im »Royal« hierhergekommen, um über den Verlauf des Tages mit ihnen zu beraten. Jane, das muß zugegeben werden, nahm an der Unterhaltung kaum teil und saß wie eine gekränkte Heroine da, die Hände krampfhaft im Schoß gefaltet. Ihre Mama und ihre Tante jedoch machten ihr Schweigen mehr als wieder gut, indem sie den Gast mit überschwenglicher Herzlichkeit bedachten.

»Widerwärtig!« sagte Campaspe in Gwendolens Ohr, als sie zusammen auf der Türschwelle haltmachten. Ohne lange zu zögern, marschierte sie dann ins Zimmer, holte sich einen Stuhl, den sie zwischen Lyndale und Lady Otilia placierte, und setzte sich mit etwas übertriebenem Nachdruck hin.

»Noch einmal ›Guten Morgen‹, Lord Lyndale«, sagte sie. »Sie haben prompt gehandelt, muß ich sagen! Sind Sie gekommen, um uns zu den Rennen zu begleiten? Lord Wilfrid hat es uns bereits angeboten, doch ich meine, drei Frauen sind etwas zuviel für einen Mann, nicht wahr. Wenn es Ihnen gefällt, können Sie mich also begleiten und Lord Wilfrid Gwendolen und Jane überlassen.«

Während dieser Rede, die mit größter Schnelligkeit und Entschlossenheit geführt wurde, hatten Lady Priscilla und Lady Otilia sie mit unverhohlenem Entsetzen betrachtet und sich offenbar nur mit Mühe zurückhalten können, sie sofort auf ihr Zimmer zu schicken. Lyndale schien jedoch von ihrem Anerbieten wenig beeindruckt.

»Es wird mir ein Vergnügen sein«, sagte er höflich, jedoch mit einem rätselhaften Blinken in den Augen, das Gwendolen als Ausdruck eines Amüsements auslegte. »Das heißt«, fügte er hinzu, »wenn Sie meinen, daß Wilfrid nichts dagegen hat.«

»Daß Sie mich begleiten? O nein, der ist doch hinter Gwen her«, sagte Campaspe, worauf Lady Priscilla und Lady Otilia

im Ton höchsten Entsetzens »Campaspe!« ausriefen. »Aber so ist es doch«, erklärte diese unbeirrt. »Nicht«, fügte sie hinzu, »daß wir der Ansicht sind, er hätte den Wunsch, sie zu heiraten. Denn Tante Pris sagt, er ist nicht der Typ eines Mannes mit Heiratsabsichten, doch man weiß ja nie, oder? Er ist letztlich aber sehr nützlich, weil er sie überallhin begleitet.«
Lyndale, der Gwendolen anblickte, was sie sehr irritierte, sagte, daß eine Dame von Miß Quarters Charakterstärke sicherlich den Mann bekommen würde, den sie zu heiraten beabsichtige. Dies brachte Gwendolen so in Rage, daß sie ihn entrüstet ansah. »Wenn Sie dabei auf Captain Belville anspielen, Mylord«, sagte sie, »dann hat er den Wunsch gehabt, mich zu heiraten. Er hat mich in einem Brief darum gebeten.«
»Ja, aber das beweist noch nicht, daß er auch den Wunsch gehabt hat«, sagte Lyndale munter. »Ich nehme an, es ist in Wahrheit so gewesen, daß Sie den armen Jungen in eine solche Lage gebracht haben, daß er keinen anderen Ausweg mehr sah.«
Gwendolen blickte ihn fassungslos an. »Aber bitte, nur keine Aufregung«, sagte Lyndale grinsend. »Ich bin davon überzeugt, daß Sie dasselbe bei mir erreichen könnten, wenn Sie es sich in den Kopf setzen würden. Doch ich nehme an, in der Richtung haben sich Ihre Gedanken noch nicht bewegt, oder?«
»In Anbetracht der Tatsache«, sagte Gwendolen mit eiskalter Stimme, da sie sich vor Entrüstung kaum mehr beherrschen konnte, »daß Sie bis vor kurzem mit meiner Schwester verbunden waren, Mylord, kann ich diese Frage mit einem eindeutigen Nein beantworten. Im übrigen«, fügte sie noch wütender hinzu, als sie bemerkte, wie entsetzt man sie von allen Seiten anblickte, »im übrigen kann ich Ihnen sagen, daß ich kaum versucht worden wäre, es zu tun, selbst wenn die Umstände andere gewesen wären!«
»Ja, das kann ich verstehen«, sagte Lyndale, den diese eindeutige Abfuhr nicht im geringsten zu erschüttern schien. »Man kann mich nicht so leicht zu einer romantischen Gestalt machen wie den galanten Belville, obwohl ich Ihnen versichere, daß ich mein Bestes tue. All diese marokkanischen Geschichten zum Beispiel – ich nehme an, die meisten Männer könnten allein damit schon bei den Damen allerhand Eindruck schinden. Doch der einzige Mensch, den ich damit beeindruckt zu haben scheine, ist Ihr Vater. Er findet nämlich meine arabischen Stuten sehr romantisch.«

»Mr. Quarters«, sagte Lady Priscilla in bestimmtem Ton, da sie fand, daß diese höchst ungewöhnliche Unterhaltung allzuweit ging, »hat keinen einzigen romantischen Knochen in seinem Körper, Lord Lyndale. Und«, fügte sie leicht resigniert hinzu, als sie hörte, daß die Eingangstüre soeben mit einer Heftigkeit geöffnet und geschlossen wurde, die den Kristallüster klirren ließ, »man braucht nur vom Teufel zu sprechen – wie das Sprichwort sagt –, und da ist er schon!«
Sie hatte mit ihrer Annahme völlig recht, denn im nächsten Moment wurde die Wohnzimmertüre aufgerissen, und Mr. Quarters stand auf der Schwelle, hochrot im Gesicht und mit einem so zornigen Ausdruck, daß selbst Lady Priscilla im Moment erschrak. Als er Lyndale sah, der friedlich zwischen Campaspe und Lady Otilia saß, schienen Blitze aus seinen Augen zu schießen.
»Ha!« rief er aus, mit einem dramatischen Tremolo, das selbst Lady Otilia nicht hätte übertreffen können. »Sie sind also hier, in der Tat, Lyndale! Unter meinem Dach! Wie zum Teufel –«
»Aber weshalb sollte Lord Lyndale denn nicht hier sein?« mischte sich Lady Priscilla ein, die das Gefühl hatte, daß ein vernünftiges Wort am Platze war. »Er ist vorbeigekommen, um deiner Frau und den Töchtern einen Besuch zu machen – wirklich eine sehr artige Aufmerksamkeit, wie mir scheint, die uns zeigt, daß er es Jane nicht übelgenommen hat –«
»Jane! Was hat Jane denn damit zu tun?« fragte Mr. Quarters, dessen Zorn durch diese beschwichtigenden Worte nicht gedämpft wurde. Er ging mit energischen Schritten auf Lyndale zu, stellte sich direkt vor seinen Sessel und blickte ihn wütend an. »Nicht übelnehmen«, fuhr er fort, wobei er sich an alle richtete, jedoch Lyndale nicht aus den Augen ließ, »weshalb zum Teufel sollte er etwas übelnehmen, wo er selbst die niedrigste und hinterhältigste Gemeinheit begangen –«
»Mr. Quarters!« unterbrach ihn Lady Otilia tief schockiert. »Bitte denke daran, daß Lord Lyndale Gast in unserem Hause ist.«
»Nun, ich habe ihn nicht hierhergebeten«, erwiderte Mr. Quarters grob, jedoch völlig wahrheitsgetreu. »Und wenn er mal kurz mit mir herauskommt, dann werde ich ihm beweisen, daß ich noch nicht zu alt bin, um ihm eine Lektion zu erteilen, die er so bald nicht mehr vergessen wird –«

»Warum denn, Quarters? Wegen der Pferde?« fragte Lyndale grinsend, den dieser Ausbruch absolut nicht zu irritieren schien. »Aber irgend jemand mußte sie doch kaufen. Deswegen sind sie ja doch zu Tattersall gekommen.«
»Ja, deswegen sind sie dort hingekommen!« stimmte Mr. Quarters ihm zornig zu. »Um verkauft zu werden. Jedoch nicht von irgendeinem hochgestochenen Marquis, der in meinem Stall herumgeschnüffelt hat, um auszuspionieren, was er konnte, und der mir dann, als er sah, daß hier etwas zu holen war, einen Kredit verweigert und sich nach London davongestohlen hat, um meine Pferde zu bekommen! Es wäre mir fast lieber, wenn Tardiff sie bekommen hätte! Viel lieber!« erklärte Mr. Quarters, der sich in seinen Zorn hineinsteigerte und im Augenblick wohl lieber gesehen hätte, wenn der Teufel selbst seine Pferde bekommen hätte, nur nicht Lyndale.
»Aber was stellst du dir denn vor, Quarters«, unterbrach ihn Lady Priscilla an dieser Stelle. »Wie kannst du hier so eine Szene machen, nur weil Lord Lyndale – wie ich deinen sehr unmäßigen Bemerkungen entnehme – deine Pferde gekauft hat? Offenbar konntest du es dir nicht leisten, sie selbst zu behalten, also was spielt es dann für eine Rolle, ob Lord Lyndale sie gekauft hat oder jemand anderer?«
»Er läßt sie laufen!« sagte Mr. Quarters zähneknirschend und immer noch Lyndale fixierend. »Hier! In Cheltenham!«
»Nun«, sagte Lyndale gleichmütig, »ich hatte mir gedacht, daß es Ihnen Freude macht, wenn Sie sie laufen sehen. Und außerdem hat Ihr ›Conqueror‹ doch die besten Chancen zu siegen –«
»Er ist nicht mein ›Conqueror! Er ist Ihrer!« sagte Mr. Quarters, der sich durch dieses Lob auf ein Pferd, das unter seinen Augen aufgezogen und trainiert worden war, nicht beschwichtigen ließ. »Und ich hoffe«, fügte er hinzu, um den augenblicklichen Grad seiner Abneigung zu dokumentieren, »daß er an letzter Stelle ankommen wird! Ich hoffe, sie werden alle Letzte sein!«
»Ach Papa, du weißt doch ganz genau, daß du das alles gar nicht so meinst«, sagte Gwendolen, die der Ansicht war, daß man nun weit genug gegangen war. »Du würdest dich doch wahnsinnig ärgern, wenn das geschehen würde!«
»Nein, das würde ich nicht«, sagte Mr. Quarters widerspenstig. »Und außerdem werde ich es nicht dulden, daß so ein schnüffelnder, gemeiner Kerl eine meiner Töchter heiratet!

Keine einzige von ihnen! Haben Sie mich verstanden, Lyndale?«
Er blickte den Marquis durchbohrend an.
»Was das betrifft, Quarters«, so erinnerte ihn Lady Priscilla mißbilligend, »so hat es nie zur Debatte gestanden, daß er jemand anderen als Jane heiratet, und wenn Lord Lyndale so herablassend wäre und seinen Antrag wiederholen würde, dann würdest wohl auch du nicht so töricht sein, ihr im Weg zu stehen.«
Doch Gwendolen, die nun ein privates Wortgefecht zwischen ihrem Vater und Lady Priscilla voraussah, sprang schnell in die Bresche, nahm ihren Vater am Arm und sagte beschwichtigend: »Jetzt komm mal, Papa!« Dann führte sie ihn, der immer noch vor Wut schnaubte, hinaus aus dem Wohnzimmer und brachte ihn in das Eßzimmer, wo sie ein großes Glas Madeira für ihn ausschenkte und es ihm reichte. »Trink das, dann wirst du dich schon viel besser fühlen, Papa«, sagte sie tröstend. »Es ist wirklich abscheulich von Lord Lyndale, daß er hinter deinem Rücken deine Pferde gekauft hat, doch wenn er es nicht getan hätte, dann hätte es der Herzog getan, was genauso schlimm gewesen wäre.«
Mr. Quarters, der nicht gewillt war, sich trösten zu lassen, erklärte unversöhnlich, daß es keineswegs so schlimm gewesen wäre. Denn er wisse, was er vom Herzog zu halten habe, während er Lyndale als anständigen Jungen und Freund angesehen habe. Immerhin war er bereit, seinen Madeira zu trinken. Dann, mit weiteren Mißfallenskundgebungen gegen Marquise im allgemeinen und einer Beschwörung an Gwendolen, niemals einen zu heiraten, da er in seinem Haus keinen dulden werde, brach er auf. Gwendolen nahm an, daß er sich nun im »Plough« oder »George« mit seinen Freunden vom Turf treffen würde, um mit ihnen Lyndales verräterisches Verhalten zu diskutieren.
Wieder ins Wohnzimmer zurückgekehrt, fand sie Neil Fairhall vor, der sich der Gesellschaft angeschlossen hatte, Campaspe jedoch ebenso geflissentlich ignorierte wie sie ihn. Er zeigte sich sehr enttäuscht, weil Lord Wilfrid sich bereits die Ehre gesichert hatte, Gwendolen und Jane zu den Rennen zu begleiten, doch Lyndale erklärte ihm, daß er Campaspe begleiten werde und sich daher freuen würde, wenn Neil sich ihnen anschließen würde. Dies wurde von Campaspe mit eisigem

Schweigen zur Kenntnis genommen, so daß Leutnant Fairhall, der einen Blick auf ihr hochmütig abgewandtes Gesicht warf, nicht anders reagieren konnte, als zu erröten und sich hastig zu entschuldigen.

»Du hast ja selbst gesehen«, sagte Campaspe später zu Gwendolen, als Neil kurz darauf mit Lyndale aufgebrochen war, »daß du dich täuschst, wenn du meinst, daß Neil wieder mit mir ins reine kommen will. Er kommt hierher, um dich zu sehen und nicht mich, und wenn du ihn heiraten willst, dann habe ich sicherlich nichts dagegen. Tatsächlich«, fuhr sie mit Entschlossenheit fort, »habe ich eine wundervolle Idee gehabt. Sie ist mir gekommen, als Papa gesagt hat, er wolle nicht, daß Lord Lyndale eine seiner Töchter heiratet. Warum sollte ich eigentlich Lyndale nicht heiraten? Dann wird er verpflichtet sein, etwas für Papa zu tun, ebenso, wie wenn er Jane geheiratet hätte, und wir werden nicht in Boulogne leben müssen, und Jane wird immer noch frei sein, um Alain zu heiraten –«

Doch an dieser Stelle unterbrach Gwendolen sie mit einer Schärfe, die sie ebenso überraschte wie Campaspe.

»Oh, sei doch nicht so ein Dummkopf, Cammie!« sagte sie. »Als ob Lyndale an so etwas überhaupt nur denken würde –«

»Weshalb sollte er nicht daran denken?« fragte Campaspe gekränkt. »Ich weiß, daß ich nicht so schön bin wie Jane, doch alle sagen, daß ich recht gut aussehe –«

»Ja, und du bist natürlich ebenso sanft und artig wie Jane«, sagte Gwendolen mit leichtem Spott. »Nein, du bist wirklich töricht, Cammie! Lyndale würde ebensowenig in Betracht ziehen, dich zu heiraten, wie er daran denken würde, mich zu heiraten – der liebe Himmel weiß, daß wir uns vom ersten Tag an, als wir uns kennenlernten, in den Haaren gelegen haben.«

»Nun, bei mir ist das nicht der Fall«, sagte Campaspe indigniert. »Wir kommen famos miteinander aus, und ich nehme an, daß wir in einer Ehe sehr gut miteinander fahren würden. Auf jeden Fall würde es nichts schaden, wenn wir ihn mal fragen würden.«

»Ihn fragen? Aber Cammie, das kann doch nicht dein Ernst sein!«

»Nun, vielleicht nicht so direkt«, gab Campaspe zu, die von ihrer eigenen Kühnheit leicht erschreckt schien. »Doch man kann Männer immer dazu bringen.«

»Nun, ich weiß wirklich nicht, ob du ihn noch weiter zu irgend etwas bringen kannst, als du es sowieso schon getan hast«, sagte Gwendolen etwas erleichtert – und dann, nachdem Campaspe aus dem Zimmer gestürzt war, fragte sie sich selbst, weshalb sie denn um alles in der Welt erleichtert sein sollte. Sicherlich konnte sie, Gwendolen, nichts dagegen haben, wenn Campaspe Lyndale heiratete, falls sie ihn dazu bringen sollte, ihr einen Antrag zu machen. Solch eine Heirat würde, wie Campaspe es schon sagte, all ihre Probleme lösen, ohne daß man Jane einer Ehe mit einem Mann auslieferte, den sie nicht lieben konnte. Und wenn sie, Gwendolen, so schäbig wäre, ihrer Schwester keine glänzende Partie zu gönnen, nur weil sie im Augenblick keine Aussicht hatte, selbst einen Mann zu finden, dann verdiente sie, den Rest ihres Lebens als alte Jungfer zuzubringen.

So verbrachte sie die nächste Stunde in heftiger Abneigung gegen sich selbst, was aus irgendeinem Grund jedoch auch eine Abneigung gegen Lyndale miteinschloß, den ihr Vater mit Recht so außerordentlich schmählich behandelt hatte. Dies hinderte sie jedoch trotz allem nicht daran, in der gleichen Stunde fieberhaft das Kleid zu bearbeiten, das sie von Lady Priscilla für diesen Nachmittag bekommen hatte. Sie beschloß, das lavendelblaue Samtband des reizenden Musselinkleides durch ein blaßblaues Band zu ersetzen, das, wie sie fand, ihrem Teint besser bekam. Sie redete sich dabei ein, daß sie dies selbstverständlich täte, um auf Lord Wilfrid Eindruck zu machen. Was Lord Lyndale zu dieser modischen Änderung sagen würde – so redete sie es sich ebenfalls ein –, konnte ihr völlig gleichgültig sein.

14

Die Rennen von Cheltenham wurden auf den Cleeve Downs ausgetragen, und dorthin wurden Gwendolen, Jane und Campaspe – die in ihren hellen Sommerkleidern und breitkrempigen Hüten bezaubernd aussahen – von Lyndale und Lord Wilfrid begleitet. Lyndale kutschierte seine elegante Karriole und Lord Wilfrid eine schneidige Kalesche. Es war ein schöner, warmer Tag – vielleicht sogar etwas zu warm, denn die schweren weißen Wolken, die am blauen Himmel standen, zeigten an ihren Rändern ein dunkles Graublau, das auf ein Gewitter hinwies. Doch im Augenblick schien die Sonne ungeschwächt auf die Parade von Kutschen, Reitern und Fußgängern, die sich auf die Downs zubewegte, und Gwendolen hatte sich vorgenommen, wenigstens für die nächsten Stunden all die unangenehmen Familienprobleme zu vergessen und sich nur nach Herzenslust zu amüsieren.

Dies würde, wie sie sehr bald bemerkte, auf keine Schwierigkeiten stoßen, wenn sie zu einem Flirt mit Lord Wilfrid bereit wäre. Dieser zeigte sich nämlich von seiner galantesten Seite und hatte offenbar im Sinn, Jane sobald es ging mit geeigneter Gesellschaft zu versehen, um Gwendolen für sich allein zu haben. Gwendolen fragte sich, ob er nicht sogar einen Heiratsantrag beabsichtigte, denn in seiner Art war heute etwas so Zielbewußtes, wie sie es noch nie zuvor an ihm bemerkt hatte. Er kam ihr wie ein dicker, selbstzufriedener weißer Kater vor, der sich zum Sprung auf eine Maus bereit machte. Als sie dann allerdings sein bleiches, hochmütiges Profil betrachtete, während er seine beiden Grauschimmel durch das Gedränge lenkte, begann sie doch zu überlegen, ob ein Kater in einer solchen Situation nicht doch etwas viel Räuberisches als eine Heiratswerbung im Sinn hatte.

Sollte es tatsächlich dahin kommen, daß Lord Wilfrid ihr einen unsittlichen Antrag machen würde? Natürlich sollte der Gedanke allein ihr schon beleidigend vorkommen, doch tatsächlich hatte sie das Gefühl, daß so eine Angelegenheit für sie sehr viel einfacher zu handhaben wäre als ein Heiratsantrag, da sie ein solcher in einen höchst ungemütlichen Zwiespalt zwischen Pflicht und Neigung bringen würde. Natürlich hatte sie überhaupt keine Neigung, Lord Wilfrid zu heiraten, doch andererseits war er eine außerordentlich erstrebenswerte Partie, vor allem für eine mittellose junge Dame im fortgeschrittenen Alter von einundzwanzig. In Anbetracht dieser Tatsachen mußte sie feststellen, daß sie ebenso unentschlossen und ratlos wie Jane war, als es darum ging, sich darüber schlüssig zu werden, ob sie Lyndale haben wollte oder nicht.

»Natürlich müßte ich es tun, wenn er wirklich eine Ehe im Sinn hat«, sagte sie sich, »denn ich habe nicht eine Entschuldigung wie Jane, daß ich einen anderen liebe.« Doch während sie sich dies sagte, tauchte auf einmal ein Gesicht vor ihr auf, das dem von Lord Wilfrid ganz und gar nicht ähnlich war – ein tief-

gebräuntes Gesicht mit intensiven blauen Augen, einem entschlossenen Kinn und einem Mund, der sich zu einem ebenso arroganten wie sympathischen Grinsen verziehen konnte.
Und was hätte Lord Lyndale selbst zu der Angelegenheit zu sagen, fragte sie sich leicht gereizt, da sie es sehr töricht fand, in einem solchen Augenblick überhaupt an ihn zu denken. Offenbar überhaupt nichts, denn trotz seiner ziemlich ungehörigen Bemerkung, daß sie in der Lage sei, ihn zu einem Heiratsantrag zu bewegen, wenn sie es wünschte, hatte er sicherlich nicht das geringste Interesse an der ältesten Miß Quarters. Ganz im Gegenteil, er betrachtete sie als ein lästiges und »übermächtiges« Weibsbild und gewiß nicht als den Typ Frau, den man sich für eine Ehe wünschte.
Aus einem ihr unbekannten Grund sah sie sich daher genötigt – als sie die Downs erreicht hatten und die Karriole von Lyndale zufällig neben Lord Wilfrids Kalesche zu stehen kam –, ihren Begleiter bedeutend mehr zu ermutigen, als sie es getan hätte, wenn ein Fremder neben ihnen gewesen wäre. Das ganze Gelände war mit Kutschen überfüllt, die in Dreier- und Viererreihen nebeneinanderstanden, die meisten bereits ohne Pferde. Während die Insassen sich über die Einzelheiten des bevorstehenden Picknicks unterhielten, herrschte um sie herum ein geschäftiges Treiben. Buntgekleidete Zigeuner zeigten akrobatische Kunststücke, und ihre Frauen kletterten in die Kutschen und lasen den Renngästen das Schicksal aus der Hand. Spielleute und Sänger intonierten »The Roving Soldier« oder »The Westbury Cocking«, und an einem weißen Pfosten, etwa hundert Schritt vom Ziel entfernt, versammelten sich alle Wettlustigen – Grafen und Herzöge, Reitknechte und Lakaien –, riefen ihre Wetten aus und machten dabei einen solchen Lärm, daß einer den andern kaum hören konnte.
Jane, die inmitten einer großen, lärmenden Menge immer scheu wurde, hatte sich in eine Ecke der Kalesche gedrückt und wagte es kaum, all die Köstlichkeiten zu probieren, die ein Reitknecht von Lord Wilfrid aus einem großen Korb hervorgeholt hatte: kaltes Hühnchen, Cremes, Aspike, Gelees und natürlich auch Champagner. Sie begann erst wieder lebhaft zu werden, als Campaspe, die sich durch einen sehr ungehörigen, gar nicht damenhaften Picknickberg hindurchgegessen hatte, zu ihrem Ärger jedoch von Lyndale keinen Champagner be-

kam, den Wunsch äußerte, eine der Zigeunerinnen herbeizuholen, um sich die Zukunft prophezeien zu lassen.

»O nein, Cammie – das darfst du nicht!« sagte Jane ernst, als ihre kleine Schwester vor lauter Anstrengung, die Aufmerksamkeit einer der Zigeunerfrauen auf sich zu ziehen, fast aus dem Wagen fiel. »Du weißt doch, wie fürchterlich diebisch diese Leute sind –«

»Nun, bei mir gibt es nichts zu stehlen, und ich schätze, Lord Lyndale ist reich genug, um sich eine andere Uhr leisten zu können, wenn man ihm seine nimmt«, sagte Campaspe. Sie lächelte die dunkle junge Frau mit dem fröhlichen farbigen Schal, die auf die Kutsche zukam, freundlich an. »Hier ist meine Hand«, sagte sie und streckte sie ihr entgegen. »Wenn Sie mir eine glanzvolle Zukunft voraussagen, dann wird Lord Lyndale Ihnen sicherlich doppelt soviel Silber auf die Hand legen, als wenn Sie mir etwas Schlimmes prophezeien. Werde ich bald heiraten oder eine Reise machen?«

Die Zigeunerin nahm ihre Hand und betrachtete sie genau.

»Oh, sehr bald«, bestätigte sie ihr prompt und blickte Campaspe mit einem rätselhaften Lächeln an. »Sehr, sehr bald! Und Sie werden eine Reise machen –«

»Gut!« sagte Campaspe, die vor Begeisterung und Zufriedenheit einen kleinen Luftsprung machte. »Ist er blond oder dunkel? Ist er –« sie warf Lyndale einen bedeutungsvollen und schelmischen Blick zu, »– ist er etwa so beschaffen wie dieser Herr hier?«

Die Zigeunerin, die offenbar die Situation schnell erfaßte, zuckte die Achseln.

»Wer kann das wissen?« sagte sie ausweichend.

»Nun, Sie sollten das aber wissen«, antwortete Campaspe ärgerlich. »Deswegen werden Sie doch bezahlt, oder nicht?«

Die Zigeunerin gab ihr keine Antwort, ließ ihre Hand los und blickte auffordernd zu Gwendolen hinüber.

»Und Sie, schöne Lady –« sagte sie mit lockender Stimme. »Ich kann Ihnen eine gute Zukunft voraussagen, wenn der Herr meine Hand mit Münzen bedeckt.«

»Aber bitte«, sagte Lord Wilfrid mit seiner schleppenden Stimme und zog eine halbe Krone aus der Tasche. »Welche Art Zukunft wünschen Sie sich, meine liebe Gwen? Einen dunkelhaarigen Fremden und eine Reise über das Meer? Ja, ich denke bestimmt, eine Reise übers Meer, doch vielleicht könnte man

den dunkelhaarigen Fremden vermeiden. Ein blonder Herr, den Sie bereits kennen, dürfte dem Zweck wohl eher dienen –«
Während er sprach, hatte die Zigeunerin Gwendolens Hand genau betrachtet, und bei den letzten bedeutungsvollen Worten blickte sie Lord Wilfrid plötzlich an und lächelte höhnisch.
»Ja, dem Zweck dienen – das ist der Ausdruck für Sie, blonder Herr«, sagte sie frech. »Vielleicht kann ich Ihnen mal aus der Hand lesen, Sir? Es könnte Ihnen eine Menge Mühe sparen.«
»Nein, ich will Ihren Hokuspokus nicht«, erklärte Lord Wilfrid kalt. »Sie können sich ihr Geld verdienen, indem Sie aus der Hand der jungen Dame lesen und ihr Gesundheit, Reichtum und eine lange glückliche Ehe voraussagen.«
»Ja, ja, lang«, stimmte die Zigeunerin zu und blickte noch mal auf Gwendolens Hand, »und auch glücklich, doch« – mit einem Blick in Gwendolens Gesicht – »stürmisch, schöne Lady, stürmisch. Sie werden den Besten heiraten, doch Sie werden ihm keine Ruhe lassen – und Sie werden mit ihm in ferne Länder reisen –«
»Oh, wie aufregend das klingt!« rief Campaspe aus. »Viel besser als meins!«
»Genügend Aufregung für Sie beide, Miß«, sagte die Zigeunerin gefällig und blickte nun mit ihren schrägen Augen zu Lyndale hin. »Und Sie, dunkler Lord«, sagte sie mit ebensoviel Dreistigkeit zu ihm wie zuvor zu Lord Wilfrid, »soll ich auch Ihnen das Schicksal prophezeien?«
Lyndale grinste zu ihr hinab. »Ich habe das Gefühl«, sagte er, »daß Sie es bereits getan haben, nicht wahr? Hier –«
Er warf ihr eine weitere Münze zu, dann kletterte sie von der Kutsche herab und verschwand in der Menge.
»Was haben Sie denn damit gemeint?« fragte Campaspe. »Sie wollte doch nicht sagen, ob der Mann, den ich heirate, hell oder dunkel ist oder ob er Ihnen ähnlich sieht, also kann sie doch nicht gemeint haben –«
»Es spielt jetzt keine Rolle, was sie gemeint hat«, sagte Lyndale. »Ich meine, daß ich Sie zum Zelt des Herzogs bringe, von wo aus wir eine bessere Sicht auf diese Rennen haben werden. Sie haben jetzt wirklich genug gegessen, und ›Conqueror‹ wird bald an der Reihe sein.«
Lord Wilfrid erklärte sofort, daß er seine Damen auch dorthin bringen werde, doch Jane, die sich nichts aus Rennen machte und die Menge der Leute scheute, entschuldigte sich und bat,

in die Kutsche nebenan umsteigen zu dürfen, wo einige alte Freunde saßen, mit denen sie sich während des Picknicks unterhalten hatte. Lord Wilfrid, der seine Erleichterung kaum verbergen konnte, half ihr mit Vergnügen auf ihren neuen Platz und zog dann im Triumph mit Gwendolen davon.

»Wie außerordentlich aufmerksam von Ihrer Schwester, uns allein zu lassen, reizende Circe – ich darf Sie doch ›reizende Circe‹ nennen, nicht wahr!« näselte er, während sie sich den Weg durch die Menge bahnten. »Ich empfinde heute nämlich ganz wie ein Barockmensch, müssen Sie wissen.«

»O nein, ich habe gar nichts dagegen«, sagte Gwendolen, öffnete ihren Sonnenschirm und fragte sich, ob man wohl inmitten einer so großen Menschenmenge einen unsittlichen Antrag bekommen könne. »Ich würde auch gern wie eine Barockdame aussehen, mit dem ganzen Kopf voll kleiner Locken wie die Königin Henrietta Maria, und dazu einen Spaniel auf dem Schoß, doch ich fürchte, ich bin im Grunde fürchterlich modern eingestellt. Ich meine, wenn jemand auf den Gedanken käme, mich Sacharissa zu nennen, dann würde ich wahrscheinlich Krämpfe kriegen.«

»So ist es«, murmelte Lord Wilfrid nun etwas gedämpfter und drückte ihr bedeutungsvoll die Hand, die leicht auf seinem Arm lag, »so ist es, reizende Circe. Doch sicher hätten Sie wie jede Barockdame nichts dagegen, wenn ein schneidiger Kavalier dahergeprescht käme und sie auf seinem Sattel entführte?«

»Eine höchst unbequeme Art des Transports, würde ich meinen«, sagte Gwendolen in höchst prosaischem Ton. »Ein hübscher, eleganter, moderner Phaeton würde mir bedeutend besser gefallen.«

»Dann wird es ein Phaeton sein, meine liebste Gwen«, unterbrach sie Lord Wilfrid, der nun seine Stunde gekommen sah und seine Worte in ihr Ohr flüsterte. »Sie verstehen mich doch, nicht wahr? Sie werden doch kommen? Glücklicherweise liegt die Jacht meines edlen Papas zu meiner Verfügung in Bristol bereit, zu einer Kreuzfahrt ausgerüstet. Ich möchte Ihnen so gern Venedig zeigen – ja, ich glaube, für Sie ist Venedig am besten geeignet. Ein Palazzo, der am Canal Grande liegt –«

»Um Himmels willen!« rief Gwendolen, die vor Entsetzen stehenblieb, so daß ein stämmiger Herr in blauem Frack mit Messingknöpfen, der direkt hinter ihr ging, auf die Hacke ihrer

Wer sich aus der Hand lesen läßt …

… dem wird vielleicht Glück und Reichtum für die Zukunft vorausgesagt. Wer wirklich glücklich und reich werden will, der nimmt die Sache am besten selbst in die Hand …

Sandale trat. Es folgten hastige Ausrufe und Entschuldigungen, während derer Lord Wilfrid den stämmigen Herrn so kalt und gelangweilt anblickte, daß dieser inmitten seiner Entschuldigungsbeteuerungen abbrach und wie ein verscheuchter Hase davonhuschte.
»Der arme Mann!« sagte Gwendolen. »Und es war wirklich nur meine Schuld, daß es passiert ist! Aber ich konnte nicht anders, denn ich war so entgeistert von dem, was Sie gesagt haben. Ich habe beinahe geglaubt, daß Sie es im Ernst gemeint haben.«
»Aber ich habe es im Ernst gemeint«, sagte Lord Wilfrid, der angesichts dieses krassen Mißverstehens seiner romantischen Absichten von ungewöhnlichem Feuer gepackt wurde. »Mein liebstes Mädchen, seit ich Sie zuerst gesehen habe, konnte ich an nichts anderes mehr denken –«
»Wirklich? Nein, das stelle ich mir doch zu langweilig vor«, sagte Gwendolen freundschaftlich. »Doch ich weiß, wie es ist, wenn man sich etwas in den Kopf gesetzt hat –«
»Was ich Ihnen offenbaren wollte«, sagte Lord Wilfrid leicht zähneknirschend, da es schwierig war, einer jungen Dame, die einen ständig falsch verstand, eine leidenschaftliche Erklärung zu machen, »was ich Ihnen sagen wollte, ist, daß ich Sie anbete und daß ich mit Ihnen fortreisen will! Sofort!«
»Was – mitten während dieser Rennen, und die arme Jane allein zurücklassen? Nein wirklich, Lord Wilfrid –«
»Wenn ich sofort sage«, erklärte Lord Wilfrid erbost, da es ihm nicht behagte, ausgelacht zu werden, »dann meine ich heute abend – morgen –, wann immer es Ihnen angenehm ist. Ich stehe ganz zu Ihren Diensten –«
»Nun, wenn das so ist, dann reden Sie doch bitte jetzt nicht mehr so viel Unsinn«, erklärte Gwendolen mit Bestimmtheit. »Natürlich werde ich so etwas nicht tun, Lord Wilfrid. Du guter Gott, ich nehme an, Sie haben zuviel Champagner getrunken! Das ist die einzige Erklärung dafür, daß Sie mir so einen törichten Vorschlag machen! Oh, da ist der Herzog«, fuhr sie fort, als sie sah, wie Seine Fürstlichkeit, gestützt von Miß Courtney und Lady Maria, sich langsam auf sie zubewegte. Er hatte sich sein Zelt nah an der Ziellinie aufbauen lassen, in völliger Mißachtung der Gesetze und Rechte anderer. »Wie geht es Ihnen, Mylord? Ich hoffe, gut.«
Der Herzog musterte sie von oben bis unten, machte eine lü-

sterne Bemerkung zu Lord Wilfrid über das appetitliche Aussehen seiner Dame und erklärte dann, daß es ihm nie gutgehe. Dann fragte er, ob ihr Vater jetzt zufrieden sei.

»Zufrieden über was?« fragte Gwendolen verständnislos.

»Darüber, daß er mich nun doch besiegt hat – was seine Pferde und sein Land betrifft«, sagte der Herzog fast zähnefletschend, wie Gwendolen es später Campaspe beschrieb. In diesem Moment kam Campaspe selbst mit Lyndale herbeigeschlendert, und der Herzog wandte sich mit außerordentlich unfreundlicher Miene an diesen. »Daß Sie es wagen, sich hier zu zeigen, Sir! Sie und Quarters kommen sich wohl sehr gerissen vor, mich getäuscht zu haben?«

»Oh, Quarters hatte damit nichts zu tun, Herzog«, sagte Lyndale mit dem liebenswürdigsten Lächeln. »Tatsächlich hat er mir erst heute morgen erklärt, daß es ihm lieber wäre, Sie hätten seine Pferde.«

»Und sein Land, nehme ich an«, sagte der Herzog fauchend. »Das ist ein ziemlich starkes Stück, Lyndale. Ich bin aber auch nicht auf den Kopf gefallen – das nehme ich Ihnen nicht ab! Ich schätze, Sie werden seine Tochter heiraten, was?«

»Nun, das muß man abwarten«, sagte Lyndale mit rätselhaftem Lächeln, worauf Campaspe Gwendolen einen bedeutungsvollen Blick zuwarf. »Sie müssen aber nicht glauben, daß Sie das Opfer einer üblen Machenschaft von seiner Seite sind, Herzog«, fuhr Lyndale fort. »Es hat sich nur gezeigt, daß mein Angebot an Smith und Brown besser war als Ihres.«

Der Herzog, dem diese Antwort schon gar nicht gefiel, brummte verächtlich, und Gwendolen, die dem Wortwechsel mit wachsendem Erstaunen gefolgt war, wurde in diesem Augenblick von Lord Wilfrid, dem es gänzlich gleich war, was mit Mr. Quarters Land und Pferden geschah, zu einem Stuhl geführt. Er hatte sich vielmehr dazu entschlossen, ihr zu zeigen, wie wenig erfreut er über die höchst unzufriedenstellende Art war, mit der sie seine amourösen Bemühungen aufgenommen hatte.

Doch selbst wenn er der Prinzregent in Person gewesen wäre, hätte Gwendolen seine arrogante Haltung ihr gegenüber nicht bemerkt, denn ihr Erstaunen über das eben Gehörte war viel zu groß. Es war also Lyndale und nicht der Herzog, der Brightleaves von den Herren Smith und Brown erworben hatte! Und weshalb er es getan haben sollte, wenn er nicht – wie Cam-

paspe vermutete – doch noch entschlossen war, Jane zu heiraten, konnte sie sich nicht vorstellen. Die Pferde ihres Vaters hätte er vielleicht noch für sich selbst haben wollen, wie Mr. Quarters ihn ja beschuldigt hatte, doch Brightleaves könnte er niemals aus einem anderen Grund gekauft haben als dem, seinen zukünftigen Schwiegervater zu verpflichten und zu verhindern, daß der Besitz in die Hände von Fremden fiele. Doch wenn das so wäre, weshalb um alles in der Welt hatte er dies nicht Mr. Quarters in aller Offenheit bekannt?
Selbst die aufregenden Rennen, die Beifallskundgebungen der Zuschauer und die Genugtuung, »Conqueror« als Sieger zu erleben (wenngleich diese Genugtuung durch die Tatsache geschmälert wurde, daß der Jockei die Farben des Marquis von Lyndale trug statt der Farben der Quarters), waren nicht geeignet, sie von den Fragen abzulenken, die sich ihr nun stellten. Sie könnte Lyndale natürlich direkt nach seinen Motiven fragen, denn er saß fast das ganze Rennen hindurch an ihrer Seite und beobachtete mit einiger Belustigung – so schien es ihr – die säuerliche Miene von Lord Wilfrid und ihr eigenes recht zerstreutes Verhalten. Doch irgendwie fand sie einfach nicht die richtigen Worte, um ihre Fragen auszudrücken. Außerdem nahm Campaspe, die auf einmal in einen recht vertraulichen Ton mit ihrem Begleiter gefallen war, seine Aufmerksamkeit fast vollständig in Anspruch. War es wirklich möglich, so fragte sich Gwendolen verwundert, daß es Campaspe war und nicht Jane, die Lyndale heiraten wollte? Im Augenblick schien ihm ihre besitzergreifende Art gar nicht lästig zu sein, im Gegenteil, er schien sie sogar noch zu ermutigen. Sie kehrte mit Lord Wilfrid und Jane nach Cheltenham zurück und fieberte vor Ungeduld, ihren Vater zu fragen, denn sie glaubte, daß er vielleicht doch einiges Licht auf die erstaunliche Tatsache werfen konnte, daß Lyndale Brightleaves gekauft hatte.
»Papa, hast du gewußt, daß es Lord Lyndale war, der Brightleaves gekauft hat?« fragte sie ihn, kaum daß er die Halle ihres kleinen Hauses betreten hatte. Es war inzwischen Abend geworden, und sie hatte eine ganze Weile auf der Lauer gelegen, um ihn gleich nach seiner Rückkehr abfangen zu können.
Mr. Quarters blickte sie unter seinen schweren Brauen durchdringend an. »Lyndale? Aber, aber, Kind!« sagte er barsch. »Du weißt nicht, was du sagst!« Dann ging er an ihr vorbei und wandte sich der Treppe zu.

Gwendolen ergriff ihn am Arm.
»Aber Papa, es ist wahr!« sagte sie beharrlich. »Ich habe gehört, wie er heute nachmittag mit dem Herzog gesprochen hat. Er ist es in Wirklichkeit, der Brightleaves gekauft hat, nicht der Herzog!«
Der Ausdruck, der sich nun auf Mr. Quarters Gesicht zeigte, verriet eine merkwürdige Mischung verschiedenartigster Empfindungen wie Schuldbewußtsein, Gereiztheit und Selbstgefälligkeit.
»Aber, aber!« sagte er noch einmal, jedoch diesmal schon weniger überzeugend. »Ich glaube kein Wort davon! Weshalb sollte Lyndale denn Brightleaves kaufen wollen? Nein, mein Kind, du bist wohl nicht ganz bei Trost!«
Dann ging er die Treppe hinauf und ließ Gwendolen zurück, die nun völlig konsterniert war.
»Aber vielleicht«, sagte sie sich, während sie ihm die schmale Treppe hinauf folgte, »ist er schon so böse auf Lyndale, daß ihm der Gedanke, er könne auch Brightleaves besitzen, zu unerträglich ist, und daher will er es nicht glauben. Ich weiß nicht, was er tun wird, wenn er hört, daß Lyndale Jane noch heiraten will – oder, noch schlimmer, Cammie! Ach, du lieber Gott, ich wünschte mir wirklich, daß keine von uns überhaupt heiraten müßte! Es ist alles so ein furchtbares Durcheinander, denn ich bin überzeugt davon, daß Cammie sich im Grunde überhaupt nichts aus Lyndale macht und daß sie Neil wie eh und je liebt, nur daß beide viel zu störrisch sind, um es zuzugeben!«
Das erinnerte sie daran, daß der junge Leutnant Fairhall sie an diesem Abend zum Ball in die Assembly Rooms begleiten wollte, wo man sicherlich auch Lyndale und Lord Wilfrid treffen würde. Und dann müßte man sich wieder den unangenehmen und verwirrenden Frage stellen, wer wen heiraten oder, im Fall von Lord Wilfrid, wer mit wem durchbrennen würde. Es war ein beängstigender Gedanke, und nur die Vorstellung, daß sie bei der Gelegenheit ein hochelegantes Kleid von Lady Priscilla tragen würde, das ihr sehr gut stand, gab ihr genügend Mut, um sich all diesen Strapazen zu stellen.

15

Gwendolen war so sehr mit ihren eigenen Problemen beschäftigt gewesen, daß sie kaum bemerkt hatte, daß Campaspe und Jane von ihrem Ausflug nach Cleeve Downs ebenfalls in etwas seltsamer Stimmung zurückgekommen waren. In Janes Fall äußerte es sich so, daß sie sich sofort in ihr Schlafzimmer zurückzog und sich einem Tränenstrom überließ, denn sie hatte, wie Campaspe bemerkte, Alain de Combray bei den Rennen gesehen. Zum Glück hatte Jane jedoch, wie Campaspe ebenfalls bemerkte, die glückliche Eigenschaft, sich die Augen auszuweinen, ohne ihre Schönheit zu beeinträchtigen, daher spielte es keine Rolle, daß sie sich kurz vor einem Ball so törichten Ausbrüchen überließ.

Und was Campaspe betraf, so bestand ihre Seltsamkeit darin, daß sie sich in soviel hintergründige Rätselhaftigkeit und Wichtigkeit hüllte, daß es selbst eine Statue zur Neugierde veranlaßt hätte. Gwendolen hatte das ungemütliche Gefühl, daß das alles etwas mit Lyndale zu tun hatte, und fragte sich, welch neue Pläne ihre kleine Schwester wohl ausgeheckt hatte, um sie alle an der Nase herumzuführen. Campaspe erwies sich jedoch allen Versuchen zu einem vertraulichen Gedankenaustausch als unzugänglich, und überdies war auch für derlei Dinge keine Zeit, da man viel zu sehr damit beschäftigt war, sich auf den Ball vorzubereiten.

Jane wählte ein kornblumenblaues Kleid – immer ihre beste Farbe – mit einer gerafften Tunika à la romaine. Gwendolen hatte von Lady Priscilla (die für einige Tage nach Brighton zurückgefahren war) ein türkisgrünes Abendkleid mit tiefem viereckigen Ausschnitt und kurzen Puffärmeln bekommen, die als Bretelles bekannt waren. Campaspe stolzierte in einem orangefarbenen Kleid daher und hatte ihre Locken à la Caracalla zurechtgemacht – eine Frisur, die sie der neuesten Nummer von »La Belle Assemblée« entnommen hatte, die im Salon von Duffield und Wellers bereitlag.

Um den Triumph von Campaspe komplett zu machen, hatte Lyndale ihr angeboten, sie zum Ball zu begleiten, und er machte sie noch vollends glücklich, indem er ihr einen Strauß aus gelben und weißen Hyazinthen schenkte, deren Stengel in Silberpapier gewickelt und mit langen Bändern umwunden waren. Gwendolen, die sich genötigt sah, sich mit Leutnant

Fairhalls unglücklicher Wahl aus malvenfarbigen und purpurroten Blüten zu befassen, wurde glücklicherweise der Verpflichtung enthoben, sie zu tragen. Kurz vor Beginn des Balles erreichte sie nämlich ein Zweig aus gelben Rosen in einem eleganten Halter, dessen beigefügte Karte die rätselhaften Worte »Je persévére« enthielt.

»Ach du Schreck, natürlich Lord Wilfrid!« sagte sie zu Neil. »Macht es dir sehr viel aus, wenn ich heute abend weder deine noch seine Blumen nehme? Ich war nämlich heute nachmittag mit ihm allzu grob – allerdings hat er es auch verdient –, und sicher wird er sehr gekränkt sein, wenn er merkt, daß ich deinen Strauß genommen habe und nicht seinen.«

Neil, der gerade noch zur rechten Zeit gekommen war, um zu sehen, daß Campaspe im Triumph Lyndales Kutsche bestieg, erklärte mit finsterem Gesicht, daß es ihm überhaupt nichts ausmache. Dann beeilte er sich, dies zu beweisen, indem er in einen seiner Ansicht nach unbeschwerten Monolog über seinen Mangel an Rennglück verfiel, denn jedes Pferd, auf das er gesetzt hatte, war unter »ferner liefen« angekommen.

Leider blieb der gewünschte Effekt aus, denn häufig verlor er den Faden seiner Erzählung, unterbrach sich plötzlich und verfiel in brütendes Schweigen, aus dem er sich dann jeweils mit einem heftigen Ruck befreite.

»Du lieber Himmel«, sagte Gwendolen, als dies zum dritten Mal geschah, gerade als sie bei den Assembly Rooms ankamen. »Was ist denn heute abend mit dir los, Neil? Du tust so, als würdest du einen Mord planen und wüßtest nicht, wie du ihn ausführen sollst.«

Zu ihrer Überraschung wurde Neil feuerrot und sah so schuldbewußt drein, als habe sie genau das richtige erraten. Dann stammelte er entschuldigend, daß er nur nachgedacht habe.

»Ja, ich weiß, daß du das getan hast«, sagte Gwendolen. »Aber über was? Man hat dich doch nicht wieder ins Feld zurückgerufen, oder? Dein Bein ist doch noch gar nicht richtig geheilt.«

Neil verneinte dies und blickte sie so flehend an, daß sie den Eindruck hatte, er habe sich entweder mit großen Verlusten in eine von Cheltenhams Spielhöhlen begeben oder sich mit einem der vielen charmanten Paradiesvögel eingelassen, die während der Rennwochen herumschwirrten.

In keinem von beiden Fällen wollte sie ihn weiter mit Fragen traktieren, so daß sie sich über belanglose Themen mit ihm unterhielt und ihn aufforderte, in dem überfüllten Saal einen Platz zu finden, damit er nicht den ganzen Abend stehen müsse.

»Vielleicht gehst du hinauf zum Kartenspiel oder zum Billard«, sagte sie. »Ich komme sehr gut allein zurecht, denn Jane ist ja da mit ihrem langweiligen Mr. Williams – ich finde es wirklich sehr merkwürdig, daß sie bei all ihrer Schönheit nur von den uninteressantesten Männern begleitet wird –, und denen werde ich mich anschließen oder – oh, da kommt ja Cammie mit Lord Lyndale«, sagte sie, als ihre kleine Schwester auf sie zustolzierte, offensichtlich entzückt über das Aufsehen, das ihr Erscheinen mit Lyndale erregt hatte.

»O Gwen«, sagte sie sofort und blickte durch Leutnant Fairhall hindurch, als sei er eine Glasscheibe, »ich habe Lyndale gerade gesagt, daß er den ersten Tanz mit dir absolvieren muß, da die Person, mit der du gekommen bist, dazu nicht in der Lage ist. Ich werde mit Mr. Clurton tanzen, und dann kann Lyndale mich zum zweiten Tanz auffordern, so daß wir da gar keine Probleme haben.«

Und sie rauschte eilig davon, während Gwendolen ihr mit leichtem Stirnrunzeln nachblickte.

»Sie macht wirklich einen sehr merkwürdigen Eindruck«, sagte sie nach einer Weile vorwurfsvoll zu Lyndale. »Als ob sie demnächst vor Aufregung platzen würde. Was um alles in der Welt haben Sie denn zu ihr gesagt?«

Lyndale erklärte ebenso prompt wie unglaubwürdig, daß er ihr gar nichts gesagt habe.

»Jedenfalls nichts, wovon sie platzen müßte«, sagte er. »Ich glaube, Ihre Phantasie geht mit Ihnen durch, Miß Quarters. Campaspe scheint mir in keiner Weise verändert zu sein!«

»Nein, das stimmt nicht«, sagte Gwendolen beharrlich. Sie blickte Neil an. »Vielleicht sieht sie deinetwegen so komisch aus«, sagte sie, »denn du hast ja noch nicht mal guten Abend zu ihr gesagt.« Dann brach sie plötzlich erstaunt ab, denn als sie sich umgewandt hatte, um Leutnant Fairhall anzusehen, entdeckte sie, daß er Lyndale einen bangen, verschwörerischen und fragenden Blick zuwarf. Was auch immer den jungen Leutnant an diesem Abend so beunruhigt hatte, es war ihr jetzt klar, daß es in irgendeiner Weise mit Lyndale zusammenhing. Allerdings konnte sie sich nicht vorstellen, was die beiden miteinander zu tun haben könnten. Ein Dutzend höchst

unwahrscheinliche Vermutungen schossen ihr durch den Kopf: daß Neil am Spieltisch verloren hatte und Lyndale seine Schulden nicht bezahlen konnte: daß er und Lyndale in eine illegale Machenschaft verstrickt waren, um die Resultate der morgigen Rennen zu manipulieren; und – das schlimmste von allem – daß er und Lyndale sich wegen Campaspe auseinandergesetzt hatten und sich nun am nächsten Morgen duellieren würden. Diese letzte Vermutung erschien ihr jedoch als die unwahrscheinlichste, und daher fragte sie Lyndale, als er sie zum Tanz führte, sehr direkt: »Was ist denn zwischen Ihnen und Neil vorgefallen? Haben Sie mit ihm gestritten?«
Er blickte sie belustigt an. »Mit dem jungen Fairhall? Weswegen um alles in der Welt sollte ich denn mit dem streiten?«
»Ich weiß es ja nicht«, sagte Gwendolen und blickte ihn prüfend an. »Vielleicht wegen Cammie? Sie überschütten sie ja im Augenblick mit Aufmerksamkeiten!«
»Tue ich das?« fragte Lyndale gelassen. »Ich kann mir trotzdem nicht vorstellen, wieso Fairhall das interessieren sollte. Denn offenbar hat er es jetzt doch auf Sie abgesehen!«
»Ach, das ist Unsinn!« sagte Gwendolen ungeduldig. »Sie sehen doch selbst, daß er immer noch bis über beide Ohren in Cammie verliebt ist, und er macht mir nur diese Besuche, damit er sie sehen kann. Und ich finde«, fuhr sie in strengem Ton fort, »daß es von Ihnen gar nicht schön ist, wenn Sie sich da einmischen und ihr Hoffnungen machen, die Sie ja doch nie erfüllen werden!«
Während sie dies sagte, blickte sie ihm scharf ins Gesicht, um zu sehen, welche Wirkung ihre Worte auf ihn haben würden, und sie war etwas überrascht, als sie bemerkte, daß er ausnahmsweise einmal eine gewisse Beunruhigung erkennen ließ. »Sie meinen doch nicht«, fragte er nach einer Weile abrupt, »daß sie mich wirklich heiraten will, Miß Quarters?«
Gwendolen starrte ihn an. »Nun, das ist doch eine sehr merkwürdige Frage«, rief sie aus. »So wie Sie sich um sie bemüht haben, müßte das doch Ihr Ziel sein?« Ihre Augen begannen plötzlich gefährlich zu blitzen. »Sie wollen mir doch nicht sagen, Mylord«, sagte sie, »daß Sie sich auf Kosten dieses Kindes amüsiert haben? Ich muß sagen, das habe ich nicht von Ihnen erwartet!«
»Nun, ich glaube, die Sache hat sich doch eher andersherum verhalten«, antwortete Lyndale, »doch wenn Sie meinen, daß

ich irgendwelche ernstliche Absichten bezüglich Ihrer Schwester habe, Miß Quarters, so kann ich Sie diesbezüglich beruhigen.«
Sie warf ihm einen vernichtenden Blick zu, war jedoch froh, daß die Bewegungen des Tanzes sie im Augenblick trennten, denn sie merkte, daß sie sich mit dieser Unterhaltung aufs Glatteis begeben hatte, und wußte nicht, wie sie weitermachen sollte. Andererseits war sie sehr erzürnt über die Gleichgültigkeit, mit der er irgendwelche ernsthaften Absichten auf Campaspe verneint hatte. Trotzdem empfand sie eine gewisse Erleichterung darüber, denn sie glaubte nicht, daß Campaspe in einer Ehe mit Lyndale wirklich glücklich werden könnte. Als sie mit ihren Überlegungen an diese Stelle gekommen war, führte sie der Tanz wieder zusammen, und ihre Unmutsgefühle ihm gegenüber waren so groß, daß sie kaum ein höfliches Wort mit ihm wechseln konnte, was ihn jedoch überhaupt nicht zu stören schien. Sobald der Tanz zu Ende war, erschien Campaspe am Arm von Mr. Clurton, und nachdem sie diesen verabschiedet hatte, zog sie mit Lyndale davon.
»Ich wünschte mir wirklich«, sagte Jane in besorgtem Ton, die in diesem Augenblick am Arm von Mr. Williams ebenfalls neben Gwendolen erschien, »daß Mama heute abend nicht Kopfweh gehabt hätte und daß Tante Pris nicht nach Brighton hätte fahren müssen! Ich weiß, es ist alles ganz in Ordnung, daß du in deinem Alter die Obhut über Campaspe hast, doch sie läßt sich wirklich überhaupt nichts von dir sagen, und wie sie sich heute abend Lyndale gegenüber benimmt – nein, da könnte man wirklich erröten!«
»Ja, ich weiß, man kann überhaupt nichts mit ihr anfangen«, sagte Gwendolen, »doch er ist genauso schlimm, weil er sie noch ermutigt. Oh, Mr. Williams«, fügte sie hastig hinzu, als sie sah, wie Lord Wilfrid sich zielstrebig seinen Weg durch die Menge bahnte, »würden Sie so reizend sein und mich zum nächsten Tanz auffordern? Ich möchte nämlich auf gar keinen Fall mit Lord Wilfrid Boulting tanzen.«
Mr. Williams, der angesichts dieser ungewöhnlichen Bitte zunächst etwas schockiert schien, erklärte dann mit höflicher Stimme, daß es ihm eine Ehre sei. Jane sah sie entsetzt an, und Gwendolen, der bewußt war, daß Jane ihr Verhalten als ebenso dreist empfinden müsse wie das von Campaspe, wandte sich nun zu Lord Wilfrid um.

»Meine liebste Gwen –« sagte er, beugte sich über ihre Hand und hob sie mit bedeutungsvollem Lächeln an seine Lippen. Dann fügte er mit tiefer, leicht gekränkter Stimme hinzu: »Sie tragen meine Rosen nicht – mein Friedensangebot, wenn ich so sagen darf –«

»Nein – nein, das tue ich nicht«, gab Gwendolen zu und konnte nicht verhindern, daß sie leicht stotterte. »Sie müssen wissen, Neil – Leutnant Fairhall – hat erwartet, daß ich seine trage, und da ich mich nicht Ihnen beiden verpflichten konnte, trage ich keine von beiden.«

»Ach so«, sagte Lord Wilfrid, der jedoch nur zum Teil beschwichtigt schien. »Ich hoffe jedoch, es bedeutet nicht, meine liebe Gwen, daß Sie mir nicht verziehen haben. Die Heftigkeit meiner Gefühle –«

Gwendolen, der es peinlich war, daß Mr. Williams dies alles hörte, da er als ihr nächster Tanzpartner nicht einfach weggehen konnte, fertigte Lord Wilfrid rasch ab und erklärte ihm, daß jeder Mensch manchmal Dinge sage, die er nicht so meine. Dann ließ sie sich von Mr. Williams aufs Parkett führen.

Doch nachdem dieser sie mit seiner mühseligen Konversation und seinen ungeschickten Tanzschritten fast zu Tränen gepeinigt hatte, erschien ihr Lord Wilfrids Gesellschaft beinahe wie eine Erlösung. Als dieser am Ende des Tanzes auf sie zukam, beschloß sie resignierend, sich ihm doch anzuvertrauen, wurde dann aber von einem Diener aufgehalten, der plötzlich neben ihr erschien und sie ansprach.

»Ich bitte um Verzeihung, Madam – sind Sie wohl Miß Quarters?«

Gwendolen nickte und sah zu ihrer Überraschung, daß der Diener ein zusammengefaltetes Papier in der Hand hatte und es ihr reichte.

»Natürlich von Lord Wilfrid!« dachte sie, als sie den Zettel entfaltete, doch konnte sie sich nicht vorstellen, daß er ihr schreiben würde, wo er doch Gelegenheit hatte, sie zu sprechen.

Als sie das Blatt vor sich sah, merkte sie gleich, daß sie sich in ihrer Vermutung getäuscht hatte, denn es waren Campaspes ungelenke Schulmädchenzüge und nicht Lord Wilfrids forsche Schrift, die ihr entgegensprangen. Als sie den ersten Satz gelesen hatte, war Lord Wilfrid ihr völlig aus dem Gedächtnis gewichen, denn sie war vor lauter Schreck wie zu Eis erstarrt.

»Liebe Gwen«, begann der Brief, »wenn Dich diese Zeilen erreichen, bin ich durchgebrannt, um Lyndale zu heiraten. Bitte, rege Dich nicht auf und verhindere auch, daß Mama sich aufregt, denn ihr werdet sicher zugeben, daß das der beste Ausweg aus unseren Schwierigkeiten ist. Bitte, pack meine besten Sachen ein und schick sie zum ›White Hart‹ in Bath, obwohl Lyndal sagt, ich soll mir deswegen keine Gedanken machen, da er dafür Vorsorge treffen wird, doch ich möchte auf jeden Fall meinen neuen Pamela-Hut haben. Campaspe.«
Gwendolen faltete geistesabwesend den Brief zusammen und steckte ihn in ihr Ridikül. Sie war so durcheinander, daß sie Lord Wilfrid kaum wahrnahm, der vor ihr stand und sie mit der üblichen Sorgfalt umschwänzelte.
»Ich – ich bitte um Entschuldigung!« sagte sie verwirrt. »Ich habe nicht aufgepaßt. So eine dumme Sache – jemand ist auf mein Kleid getreten und hat die Spitze zerrissen. Bitte, entschuldigen Sie mich einen Augenblick!«
Damit ging sie schnell auf einen der kleinen Nebenräume zu, die den Ballsaal umgaben, und ließ Lord Wilfrid zurück, der ihr völlig konsterniert nachblickte.
Sie hatte das Gefühl, daß sie unbedingt einige Minuten allein sein mußte, um alles in Ruhe zu überdenken. Zum Glück war niemand in dem Zimmer, so daß sie, nachdem sie sich auf den nächsten Stuhl hatte fallen lassen, Campaspes Nachricht aus dem Ridikül ziehen und noch mal durchlesen konnte.
»Wenn Dich diese Zeilen erreichen, bin ich durchgebrannt, um Lyndale zu heiraten!« Und doch hatte sie, Gwendolen, es innerhalb der letzten Stunde gehört, daß er keine ernsthaften Absichten auf das Kind habe! Welch abscheulicher, widerwärtiger Mann! Es war schon schlimm genug von Lord Wilfrid, der in der vornehmen Gesellschaft als Zyniker bekannt war, einer jungen Frau von einundzwanzig Jahren eine carte blanche anzubieten. Doch wenn Lyndale unter dem Vorwand, eine ehrenhafte Ehe im Sinn zu haben, ein Mädchen verführte, das eben erst der Schule entwachsen war, so war das so unmöglich, daß sie vor Zorn fast erstickte. Sie mußte ihn unbedingt davon abhalten, und da Campaspe glücklicherweise so vernarrt in ihren neuen Hut war, wußte sie auch, wo sie hinfahren mußte. Doch wie sollte sie nach Bath kommen?
Natürlich war die nächstliegende Lösung, Neil zu bitten, sie sofort nach Hause zu bringen, um ihrem Vater zu sagen, was

geschehen war, und es ihm zu überlassen, Lyndale zu verfolgen. »Aber nein – das hat keinen Zweck!« dachte sie sich sofort voller Schrecken. »Der würde Lyndale sicherlich zum Duell fordern, und ich wäre dann verantwortlich für das Blutvergießen.«

Auch der Gedanke, Neil einzuweihen, wurde sofort fallengelassen, und zwar aus dem gleichen Grund. Der ungestüme junge Soldat würde ebensowenig ruhig Blut bewahren wie ihr Vater, wenn es darum ging, Campaspe zu retten.

»Ich werde es selbst machen müssen«, dachte sie voller Verzweiflung. »Aber wie soll ich es anstellen? Ich habe nicht mehr als fünf Schilling bei mir, und selbst zu Hause habe ich nicht genug, um die Postkutsche nach Bath bezahlen zu können. Wenn ich Papa bitte, mir so spät abends noch eine solche Summe zu geben, wird er sicher fragen, wofür ich sie haben will.«

In diesem Augenblick kam es, daß sie sich an Lord Wilfrid erinnerte. Lord Wilfrid, so sagte ihr die eigene kühle und wunderbar logische Stimme in ihrem Kopf, wollte sie nach Bristol bringen. Lord Wilfrid hatte einen Phaeton und schnelle Pferde. Bristol lag einige Dutzend Meilen von Bath entfernt. Sobald sie in Bristol wäre, könnte sie ohne Zweifel Seine Lordschaft unter irgendeinem Vorwand dazu bewegen, sie nach Bath zu bringen. Und wenn sie erst in Bath wäre, könnte sie Campaspe retten und Lord Wilfrid zur Umkehr bewegen.

Die Lösung war so einfach wie die eines mathematischen Problems, und wenn Lord Wilfrid letztlich den kürzeren ziehen würde, so war es nur seine eigene Schuld, denn er hätte besser aufpassen sollen, was die Zigeunerin ihm beim Rennen gesagt hatte.

›Ja, dem Zweck dienen – das ist der Ausdruck für Sie, blonder Herr‹, hatte die Zigeunerin gesagt und erklärt, ihm eine Menge Ungemach zu ersparen, indem sie ihm die Zukunft prophezeite. Und wenn sie es getan hätte, so wäre ihm sicher enthüllt worden, daß er von einer skrupellosen jungen Frau ausgenützt werden würde.

»Aber bitte? Wenn ich skrupellos sein muß, um Campaspe retten zu können, dann werde ich eben skrupellos sein!« dachte Gwendolen trotzig. Sie faltete das Blatt Papier zusammen, steckte es wieder in ihr Ridikül und ging zurück in den Ballsaal, um Lord Wilfrid zu suchen.

Dies war nicht weiter schwierig, denn er hatte offenbar ihr plötzliches Verschwinden nicht übelgenommen, da er es auf die natürliche Verwirrung einer Dame zurückführte, deren Kleid in Unordnung geraten war. Er stand also noch da, wo sie ihn verlassen hatte, und wartete auf ihre Rückkehr.
»Oh, Lord Wilfrid!« sagte sie sofort und versuchte den Tonfall einer jungen Dame nachzuahmen, die sich in romantischer Konfusion befand. »Bitte verzeihen Sie mir, daß ich Sie so plötzlich verlassen habe, doch ich hatte das dringende Bedürfnis, einige Minuten allein zu sein, um mich wieder zu fassen. Sie müssen nämlich wissen, daß ich mich entschlossen habe.« Sie bedachte ihn mit einem seelenvollen Augenaufschlag, den er mit einem erstaunten Stirnrunzeln quittierte, und dann hauchte sie: »Venedig! Mit Ihnen! Nur muß es sofort sein, mein – mein liebster Wilfrid! Heute nacht! Auf der Stelle! Ich habe das Gefühl, daß mich sonst mein Mut verläßt!«
Lord Wilfrid war in der feinen Gesellschaft dafür bekannt, daß er sich durch nichts aus der Ruhe bringen ließ, wie die Umstände auch immer sein mochten. Diese Eigenschaft war einmal einer harten Probe unterzogen worden, als nämlich eine junge Frau, mit der er sich einst befaßt hatte, bei Whites eingedrungen war und ihn mitten im Kartenspiel mit einer sehr lauten und höchst profanen Bitte um Geld konfrontiert hatte, und das vor einer Gesellschaft, die immerhin zwei Herzöge enthielt. Doch selbst Lord Wilfrid konnte nicht umhin, im Augenblick recht verdutzt auszusehen bei dieser Aufforderung zu einer sofortigen Entführung. Und dies noch dazu aus dem Munde einer jungen Dame, die am gleichen Nachmittag solch eine Idee mit der größten Entschiedenheit abgelehnt hatte.
»Meine liebste Gwen –«, sagte er in seinem näselnden langgezogenen Tonfall, »mein liebes Mädchen – heute nacht? Das können Sie doch nicht wirklich meinen!«
»O doch, das tue ich«, erklärte Gwendolen eifrig. »Genau das meine ich! Bringen Sie mich sofort hier weg, lieber Wilfrid, sonst werde ich niemals mehr den Mut haben, es zu tun! Sie haben gesagt, daß die Jacht des Herzogs bereitliegt –«
»Ja, das ist der Fall«, gab Lord Wilfrid zu, »doch – Sie sind doch sicher nicht darauf vorbereitet? Ihre Kleider – und alle übrigen Dinge –«
»Ach, das ist doch gänzlich unwichtig«, sagte Gwendolen mit einer geringschätzigen Handbewegung. Dann erinnerte sie

sich an einen Satz aus Campaspes Botschaft. »Im übrigen werden Sie doch dafür sorgen –«

Lord Wilfrid, der inzwischen seine Fassung wiedergewonnen hatte, erklärte galant, daß er natürlich entzückt wäre, es zu tun, wagte es jedoch noch einmal, einige Einwände gegen diese spontane Entführungsaktion vorzubringen. Gwendolen, die über die seltene Gabe verfügte, auf Befehl Tränen in ihre Augen zaubern zu können – eine Gabe, über die meist nur Menschen verfügen, die sehr selten weinen –, machte sofort davon Gebrauch.

»Oh, bitte!« sagte sie flehend. »Wenn ich es jetzt nicht tue, werde ich niemals mehr, wirklich niemals mehr den Mut haben, und Sie wissen nicht, wie satt ich dieses langweilige Leben habe!«

Lord Wilfrid konnte sich nun doch nicht dieser blauen Augen erwehren, die ihn flehend anblickten und deren weicher Schimmer ihn an die Sterne einer Sommernacht erinnerten. Er öffnete den Mund, um etwas zu sagen, und schloß ihn dann wieder. Wenn man schon den Vogel im Netz hatte, sollte man nicht so dumm sein, ihn loszulassen, denn man konnte nie wissen, wann es wieder gelänge, ihn einzufangen. Ob ihm nun die Gelegenheit paßte oder nicht, sie mußte ergriffen werden. Und eine sofortige Entführung stellte ihn vor keine Probleme, die nicht im Handumdrehen gelöst werden könnten.

»Also gut, meine Liebste«, sagte er entschlossen. »Dann wird es also heute nacht geschehen. Hätten Sie etwas dagegen, wenn wir in meinem Phaeton nach Bristol fahren? Meine Reisekutsche befindet sich nämlich in Beauworth –«

Gwendolen sagte hastig, daß sie nicht das geringste gegen den Phaeton einzuwenden habe und ob man sofort abfahren könne? Lord Wilfrid war einverstanden, machte jedoch nur zur Bedingung, daß man zuerst im »George« haltmache, wo er sich einquartiert hatte, damit er sich für die Reise ausstaffieren könne. Gwendolen dachte plötzlich daran, daß sie ja Jane nicht so einfach auf dem Ball zurücklassen konnte, ohne ihr eine Nachricht zu hinterlassen, was mit ihren beiden Schwestern geschehen war. Sie bat also Lord Wilfrid, einen Diener nach Tinte und Papier auszuschicken, was er nur zögernd tat. Nach seiner Ansicht war es nämlich viel besser zu warten, bis ein Fait accompli vollzogen war, ehe man eine dritte Partei in das Geheimnis einweihte.

Gwendolen gab jedoch nicht nach, versprach jedoch, keinerlei Details über die Entführung an Jane zu verraten, was sie auch tatsächlich nicht zu tun beabsichtigte. Lord Wilfrid würde sich sogar sehr über die eilig hingekritzelte Nachricht gewundert haben, die sie später dem Diener gab, mit der Anweisung, wenigstens eine halbe Stunde zu warten, bis er sie Miß Jane Quarters überreichte.

»Liebste Jane«, hieß es darin, »Cammie hat sich in eine Klemme begeben, und ich bin ihr nach, um sie zu retten. Es ist möglich, daß wir nicht vor morgen früh wieder dasein werden, doch bitte sag Mama und Papa, daß sie sich deswegen nicht aufzuregen brauchen. Ich werde gut auf Cammie aufpassen. Gwen«.

Während sie die kurze Botschaft zu Papier brachte, fiel ihr ein, daß sie ja gar kein Geld hatte, um dann mit Cammie von Bath nach Cheltenham zu kommen. Da sie jedoch keine andere Wahl hatte, machte sie sich im Augenblick nicht allzu viele Gedanken darüber. Schließlich war immer noch Lord Wilfrid vorhanden, und Lyndale würde auch dort sein. Wenn sie aus diesen beiden reuigen Entführern kein Postkutschengeld herauspressen konnte, müßte sie sich selbst für einen ausgemachten Dummkopf halten!

16

Inzwischen rollte Campaspe außerordentlich romantisch in Lyndales Karriole unter einem gewittrigen Nachthimmel in Richtung Gloucester, wo ihr zukünftiger Bräutigam (für den sie ihn jedenfalls hielt) dann seine Pferde nach Süden auf die Straße nach Bristol lenken wollte.

Einem aufmerksamen Beobachter wäre es allerdings nicht entgangen, daß Seine Lordschaft für einen zukünftigen Bräutigam bemerkenswert wenig Interesse an seiner Mitfahrerin zeigte. Er sprach kaum mit ihr und pfiff statt dessen munter vor sich hin, während er seine beiden Pferde mit kundiger Hand über die dunkle Straße lenkte. Campaspe war jedoch keine aufmerksame Beobachterin, noch war sie (wie sie zu ihrer eigenen Überraschung bemerkte, während sie auf Bath und ihre zukünftige Bestimmung als Marquise von Lyndale zuraste) die kühl kalkulierende junge Frau, die eisern entschlossen war, ihrer Familie zuliebe eine vorteilhafte Ehe zu schließen.

Als Lyndale ihr an diesem Nachmittag auf dem Weg zum Zelt des Herzogs auf eine ihrer unglaublich koketten Bemerkungen hin vorgeschlagen hatte, sie am Abend nach Bath zu entführen, hatte sie zunächst nichts als Triumph empfunden. Wie einfach war es doch gewesen, sagte sie sich selbstgefällig, mit einem Streich die Probleme zu lösen, die alle Familienmitglieder in den letzten Wochen fast bis zur Verzweiflung getrieben hatten.

Auf dem Weg nach Hause schwebte sie noch wie auf Wolken, und erst als sie in den Assembly Rooms angekommen waren und die Musiker zum zweiten Tanz aufspielten, waren ihr die ersten Bedenken gekommen. Während dieses Tanzes nämlich, so hatte Lyndale es vorgeschlagen, würden sie den Ballsaal verlassen und sich auf ihre Reise nach Bath begeben. Etwas später, als sie in Lyndales Karriole gestiegen war, überkam sie dann mit aller Gewalt die Erkenntnis, daß sie eigentlich jetzt gar keinen anderen Wunsch hatte, als schnell nach Hause zu ihrer Mutter zu laufen, ihr Gesicht an ihrem mütterlichen Busen zu bergen und so herzhaft zu weinen, wie Jane nur jemals wegen Alain de Combray geweint hatte.

Natürlich redete sie sich mit allem Nachdruck ein, daß sie keineswegs, wie Jane, einen anderen heiraten wolle. Nein, in der Tat! So etwas spielte in dieser Sache überhaupt keine Rolle. Doch irgendwie war die Vorstellung, den Rest ihres Lebens als Marquise zuzubringen, auf einmal bedeutend weniger verlokkend, als sie ihr bisher erschienen war. Und selbst die aufregende Erfahrung einer mitternächtlichen Entführung – ganz wie die Heldin eines romantischen Romans – war auf einmal gar nicht mehr so berauschend. Um die Wahrheit zu sagen, kam sie sich auf einmal gar nicht mehr romantisch vor, sondern empfand nur noch leichte Beklemmung und Übelkeit.

Das vergnügte Profil ihres schweigsamen Liebhabers, auf den sie hin und wieder einen verstohlenen Blick warf, war auch nicht dazu geeignet, sie in Sicherheit zu wiegen. Es kam ihr auf einmal der ungemütliche Gedanke, daß sie den Marquis von Lyndale gar nicht besonders gut kannte und daß man in Marokko – oder war es Algerien – vielleicht doch etwas komische Vorstellungen über die Ehe bekommen konnte. Wahrscheinlich, so dachte sie, hatte Blaubart genauso vergnügt vor sich

hin gepfiffen wie Lyndale, als er sein letztes Opfer zu seinem Schloß brachte.
Die Landstraße von Gloucester nach Bristol – eine Strecke von etwa vierunddreißig Meilen – war wahrscheinlich vom Marquis wegen ihrer besseren Beschaffenheit gewählt worden, denn der kürzere Weg wäre der über Nailsworth gewesen. Da Seine Lordschaft seine rassigen Walliser Grauschimmel eingespannt hatte, die für zwei Strecken gut waren, würde man nur einmal Pferde wechseln müssen, und zwar in Falfield, bevor sie nach Bristol kamen.
Leider begann es dann, als sie den Weg nach Osten gegen Bath zu nahmen, auf einmal zu regnen, was jedoch nicht überraschend war, da die Wolken sich in Richtung Süden immer bedrohlicher zusammengezogen hatten. Campaspe fühlte sich sehr erleichtert, denn sie sagte sich, daß alle Vorbereitungen für Bath getroffen waren. Und wenn man diese Stadt wegen des unfreundlichen Wetters nicht erreichte, konnte Lyndale so schnell sicher keinen Pfarrer finden, der die Heiratszeremonie anderswo vollziehen würde.
Und wenn dieser fatale Knoten heute nacht nicht geknüpft wurde – könnte dann nicht noch weiteres geschehen, um zu verhindern, daß er überhaupt jemals geknüpft würde? Zum Beispiel könnte ihr Vater – durch Gwendolens Nachricht alarmiert – hinter ihnen hereilen und unter Feuerdampf sein väterliches Veto einlegen.
Selbst Neil, so sagte ihr eine kleine hoffnungsvolle Stimme, könnte irgendwie erfahren, was sie vorhatte, und sie trotz ihres fürchterlichen Streites wie der junge Ritter Lochinvar aus den Armen von Lyndale retten!
»Wir müssen jetzt halten, nicht wahr?« fragte sie Lyndale erwartungsvoll, während sie sich noch fester in die Decke hüllte, um sich vor dem niederprasselnden Regen zu schützen.
»Halten? Wieso denn das?« fragte Lyndale wenig ermunternd. »Nur wegen dem bißchen Regen eine Entführung unterbrechen? Wer hat denn so etwas schon gehört!«
»Es ist aber nicht nur ein bißchen Regen«, bedeutete ihm Campaspe. »Es gießt doch ganz fürchterlich!« Dann fügte sie so kläglich wie nur möglich hinzu: »Ich bin ja schon völlig durchnäßt, und ich möchte wirklich halten, Mylord.«
»Mylord! Sie sind wirklich sehr formell!« sagte Lyndale und fuhr ebenso schnell weiter wie zuvor. »Würden Sie es nicht

doch für angemessen halten, in diesem Stadium David zu mir zu sagen?«

Campaspe runzelte die Stirn. Neil, davon war sie überzeugt, würde niemals unangebrachte Bemerkungen über seinen Namen vorgebracht haben, wenn sie ihn gebeten hätte, sie vor einem so heftigen Regen in Sicherheit zu bringen.

»Also dann David«, sagte sie ziemlich ungehalten und fuhr in bestimmtem Ton fort, »ich würde wirklich sehr gern jetzt die Fahrt unterbrechen. Es muß doch auch in Bristol viele Gasthöfe geben?«

»Ja, die gibt es sicher, doch wir werden uns in keinem von ihnen aufhalten«, sagte der Marquis mit aufreizender Ruhe. »Sie vergessen, meine Liebe, daß uns im ›White Hart‹ in Bath ein Priester erwartet und daß wir ohne seine Unterstützung heute nacht nicht heiraten können.«

Campaspe erklärte rebellisch, daß sie ebensogut am nächsten Tag heiraten könnten und daß sie in der Zwischenzeit wenigstens nicht vor Kälte sterben würden.

»Unsinn!« sagte Seine Lordschaft munter. »Ein gutgebautes, gesundes Mädchen wie Sie stirbt nicht so schnell vor Kälte.«

»Nun gut«, sagte Campaspe resignierend, da sie bemerkte, daß Lyndale keine Anstalten machte, seine Pferde zu zügeln, »Sie können wirklich froh sein, daß Sie nicht mit Jane durchbrennen. Sie würde nämlich Krämpfe kriegen, wenn sie bei diesem Wetter draußen bleiben müßte.«

Lyndale erklärte höflich, daß er in diesem Fall allerdings auch froh sei, daß er Jane nicht zur Braut hätte, und machte dann den Schaden noch größer, indem er ihr erklärte, er hätte den Eindruck, daß sie, Campaspe, sich auch besser an das Kamelreiten in Marokko gewöhnen würde als Jane.

»Werden wir – werden wir denn nach Marokko fahren?« fragte Campaspe mit leicht bebender Stimme. Noch vor vierundzwanzig Stunden hätte sie vor Freude einen Luftsprung gemacht, wenn man ihr Abenteuer in exotischen Ländern in Aussicht gestellt hätte, doch jetzt, mitten in der Nacht, an der Seite eines ziemlich fremden Mannes, wurde ihr beim Gedanken, England, ihre Schwestern und vor allem Neil verlassen zu müssen, doch recht bang zumute. Daher sagte sie mit kläglicher Stimme: »Ich – ich weiß nicht, ob ich das gern möchte. Ich habe gedacht, Sie wollten in England bleiben.«

»Nun, wir werden wenigstens auf unserer Hochzeitsreise nach

Marokko fahren«, erklärte Lyndale mit Bestimmtheit. »Sie werden es sicherlich sehr unterhaltend finden, in einem Harem zu leben, wenigstens für eine Weile.«
»In einem – Harem!« stieß Campaspe entsetzt hervor und blickte ihn voller Schrecken an. »Aber – aber Sie haben doch keinen Harem! Gwen hat gesagt, Sie hätten ihr gesagt –«
»Ja, das stimmt schon«, sagte Lyndale gelassen. »Im Augenblick habe ich auch keinen Harem. Doch jetzt, wo ich dabei bin, mich zu verheiraten, könnte ich mir denken, daß die Leute recht haben, die sagen, daß man von einer guten Sache nie genug haben kann. Doch Sie müssen deswegen wirklich nicht besorgt sein«, fügte er freundlich hinzu. »Als meine erste Frau werden Sie natürlich den Titel einer Marquise von Lyndale führen, und Ihre Kinder werden das Vorrecht haben, den Titel zu erben.«
Campaspe sagte gar nichts, denn im Augenblick war sie von den verschiedensten Empfindungen so überwältigt, daß sie nicht sprechen konnte. Im Vordergrund stand sehr deutlich das Entsetzen, um nicht zu sagen die Wut über ihre Eltern und ihre Tante, die so blind waren und diesen Mann – um nicht zu sagen dieses Ungeheuer – mit ihrer Tochter beziehungsweise Nichte verbinden wollten. Und daß sie ihn nicht ihr aufgebunden hatten, sondern Jane, machte die Sache sogar noch schlimmer, denn Jane wäre noch bedeutend weniger in der Lage gewesen, sich mit dieser Situation auseinanderzusetzen. Sie, Campaspe, würde den Willen und die Entschlossenheit haben, sich aus seinen Fängen zu befreien, selbst wenn sie einen Skandal auslösen müßte, der ganz Bath in Aufruhr brächte. Dies schwor sie sich jedenfalls, während sie zusammengekauert im Regen neben ihm saß, während Bath, das »White Hart« und ein unbekannter Priester, den Lyndale wahrscheinlich bestochen hatte, unaufhaltsam näher herankamen.
Sie blickte hin und wieder zu Lyndale hinüber, der recht zufrieden mit ihrem Schweigen war und sogar wieder begonnen hatte, vergnügt vor sich hin zu pfeifen. Sie fragte sich, ob sie, sobald sie den Gasthof erreichten, nicht einfach vom Wagen herabspringen und vom ersten Menschen, der ihnen entgegenkäme, Schirm und Schutz erbitten solle? Zu dieser Nachtstunde würde sie jedoch wahrscheinlich niemand als die Stallknechte antreffen, und sie zweifelte daran, daß diese derben und dümmlichen Leute positiv auf eine junge Dame reagieren

würden, die in völlig durchnäßtem Abendkleid die Bitte ausspräche, vor einem jungen Herrn gerettet zu werden, an dessen Seite sie gerade in den Hof gefahren war.
Wahrscheinlich wäre es doch besser zu warten, bis sie und Lyndale den Gasthof betreten hatten, wo sie dann der Wirt in Empfang nehmen würde oder wenigstens irgendein Bediensteter, an den sie sich wenden konnte. Und dann war da natürlich noch der Priester, der vielleicht nicht die geringste Ahnung hatte, daß er ein junges Mädchen mit einem Ungeheuer in menschlicher Gestalt verheiraten sollte, das die Absicht hatte, sie nach Marokko zu entführen und in einem Harem einzuschließen.
Insgesamt war sie jedoch eher geneigt, dem Wirt oder einem Diener ihre Bitte vorzutragen, da – wie sie in ihren Leihbibliotheksromanen gelesen hatte – die Priester sich oft als gedungene Werkzeuge des schurkischen Entführers entpuppten, die nur in priesterlicher Verkleidung amtierten.
Als sie am Ende dieser Überlegungen angekommen war, hatte die Kutsche Bath erreicht, und viel zu schnell war man in der Stall Street und im »White Hart« angekommen. Nachdem Lyndale dem Stallknecht die Zügel zugeworfen hatte, half er ihr, deren Herz heftig klopfte, vom Wagen. Sie bemerkte, als sie ihm zögernd und argwöhnisch die Hand reichte, daß er sie mit einem merkwürdigen Lächeln ansah, das sie frösteln ließ. Andere Leute mochten in ihm nichts anderes als einen hübschen jungen Mann mit sehr blauen Augen und einem energischen Kinn sehen, doch sie wußte, was sich hinter seinem liebenswürdigen Lächeln und dem gewinnenden Gesicht verbarg.
»Kommen Sie schon«, drängte er sie. »In wenigen Minuten werden Sie warm und trocken sein, und dann werden wir uns um diese Hochzeit kümmern.«
Campaspe, die von einer kräftigen Hand auf die Tür zugeschoben wurde, kam eine Erleuchtung, und sie sagte, daß sie außerordentlich hungrig sei.
»Ausgezeichnet! Sie werden nach der Hochzeitszeremonie ein prächtiges Frühstück bekommen«, versicherte ihr Lyndale. »Das allerbeste, was das ›White Hart‹ anzubieten hat.«
»Aber ich habe jetzt fürchterlichen Hunger«, sagte Campaspe und blickte verzweifelt um sich, während sie unerbittlich durch den Hof zum Eingang gedrängt wurde. Der Stallknecht hatte schon die Pferde abgeschirrt und war in Richtung Stall

verschwunden, und das einzige lebende Wesen, das sie erblickte, war eine sehr große schwarze Katze, die vor dem prasselnden Regen unter einem Bauernkarren Schutz gesucht hatte. »Ich glaube wirklich, ich sollte sofort etwas essen«, fuhr sie, an Lyndale gewandt, fort, als sie zögernd vor der Tür stand. Sie wurde von einem plötzlichen Hufgetrampel unterbrochen. Ein schäumendes Pferd galoppierte in voller Karriere in den Hof, und als sein Reiter es zügelte, schnell hinabsprang und nach einem Stallknecht rief, erkannte Campaspe eine vertraute Stimme und Gestalt.

»Neil! Neil!« schrie sie voller Freude, machte sich gewaltsam von Lyndale frei und rannte über den Hof auf den Neuankömmling zu. »O Neil, du bist gekommen, um mich zu retten! Oh, bitte bringe mich sofort von hier weg!«

Sie warf sich mit solchem Schwung in die Arme des jungen Leutnant Fairhall, daß er beinahe umgeworfen wurde und sich nur retten konnte, indem er sie ebenso fest umarmte wie sie ihn. »Paß doch auf – du kannst mich doch nicht einfach umrennen!« warf er ihr trotzdem vor. »Es ist doch alles in Ordnung. Wo ist Lyndale? Ich muß sofort mit ihm sprechen!«

Zu Campaspes beträchtlichem Ärger befreite er sich aus ihrer Umarmung und wandte sich dem Marquis zu, der mit langen Schritten auf sie zugekommen war und ihn grimmig anblickte.

»Was zum Teufel soll das bedeuten, Fairhall?« fragte er, noch bevor Neil etwas sagen konnte. »Wo ist Miß Quarters?«

Campaspe blickte die beiden verwundert an.

»Miß Quarters?« fragte sie. »Meinen Sie Gwen? Was hat die denn –«

Ihre Fragen wurden jedoch von Neil ignoriert, der schnell und mit erregter Stimme sagte: »Ich weiß nicht, wo sie ist, Sir! Ich bin so schnell gekommen wie möglich – querfeldein, und es war ein verdammt schwieriger Ritt bei Nacht. Sie ist mir entwischt, bevor ich unseren Plan ausführen konnte, und soweit ich erfahren konnte, ist sie mit Lord Wilfrid Boulting davon!«

»Zum Teufel noch mal, das hätte nicht passieren dürfen!«

Campaspe, die den plötzlichen rauhen Unterton in der Stimme Seiner Lordschaft bemerkte und dazu ein böses Glitzern in seinen blauen Augen, gratulierte sich leicht schaudernd dazu, daß sie ihm entkommen war, denn vielleicht handelte es sich bei ihm doch um einen Blaubart. Ihre Erleichterung wurde jedoch sofort von den ebensostarken Empfindungen von Neu-

gierde und Besorgnis verdrängt, die Leutnant Fairhalls merkwürdige Äußerungen über Gwendolen in ihr erregt hatten.
»Mit Lord Wilfrid davon? Aber das kann doch nicht sein –« begann sie im gleichen Augenblick, als Lyndale mit drängender Stimme Neil fragte: »Davon? Aber wohin denn? Und weshalb? Reden Sie schon, Junge! Sie wollen mir doch nicht sagen, daß sie sich von ihm hat entführen lassen!«
Neil, der jetzt einen sehr schuldbewußten und aufgeregten Eindruck machte, sagte, daß er das natürlich nicht behaupten könne, daß es jedoch durchaus so aussähe, als sei dies der Fall. »Als ich sie aufsuchen wollte – genauso, wie wir es abgemacht haben, Sir –, war sie einfach verschwunden«, sagte er. »Daher habe ich mich nach ihr erkundigt, und einige Leute sagten, daß man gesehen habe, wie sie mit Lord Wilfrid aufgebrochen sei. Dann bin ich hinausgegangen und habe die Kutscher gefragt, und sie haben mir gesagt, daß er mit ihr in seinem Phaeton fortgefahren sei und einen außerordentlich zufriedenen Eindruck gemacht habe, und weshalb auch nicht, mit so einem feschen Kätzchen neben sich, das ihn angeschaut habe, als sei er der Prinzregent persönlich. Nun, Sie können sich denken, wie man reden wird, Sir, und ich wiederhole es nur, weil mir die Sache damit doch ganz eindeutig zu sein scheint.«
Der Marquis fluchte kurz, aber dafür um so herzhafter. »Das verdammte Mädchen!« sagte er. »Ich hätte mir ja denken können, daß sie uns alle in eine fürchterliche Klemme hineinmanövrieren wird. Und weshalb, zum Teufel«, fügte er zu Neil gewandt streng hinzu, »haben Sie nicht sofort versucht herauszubekommen, in welche Richtung sie losgefahren sind, statt hierher nach Bath zu jagen?«
»Aber – aber ich habe gedacht – Campaspe –«, stammelte Neil. »Sie haben gesagt – Sie hätten geplant –«
»Ich hatte vor allem geplant, daß Sie Miß Quarters hierherbringen!« sagte Lyndale ätzend. »Sie wissen doch, daß Campaspe bei mir in Sicherheit ist und ihr nichts passieren kann! Wenn Sie nur ein bißchen Grips im Hirn hätten, dann hätten Sie sich ja vorstellen können, daß es Miß Quarters war, die Ihres Schutzes bedurfte!«
»Aber sie wollte doch mit ihm davon«, protestierte Neil. »Er konnte sie ja schließlich nicht dazu zwingen! Da hätte ich mich ganz schön lächerlich gemacht, wenn ich versucht hätte, mich da einzumischen –«

»Lächerlich haben Sie sich jetzt erst recht gemacht, mein Lieber«, sagte Lyndale grimmig. »Sie haben alles ganz schön durcheinandergebracht. Jetzt hören Sie mir mal zu! Ich werde mich jetzt sofort nach Cheltenham aufmachen, und was Sie betrifft, Sie werden jetzt so schnell es geht nach Norden reiten! Wenn er nämlich eine Heirat plant, dann wird er die große nördliche Straße nach Gretna wählen. Doch ich nehme an, daß er höchstwahrscheinlich keine Ehe im Sinn hat, und daher könnte er sie überhallhin bringen. Ich werde versuchen, in Cheltenham Näheres zu erfahren.« Er zog seine Brieftasche heraus, entnahm ihr mehrere Banknoten und drückte sie Campaspe in die Hand. »Hier – nehmen Sie dies!« sagte er. »Sie werden dort drinnen einen Privatsalon und ein Schlafzimmer vorfinden, die auf meinen Namen reserviert sind. Sie können hier über Nacht bleiben und am Morgen eine Postkutsche zurück nach Cheltenham nehmen.«
Campaspe, die völlig benommen war, nur erfassen konnte, daß Lyndale offenbar nicht die Absicht gehabt hatte, sie in dieser Nacht zu heiraten, und statt dessen entschlossen war, Gwendolen vor Lord Wilfrid zu retten, blickte verdutzt auf das Geld in ihrer Hand.
»Aber ich verstehe das nicht!« sagte sie mit Nachdruck. »Weshalb sollte Neil Gwen heute nacht hierherbringen? Und weshalb ist sie mit Lord Wilfrid davon? Und weshalb –«
»Wir haben jetzt keine Zeit, das zu besprechen«, erklärte Lyndale mit Bestimmtheit. »Gehen Sie jetzt hinein! Fairhall, holen Sie sich einen dieser Knechte und sagen Sie ihm, daß ich zwei frische Pferde brauche –« Er brach plötzlich ab, als ein eleganter, dreckbespritzter Phaeton in schnellem Tempo in den Hof rollte. Er wurde von einem Herrn im Abendanzug gelenkt, und neben ihm saß eine Dame, die ebenso offiziell angezogen war und sich in eine Decke gehüllt hatte.
»Gwen!« rief Campaspe, als sie in der Dame ihre ältere Schwester erkannte, die sofort vom Sitz sprang, kaum daß die Pferde zum Halten gebracht worden waren.
Gwendolen, die Campaspe im Licht der Wagenlaternen wie versteinert dastehen sah, kam schnell auf sie zugerannt.
»Cammie!« rief sie voller Erleichterung und umarmte sie beschützend. »Gott sei Dank habe ich dich erreicht, bevor es zu spät war! Mein Herz, du bist fürchterlich getäuscht worden! Lyndale hat gar nicht die Absicht, dich zu heiraten.« Sie ent-

deckte den Marquis, der ebenfalls wie erstarrt dastand, und bedachte ihn mit einem vernichtenden Blick. »Ich möchte Ihnen sagen«, wandte sie sich voller Verachtung an ihn, »daß ich Ihr Verhalten infam finde. Wenn ich ein Mann wäre, würde ich mit Sicherheit Satisfaktion von Ihnen verlangen. Zu versuchen, ein unschuldiges junges Mädchen zu verführen –« Sie brach plötzlich ab, als sie bemerkte, daß Leutnant Fairhall neben ihm stand, der einen ebenso versteinerten Eindruck machte. »Neil!« rief sie voller Erstaunen. »Was machst du denn hier? Woher wußtest du, was Lyndale geplant hatte? Bist du hierhergekommen, um Cammie zu retten? Und wenn du es getan hast, weshalb hast du nicht –«

»Bitte – jetzt ist es aber genug!« warf Lyndale in bestimmtem Ton ein, in dem auch etwas Belustigung mitklang. Gwendolen gefiel dies gar nicht, denn sie fand es nicht angebracht, daß er die Situation wie eine Komödie und nicht wie ein Drama ansah. »Wir sollten das alles am besten drinnen besprechen«, sagte er, »dann können wir uns alle vor einem gemütlichen Feuer trocknen, denn ich befürchte, daß es eine ganze Weile dauern wird, bis wir all den Wirrwarr wieder in Ordnung gebracht haben. Außerdem könnte der Reverend Mr. Broadfute etwas ungeduldig werden. Also – bitte kommen Sie mit, Miß Quarters – Campaspe – Fairhall«, sagte er und wandte sich der Reihe nach an die drei. »Sie auch, Wilfrid«, fügte er hinzu und bedachte Lord Wilfrid mit einem grimmigen Blick. »Ich bin wirklich gespannt, wie Sie mir Ihre Rolle in dieser Geschichte erklären werden.«

Lord Wilfried, der bei der Erwähnung eines Priesters deutlich zusammenzuckte, erklärte hastig, daß er nicht mit hineinkommen werde, da er unbedingt in dieser Nacht noch nach Bristol kommen müsse. So heftig schien der Schreck zu sein, der ihn gepackt hatte, daß er Lyndales drohende Worte gar nicht richtig aufzunehmen schien. »Ich – ich muß ins Ausland«, sagte er und machte einige Schritte nach rückwärts in Richtung auf seinen Phaeton. »Und da Miß Campaspe ja in Sicherheit zu sein scheint –«

Zur größten Überraschung aller Anwesenden, die ihn noch nie in solcher Verlegenheit erlebt hatten, stürzte er dann auf seinen Phaeton zu, riß dem gaffenden Knecht die Zügel aus der Hand und rollte aus dem Hof, wobei er seinen Pferden so heftig die Peitsche gab, als sei der Teufel selbst hinter ihm her.

»Was um alles in der Welt ist denn mit dem los?« fragte Campaspe voller Staunen.
»Ach, ich denke, dem hat der Hinweis auf einen Priester nicht gefallen«, sagte Gwendolen gelassen. »Ich habe ihm vorgemacht, daß ich mich von ihm entführen lassen möchte. Damit wollte ich nur bezwecken, daß er mich nach Bristol bringt. Und dann, als wir dorthin gekommen sind, mußte ich heftig auf ihn einreden, damit er mich hierherbrachte, um dich zu retten, Cammie. Ich nehme an, das hat ihn ziemlich nervös gemacht, und sicher war er dann so durcheinander, daß er befürchtete, er müsse mich heiraten, als er von einem Priester hörte.« Sie blickte Lyndale vorwurfsvoll an. »Natürlich ist es ein falscher Priester, und er ist Ihr Komplize in diesem heimtückischen Plan, meine Schwester zu verführen«, sagte sie.
Lyndale hatte Mühe, einen Lachkrampf zu unterdrücken, was man an seinen zuckenden Schultern sah. »Oh, Gwen, Gwen, meine liebste Gwen, wie hatte ich jemals daran zweifeln können, ob Sie mit Wilfrid fertig werden?« sagte er. »Darüber wird er nie hinwegkommen –«
»Was soll das heißen – ›meine liebste Gwen‹?« unterbrach ihn Gwendolen voller Zorn. »Das bin ich nicht, Mylord, ich bin keineswegs Ihre ›Liebste‹!«
»O doch, das sind Sie!« sagte Lyndale mit Überzeugung. »Ob Sie es wollen oder nicht! Und das waren Sie vom ersten Augenblick an, als ich Sie gesehen habe. Doch kommen Sie jetzt mit hinein, denn es regnet zu sehr. Ich werde Ihnen alles erklären. Mir scheint, ich habe da ein fürchterliches Durcheinander angerichtet, doch Sie können mich nicht aufhängen, nur weil ich es versucht habe!«

17

Der Wirt des »White Hart«, der mitten in einer stürmischen und unangenehmen Nacht durch ungewöhnlich laute Geräusche geweckt wurde, die aus der Richtung seines Hofes kamen, war sehr erstaunt, als er kurz darauf vier Personen im Abendanzug in sein Gasthaus hineinmarschieren sah: zwei Damen und zwei Herren, alle offensichtlich der besten Gesellschaft angehörend und alle furchtbar durchnäßt.

Der größere der beiden Herren, der sich als Marquis von Lyndale vorstellte, verlange sofort, in den privaten Salon geführt zu werden, der auf seinen Namen reserviert worden war. Als dies geschehen war, erteilte er mehrere Befehle bezüglich des Anzündens des Kaminfeuers und des Herbeischaffens von geeigneten Getränken, um zu vermeiden, daß die Damen sich Erkältungen holten. Der Wirt eilte sofort hinaus, um diese Befehle an seine Leute weiterzugeben.
Als dies alles in die Wege geleitet war, begann Gwendolen sich in eisigem Tonfall an Lyndale zu wenden. Sie war seiner Einladung nicht gefolgt, sich in einen der bequemen Windsorsessel zu setzen, und hatte sich statt dessen vor den Kamin gestellt – mit der Miene eines Richters, der darauf wartet, daß man ihm den Angeklagten vorführe. Nun forderte sie Lyndale auf, ihr eine Erklärung für sein Verhalten zu geben, wenn er überhaupt eine solche habe.
»Ja, ich glaube, ich habe eine«, sagte Lyndale in aller Gemütsruhe. »Allerdings weiß ich nicht recht, womit ich beginnen soll, und darüber hinaus weigere ich mich, auch nur ein Wort zu sagen, bis Sie nicht einen Schluck von diesem Brandy genommen haben. Es ist ja nicht nötig, daß Sie stocknüchtern bleiben, um mir die Leviten zu lesen«, fügte er hinzu, als Gwendolen eine abwehrende Geste machte, die bedeutete, daß sie von einem solchen Schurken gewiß keinen Brandy annehmen werde. »Ganz im Gegenteil, wahrscheinlich wird Ihnen das noch effektvoller gelingen, wenn Sie zuerst etwas hiervon nehmen.«
Während er dies sagte, schenkte er einen kräftigen Schluck Brandy in ein bereitstehendes Glas und reichte es ihr. Gwendolen, die angesichts der Tatsache, daß sie Campaspe zu beschützen hatte und sich daher keine Erkältung holen durfte, beschloß, sein Angebot zu akzeptieren, nahm das Glas mit entsprechend hochmütiger Miene entgegen und trank einen kleinen vorsichtigen Schluck.
»Ich habe nicht den Wunsch, Ihnen die Leviten zu lesen, wie Sie es ausdrücken, Lord Lyndale«, sagte sie mit einer pathetischen Geste, die selbst Lady Otilia nicht besser hätte gelingen können. »Ich nehme an, Ihr Gewissen wird Ihnen schon sagen, wie schlecht Sie sich benommen haben. Zu planen, ein unschuldiges junges Mädchen zu verführen –«
»Aber ich bitte Sie«, sagte der Marquis und unterbrach sie mit

leichter Ungeduld, »das haben Sie nun schon zum zweitenmal gesagt, und es ist wirklich nicht angebracht. Ich habe nicht geplant, irgend jemanden zu verführen, unschuldig oder nicht. Tatsächlich das einzige, was ich wirklich versucht habe, war, Sie zu heiraten.«
»Mich zu heiraten?« Wenn in diesem Moment in dem gemütlichen Salon eine Bombe explodiert wäre, den schönpolierten Tisch und die Sessel zerfetzt hätte und die Decke auf sie herabgestürzt wäre – Gwendolen hätte nicht überraschter sein können. Eine derartige Überraschung hätte jedoch nicht den Nebeneffekt gehabt wie diese, daß sie nämlich bei den Worten des Marquis einen angenehmen Schauer empfand, der den Rücken hinunterrieselte, was sie sofort der Wirkung des Brandy zuschob. »Ich glaube nicht, Lord Lyndale«, sagte sie und rang um Fassung, wobei sie versuchte, einen ebenso eisigen Ton wie zuvor zu produzieren, »daß dies der geeignete Augenblick ist, um einen Scherz zu machen.«
»Aber ich mache keineswegs einen Scherz«, versicherte ihr Lyndale mit leicht schuldbewußtem Grinsen. »Nun ja, ich gebe zu, daß mir alles ziemlich mißglückt ist, aber meine Absichten waren ganz und gar ehrenhaft. Hier – schauen Sie sich das an!« beschwor er sie und zog aus seiner Tasche einige gefaltete Urkunden, die er vor ihr auf den Tisch legte. »Wissen Sie, was das ist?«
»Nein, und es interessiert mich auch nicht«, sagte Gwendolen hochnäsig.
Campaspe jedoch, bei der die Neugierde viel stärker war als der Groll, nahm sie in die Hand, betrachtete sie kritisch und erklärte dann, daß es sich nach ihrer Ansicht um Sondergenehmigungen für eine Ehe handle.
»Weshalb aber zwei?« fragte sie. »Man muß doch nicht eine für die Braut und eine für den Bräutigam haben, oder? Ich habe gedacht, eine genügt zur Eheschließung von zwei Leuten.«
Lyndale sagte, daß sie durchaus recht habe, daß er jedoch gehofft hatte, es könne in dieser Nacht zwei Eheschließungen geben, und daher habe er sich zwei Genehmigungen besorgt. Campaspe, die einen bedeutend vergnügteren Eindruck machte, seit Leutnant Fairhall auf der Bildfläche erschienen war, wurde in diesem Augenblick noch einmal von Besorgnis und Schrecken ergriffen.
»Oh!« rief sie aus. »Wollen Sie damit vielleicht sagen, daß Sie

vorhatten, Gwen und mich zu heiraten? Aber das können Sie doch nicht – jedenfalls nicht hier in England! Sie können doch nicht hier in England einen Harem aufmachen!«

»Sei doch nicht so dumm, Cammie!« sagte Gwendolen streng. »Natürlich will Lord Lyndale weder dich noch mich heiraten. Ohne Zweifel sind diese Dokumente gefälscht.«

»Sie wollen das Schlimmste von mir denken, nicht wahr?« beklagte sich Seine Lordschaft. »Und das, nachdem ich eine scheußliche Woche und länger damit zugebracht habe, all dies in die Wege zu leiten. Wissen Sie nicht, daß man nur von einem Bischof die Sondergenehmigung für eine Heirat bekommen kann? Und was den jungen Alain de Combray betrifft, so mag er ein sehr ansehnlicher, intelligenter junger Mann sein mit dem blauesten Blut, das man ungefähr in Frankreich haben kann, doch jemanden zu finden, der ihm eine Stellung verschafft, die seinen Talenten angemessen ist, bedeutet für einen, der so lange nicht in Europa war wie ich, wirklich eine Herkulesarbeit. Zum Glück bin ich gut mit General Lord Cathcart bekannt, und durch ihn konnte ich dem jungen M. de Combray eine Position beschaffen, die es ihm erlauben wird, sich eine Frau zu nehmen, und die ihm darüber hinaus zur Karriere im diplomatischen Dienst nützlich ist. Das bedeutet natürlich, daß Sie eine Weile von Ihrer Schwester Jane Abschied nehmen müssen, da ihn sein erster Auftrag nach Brasilien bringen wird, doch ich bin davon überzeugt, daß Sie um ihres Glückes willen solch eine Trennung nicht allzu –« Er brach ab, weil der bemerkte, daß Gwendolen ihn völlig entgeistert anblickte. »Stimmt irgend etwas nicht?« fragte er höflich.

»Ob etwas nicht stimmt!« Gwendolen rang nach Worten. »Das fragen Sie noch!« sagte sie. »Sie wollen uns doch nicht einreden, Mylord, daß Sie – Sie! – sich darum bemüht haben, für Alain de Combray eine Stellung zu finden, so daß er in der Lage ist, Jane zu heiraten?«

»Nun, es schien mir die einzige Möglichkeit, mich dessen zu versichern, daß Sie nicht von mir erwarten würden, sie selbst zu heiraten«, erlärte Lyndale. »Ich weiß, daß Campaspe immer sehr dagegen war, doch ich habe mir gedacht, daß Sie es mir vorwerfen würden, wenn Jane ohne Mann sitzengeblieben wäre, während ich mich aufmachte, um jemand anderen zu heiraten. Tatsächlich«, so fügte er hinzu, »war dies der Grund, in die Wege zu leiten, daß Campaspe heute abend auch verheiratet würde. Da ich ja Ihren besonderen Sinn für familiäre Loyalität kenne, meine liebe Gwen, dachte ich, daß Sie – nachdem Campaspe mich so entschlossen umworben hatte – erwarten würden, daß ich auch sie heiraten würde – ich meine natürlich«, fügte er hastig hinzu, als er Campaspes Gesicht anmerkte, daß sie schon wieder an die Möglichkeit von Harems dachte, »anstelle von Jane. Auf jeden Fall habe ich mir vorgestellt, daß ich mehr Ruhe haben würde, wenn man sie auch verheiraten würde.«

»Und mit wem?« fragte Campaspe stirnrunzelnd, da sie Mühe hatte, den Ausführungen Seiner Lordschaft zu folgen. »Sie können doch nicht etwa Neil meinen!«

»Kann ich das nicht?«

Campaspe stieg die Zornesröte ins Gesicht. »Sie wollen doch damit nicht sagen, daß Sie selbst niemals die Absicht hatten, mich zu heiraten?« fragte sie ärgerlich. »Daß Sie mich heute nacht hierhergebracht haben, um mich mit *Neil* zu verheiraten?«

»Nun, es ist dann alles nicht ganz so gekommen, wie ich es geplant hatte«, sagte Lyndale entschuldigend. »Fairhall sollte gerade noch rechtzeitig kommen, um Sie vor mir zu retten, worauf Sie ihm natürlich in die Arme gefallen wären, und da wunderbarerweise ein Priester sowie eine Sondergenehmigung vorhanden gewesen wären, hätten Sie ihn dadurch belohnt, daß Sie mit ihm den Bund der Ehe geschlossen hätten. Ich war so verwirrt durch die vermeintliche Entführung Ihrer Schwester durch Lord Wilfrid, daß wir versäumten, unsere Rollen angemessen zu spielen –«

Er brach ab, denn Campaspe hatte sich vor dem jungen Leutnant aufgestellt wie ein wütendes Kätzchen, das im Sinn hatte, einen großen, unschuldigen Hund anzugreifen.

»Neil Fairhall!« erklärte sie ihm mit kriegerischer Stimme. »Du bist ein Verräter! Dich gegen mich zu verschwören – mit diesem – diesem –«

»Aber ich verschwöre mich doch nicht gegen dich, wenn ich dich heiraten will, Cammie«, protestierte der junge Leutnant mit schwacher Stimme. »Und, verdammt noch mal, wie sollte ich es denn sonst anstellen? Du hast mir doch ständig die kalte Schulter gezeigt, seit wir dieses dumme Mißverständnis hatten –«

»Es war kein dummes Mißverständnis! Du hast mir gesagt,

daß ich mich lächerlich mache und daß du nicht mit mir verheiratet sein wolltest!« erklärte Campaspe rachsüchtig. »Und wenn du auch nur einen Augenblick meinst, daß ihr, du und Lyndale, mich in eine Ehe mit dir locken könnt, dann kann ich dir sagen, daß du dich gewaltig täuschst!« Sie ging hinüber zu Gwendolen, die immer noch vor dem Kamin stand. »Komm, Gwen«, sagte sie mit großartiger Geste. »Laß uns jetzt gehen! Zweifellos werden sich Leutnant Fairhall und Lord Lyndale ein Komplott ausdenken, mit dem sie zwei leichtgläubigere Frauen zu einer Ehe verleiten können. Dann sind sie auch nicht gezwungen, diese kostspieligen Sondergenehmigungen zu verschwenden!«

Gwendolen hätte nichts lieber getan, als jetzt eine Postkutsche und ein paar Pferde gemietet, den Staub vom »White Hart« von sich geschüttelt, um dann mit ihrer Schwester nach Cheltenham zurückzukehren. Unglücklicherweise hinderte sie daran jetzt der gleiche Grund, der sie veranlaßt hatte, Lord Wilfrid zur Verfolgung Campaspes zu bewegen: sie hatte keine ausreichenden Geldmittel. Sie blickte verzagt von Lyndale zu Leutnant Fairhall, wählte dann den letzteren als das geringere von zwei Übeln und sagte in würdigem Ton zu ihm: »Ich fürchte, ich muß dich um eine Gefälligkeit bitten, Neil. Wenn du mir bitte eine ausreichende Summe zur Verfügung stellen könntest, um eine Postkutsche zu mieten, die mich und meine Schwester zurück nach Cheltenham bringt –«

»Nein, das werden Sie nicht tun, mein Junge!« sagte Lyndale prompt, als Neil sich gehorsam daranmachte, sein Portemonnaie aus der Tasche zu ziehen. »Wenn wir sie jetzt ziehen lassen, werden wir für den Rest unseres Lebens Junggesellen bleiben.« Er wandte sich an Gwendolen. »Es tut mir herzlich leid, Miß Quarters«, sagte er mit größter Förmlichkeit, »doch bei den Preisen, die pro Pferd für eine Meile verlangt werden, wird Leutnant Fairhall passen müssen.«

»Also dann nur das Kutschengeld!« sagte Gwendolen, die ihn ignorierte und sich nur an Fairhall wandte. »Du kannst doch nicht so gemein sein und uns das verwehren!«

»O ja, das kann er!« mischte sich Lyndale noch einmal ein. »Keinen Schilling, keinen Penny und keinen Viertelpenny werden Sie aus uns herausquetschen, mein Kind! Ihr habt euch da selbst hineinmanövriert, und der einzige Weg hinaus ist die Ehe mit uns!«

»Nein, das geht zu weit!« protestierte Leutnant Fairhall, der diese gewaltsame Methode, zu einer Braut zu kommen, nicht billigen konnte. Im gleichen Augenblick sagte hinter ihm eine tiefe, polternde Stimme: »Ich fürchte, Mylord, daß ich etwas spät komme. Tatsächlich glaube ich, daß ich in einen leichten Schlummer verfallen bin, da die vorgerückte Stunde –«
Die Versammelten wandten sich überracht der Tür zu, in der ein rundlicher älterer Herr im altmodischen langen Frack, Kniehosen und Schnallenschuhen stand und sie freundlich anblinzelte. Lyndale, der sich zuerst gefaßt hatte, ging auf ihn zu und schüttelte ihm herzlich die Hand.
»Ah, Mr. Broadfute!« sagte er. »Besser spät als gar nicht. Darf ich Ihnen Mr. Broadfute vorstellen – Miß Quarters – Miß Campaspe Quarters – Leutnant Fairhall –«
Mr. Broadfute, der die Anwesenden mit einem sonnigen Lächeln begrüßte, bewegte sich auf Gwendolen zu und drückte ihr herzhaft die Hand, wobei er großzügig zu übersehen schien, daß ihr durchnäßtes Haar völlig zerzaust war und die ebenfalls durchnäßten Kleider vor dem Kaminfeuer leise dampften. Dann fragte er mit leicht schelmischem Zwinkern, welchen der Herren er ihr denn zur heiligen Ehe verbinden dürfe. »Denn in solchen Dingen ist es nicht gut, sich zu irren! Nein, in der Tat nicht!« schloß er mit bedeutungsvollem Blick, was jedoch seitens Gwendolen nicht beachtet wurde.
Statt dessen entzog sie ihm abrupt die Hand und sagte mit einer Heftigkeit, die ihn sehr überraschte: »Mit keinem von beiden, Sir! Ich habe nicht den Wunsch, mich zu verheiraten, noch hat ihn meine Schwester.« Dann überraschte sie ihn noch mehr, indem sie im gleichen ernsten Ton sagte: »Wenn Sie wirklich ein Priester sind, Sir, dann muß ich Sie bitten, uns beizustehen! Meine Schwester und ich sind durch gemeinste Irreführung an diesen Ort gelockt worden, und unser einziger Wunsch ist es jetzt, zu unserem Heim nach Cheltenham zurückzukehren. Leider haben wir jedoch nicht genügend Geld bei uns, um uns einen Platz in einer Postkutsche zu nehmen, und wenn Sie uns nicht zu Hilfe kommen, werden wir gezwungen sein, hierzubleiben, der Gnade dieser – dieser –«
»Unholde?« beendete Lyndale höflich den Satz für sie. »Das ist unfair, meine Gwen! Meines Wissens bieten Unholde nämlich ihren Opfern keine gesetzliche Trauung an.« Er wandte sich an Mr. Broadfute, auf dessen rundem Gesicht nun ein betrübter,

um nicht zu sagen verdutzter Ausdruck erschien. »Hören Sie nicht auf Miß Quarters, Sir«, sagte Seine Lordschaft vergnügt. »Sie hat sich noch nicht ganz daran gewöhnt, heute nacht verheiratet zu werden, doch ich bin davon überzeugt, daß sie sich anders besinnen wird, wenn Sie uns einige Minuten allein lassen –«
»Nein, das werde ich nicht!« sagte Gwendolen wütend. »Wie können Sie es wagen, so etwas zu sagen, Lord Lyndale! Ich würde Sie selbst dann nicht heiraten, wenn – wenn ...«
»Nicht, wenn ich der letzte lebende Mann wäre, meine Liebe!« sagte Lyndale tadelnd. »Ja, es wäre Ihnen gleich, wenn Sie als alte Jungfer durchs Leben gehen würden. Trotzdem, selbst wenn noch mehrere lebende Männer vorhanden wären – wie Wilfrid und der galante Captain Belville –, wäre es sicherlich für Sie immer noch vorteilhafter, mich zu heiraten. Ich bin einigermaßen gutmütig und intelligent. Ich halte *keinen* Harem und habe auch in dieser Hinsicht keine Absichten, trotz allem, was Ihre Schwester Ihnen einreden will. Und außerdem bin ich auch kein Langweiler – wenigstens glaube ich nicht, daß ich es bin –«
Zu Gwendolens tiefem Schrecken und Entsetzen hätte sie beinahe gesagt: »Aber Sie lieben mich nicht!« Dann brach sie sofort in Tränen aus. Sie konnte sich wirklich nicht vorstellen, wieso sie sich so töricht und unmöglich benahm. Vielleicht war es der Schock darüber, daß der Marquis nicht ihre Schwester sondern sie heiraten wollte, der sie in diesen Zustand versetzt hatte.
Zu ihrer großen Erleichterung besaß sie aber noch genügend Selbstbeherrschung, um Mr. Broadfute mit einer sehr kühlen Stimme sagen zu können, daß ihre Schwester und sie wirklich so bald wie möglich nach Cheltenham zurückzukehren wünschten. Und wenn er eine Möglichkeit sähe, ihnen das Fahrgeld zu leihen, würde ihr Vater es ihm so bald wie möglich zurückgeben.
Gwendolen, die Mr. Broadfutes zweifelnden Blick sah, bemerkte, daß man nun an einem toten Punkt angekommen war. Offenbar hatte dieser geistliche Herr trotz seiner ahnungslosen, ja naiven Art genügend Erfahrung, um zu wissen, daß junge Damen, die von zu Hause fortgelaufen waren, um sich Hals über Kopf zu verheiraten, bisweilen ihre Nerven verlieren, es jedoch später wieder bereuten. Andererseits mußte

auch er sehen, daß Gwendolen nicht zu der Sorte von Frauen gehörte, die schnell hysterische Anfälle bekam. Dies galt sogar noch mehr für Campaspe, denn diese junge Dame machte einen außerordentlich kriegerischen Eindruck und schien durchaus fähig, ihm die Pistole auf die Brust zu setzen, um das benötigte Fahrgeld aus ihm herauszupressen.
Gwendolen sah jedoch, daß Mr. Broadfute auch vor seinem hohen adligen Patron Respekt besaß und nicht gern etwas tat, was diesem mißfiel. Aus diesem Dilemma wurde er jedoch fast umgehend gerettet – jedenfalls vorläufig –, denn es ertönte vom Hof her das Geräusch von Wagenrädern, dem bald darauf heftige Schritte von der Treppe her folgten. Dann hörte man eine kräftige männliche Stimme, die nach Lord Lyndale fragte – eine Stimme, die bei den beiden Damen Quarters das heftigste Erstaunen hervorrief.
»Papa!« riefen sie gleichzeitig aus, während Lyndale schnell auf die Tür zuschritt und sagte: »Quarters! Na, endlich!« Dann rief er dem Wirt zu, er möge den Besucher heraufführen.

18

Zum weiteren Erstaunen von Gwendolen und Campaspe – jedoch nicht, wie es schien, von Lyndale – erschien nicht nur Mr. Quarters, sondern unmittelbar hinter ihm auch Lady Otilia unter der Türe.
»Ausgezeichnet!« sagte Mr. Quarters und schaute mit Genugtuung auf die Anwesenden. »Wir sind also alle da! Ist dies Ihr Pfarrer, Lyndale? Dann wollen wir es doch bald hinter uns bringen. Wozu noch so lange aufbleiben – es ist eine verteufelt ungemütliche Nacht, und wir sollten schon alle im Bett sein.«
Gwendolen und Campaspe starrten ihn fassungslos an. Dies, so hatte Gwendolen den Eindruck, war nun nicht mehr zu ertragen. Nach all den anderen Schocks, denen sie in dieser Nacht ausgesetzt war, auch noch dies. Wie ein Deus und eine Dea ex machina in einem Schauspiel erschienen ihr Vater und ihre Mutter, offenbar darauf vorbereitet, an einer doppelten Hochzeitszeremonie teilzunehmen. Sie bedachte ihre Eltern mit vorwurfsvollen Blicken, wandte sich dann an Lyndale und sagte: »Sie – Sie – !«, fand dann aber nicht die richtigen Worte,

um sein abscheuliches Benehmen richtig zu charakterisieren, und ging zur nächsten Tür hinaus.

Sie führte in ein angrenzendes Schlafzimmer, was ein glücklicher Umstand war, denn man weint nicht gern in der Öffentlichkeit. Sie hatte ihr Gesicht in die roten Vorhänge vergraben, als sie einen Schritt hinter sich hörte. Zwei starke Arme drehten sie sanft herum, und einen Augenblick später weinte sie nicht mehr in den Vorhang, sondern in einen Herrenfrack aus feinstem Tuch.

»Es tut mir leid – sehr, sehr leid!« sagte Lyndales Stimme über ihr. »Ich habe alles fürchterlich durcheinandergebracht, nicht wahr? Ich hab' alles zu schnell gemacht – viel zuviel für selbstverständlich gehalten –«

»Sie brauchen nicht zu denken«, sagte Gwendolen und meisterte ihre Tränen mit Mühe, brachte aber ihre Worte noch mit einiger Würde heraus, während sie vergebens versuchte, sich aus diesen umklammernden Armen zu befreien, »daß Sie es sind, der mich zum Weinen gebracht hat, Mylord. Ich weine nur, weil ich mich ärgere – und weil ich enttäuscht bin, daß Papa und Mama sich gegen mich mit Ihnen verschworen haben –«

»Nun, ich fürchte, dazu habe ich sie fast gezwungen«, sagte Seine Lordschaft schuldbewußt, machte aber keinerlei Anstalten, sie loszulassen. »Erstens habe ich ihnen Brightleaves und die Pferde Ihres Vaters angeboten, und zweitens haben sie in letzter Zeit so verdammt viel durchstehen müssen mit all diesen aufgelösten Verlobungen, daß Sie ihnen kaum verübeln können, wenn sie die Chance sofort ergreifen, zwei Töchter auf einmal verheiraten zu können. Ich muß aber sagen, daß ich ausgezeichnet mit ihnen zurechtgekommen bin«, fuhr er fort, wobei seine Stimme einen etwas bangen Klang bekam, was Gwendolen wieder die Tränen in die Augen trieb. »Viel besser als mit Ihnen. Ich habe ihnen nämlich ganz einfach gesagt, daß ich mich damals, als ich Sie auf dem verdammten Weg beinahe über den Haufen gefahren hätte, sofort in Sie verliebt habe. Damals, als Sie aus dem Graben geklettert sind und mich angesehen haben, als wollten Sie mich auf der Stelle umbringen. Nur war ich natürlich damals nach Gloucestershire gekommen, um Jane um ihre Hand zu bitten, und das hat mich natürlich in eine verdammt ungemütliche Lage versetzt. Ich konnte ja nicht einfach einen Rückzieher machen, aber ich kann Ihnen sagen, daß ich noch nie in meinem Leben so glücklich war wie damals, als ich entdeckte, daß sie diese Verbindung ebensowenig wünschte wie ich. Wenn ich ihrem jungen Franzosen mein halbes Vermögen hätte anbieten müssen, um mich von meinem Versprechen zu entbinden, so hätte ich es getan. Doch man kann ja eine solche Angelegenheit nicht einfach so selbstherrlich lösen –«

»Nein!« sagte Gwendolen, die plötzlich wieder Herrin der Lage war und sich entschlossen von Lyndales Umarmung freimachte. »Natürlich kann man das nicht tun! Doch ich nehme an, Sie fanden es vollkommen in Ordnung, meine kleine Schwester einfach mit einem Heiratsversprechen hierherzulocken, das Sie gar nicht einhalten wollten, und sich mit Neil zu verschwören, um mich hierherzuschleppen und mich zu zwingen, Sie zu heiraten –«

»Ich habe mir gedacht, daß Sie das wollten«, sagte Seine Lordschaft einfach und mit so dreistem Unterton, daß es Gwendolen beinahe die Sprache verschlug.

»Wollen Sie damit andeuten, Mylord«, sagte sie mit eisigem Ton, als sie sich wieder gefaßt hatte, »daß ich Sie in irgendeiner Weise ermutigt habe? Das muß ich energisch bestreiten!«

»Nun, Sie haben mir sicher keine Falle gestellt, wenn Sie das meinen«, gab Lyndale zu. »Sie waren die Tugendhaftigkeit in Person. Doch Ihre Augen waren es nicht!«

»Meine Augen!«

»Ja. Über die eigenen Augen hat man keine Macht, und Ihre haben mir immer etwas erzählt. Tatsächlich haben sie mir sofort beim ersten Mal gesagt, daß Sie sich fast so sehr für mich interessierten wie ich mich für Sie.« Gwendolen machte den Mund auf, um dies entrüstet zu verneinen, doch Lyndale hob abwehrend die Hand. »Kommen Sie – seien Sie doch ehrlich mit mir«, sagte er. »Sage ich die Wahrheit oder nicht?«

Er blickte sie prüfend an, so daß sie keine Möglichkeit mehr sah, ihn zu täuschen, und sich schnell abwenden mußte.

»Weshalb ich mit einem so eingefleischten Lügner ehrlich sein sollte, weiß ich nicht!« sagte sie streng. »Aber ja – es ist wahr! Nur habe ich es Sie nicht – und noch nicht einmal mich selbst – wissen lassen, denn Jane war ja da –«

»Jane – Jane – Jane«, sagte der Marquis. »Ich wünschte, ich hätte das Mädchen nie gesehen! Oder vielmehr, ich wünschte, Sie hätten überhaupt keine Schwester, denn die beiden sind mir bei meiner Werbung verdammt im Weg gewesen, das kann ich Ihnen sagen! Wenn es nicht Ihretwegen gewesen wäre und aus Pflichtgefühl, weil ich fand, ich müßte für sie sorgen, ehe ich mich um Sie kümmerte, dann hätte ich mich auf diesen ganzen tollen Entführungsplan gar nicht erst einlassen müssen.«

Gwendolen, die aus irgendeinem Grund das Gefühl hatte, sie müsse soviel Entfernung wie möglich zwischen sich und den Marquis bringen – da sie nun schon einmal diese törichten Zugeständnisse bezüglich ihrer Empfindungen gemacht hatte –, entdeckte zu spät, daß Lyndale davon völlig andere Vorstellungen hatte. Während er sprach, war er ihr nämlich durch das Zimmer gefolgt und bemühte sich nun – natürlich gänzlich gegen ihren Willen –, sie noch einmal in die Arme zu schließen.

»Nein, das dürfen Sie nicht!« seufzte sie verwirrt und dennoch entschlossen, da Seine Lordschaft die neuerliche Nähe ungehörigerweise zum Anlaß genommen hatte, sie zu küssen. »Ich will nicht auf so – so heimliche Art heiraten! Mitten in der Nacht und in einem Gasthof –«

»Doch in der ordnungsgemäßen Gegenwart deines Papas und deiner Mama – vergiß das nicht!« erinnerte sie Lyndale. »Nicht einmal die übelste Klatschbase kann daran etwas auszusetzen haben.« Er hielt sie einen Augenblick in Armlänge von sich weg und blickte sie ernst an. »Nach all der Mühe, die ich auf mich genommen habe, um dich in angemessener Weise zu heiraten, finde ich, daß du etwas dankbarer sein könntest«, sagte er. »Und dich auch bei mir entschuldigen könntest wegen der wenig schmeichelhaften Eigenschaften, mit denen du meinen Charakter –«

»Ich glaube, du hast überhaupt keinen Charakter! Sich solch abscheulichen Plan auszudenken – du hättest dir doch sagen müssen, daß so etwas nie gut ausgehen kann! Wenn du mich wirklich lie-liebst«, fuhr Gwendolen fort und blickte sehr aufmerksam auf den dritten Knopf des Fracks Seiner Lordschaft und nicht in sein Gesicht, »weshalb hast du dann nicht in aller Form um mich geworben –«

»Um zu riskieren, daß Campaspe sich wieder so unmöglich benommen hätte, daß du und deine ganze Familie erklärt hätten, ich hätte sie kompromittiert und müßte sie heiraten? Oder zusehen zu müssen, wie du dich mit einem anderen Herrn der Königlichen Marine einläßt, der dich vielleicht wieder an Lord

Nelson erinnerte? Nein danke!« sagte Lyndale emphatisch. »Du weißt doch, was Shakespeare sagt: ›Wenn getan werden muß, was getan werden muß, dann wäre es gut, es würde schnell getan‹ oder so ähnlich.«
Er brach ab, weil auf einmal hinter der Tür zum Salon aufgeregte Stimmen zu hören waren, die dann plötzlich verstummten, als sich die Türe öffnete und Lady Otilia hereintrat.
»Also wirklich, Mylord«, sagte sie und blickte mißbilligend auf die Szene vor sich – ihre älteste Tochter in der festen Umarmung des Marquis –, »das ist wirklich sehr ungehörig, und uns darüber hinaus noch warten zu lassen! Ich habe die fürchterlichsten Unannehmlichkeiten auszustehen, da Campaspe sich beharrlich weigert, Neil Fairhall zu heiraten, und Mr. Quarters sie ständig anbrüllt – was ich ihm wirklich nicht verübeln kann, denn es ist fast schon hell, und wir hatten bei dem Regen eine sehr ungemütliche Fahrt. Nur ist Neil zum Glück eingefallen zu sagen, daß Campaspe ihn nicht zu heiraten brauche, wenn sie nicht will, so daß sie dann natürlich gesagt hat, sie würde es tun, was typisch für Campaspe ist. Und nun, da dies endlich in Ordnung ist, trödelt ihr hier herum und laßt den armen Mr. Broadfute warten –«
»Nein, ich trödle nicht«, sagte Lyndale mit Bestimmtheit. »Das können Sie mir wirklich nicht vorwerfen, Lady Otilia. Ich habe, seit ich hier hereingekommen bin, jeden einzelnen Augenblick damit verbracht, Ihre Tochter dazu zu überreden, mich zu heiraten –«
Gwendolen, die sich nun an den letzten Strohhalm zu klammern begann und noch einmal vergeblich versuchte, sich aus der Umarmung Seiner Lordschaft zu befreien, stammelte irgend etwas mit erstickter Stimme vor sich hin, was so klang, als ob es Miß Courtney sei, die er heiraten wolle.
»Miß Courtney! Unsinn!« sagte Lady Otilia unumwunden. »Die ist doch mit dem Herzog verlobt. Ich habe es erst heute abend erfahren – das heißt, jetzt muß ich ja schon sagen, vorigen Abend –, während ihr beim Ball wart.«
Zu jeder anderen Zeit hätte es Gwendolen außerordentlich interessiert, daß es Miß Courtney, die schließlich an Lyndales Gleichgültigkeit verzweifelte, nun doch gelungen war, den alternden Herzog von Tardiff dazu zu bewegen, sie zu seiner Herzogin zu machen. Im Augenblick war ihre einzige Reaktion darauf eine leichte Verärgerung, weil ihre Mama fähig

war, ein so unwichtiges Thema ins Gespräch zu bringen. Ihr erschien nur eines wichtig: ob Lyndale sie noch einmal mit dem Ausdruck in seinen sehr blauen Augen anschauen würde, den sie bemerkt hatte, bevor er sie küßte. Natürlich würde er sie nicht so anschauen, wenn ihre Mutter dabei war, und deswegen schien ihr, als ob nur ein einziges Mittel helfen würde.
»Mama«, sagte sie mit Bestimmtheit zu Lady Otilia, »geh fort!«
»Geh fort!« wiederholte Lady Otilia und starrte sie an, als habe sie plötzlich den Verstand verloren. »Weshalb sollte ich denn fortgehen?« fragte sie. »Du bist ja noch nicht verheiratet, Gwendolen! Das wäre sehr ungehörig!«
»Nein, ich bin noch nicht verheiratet«, stimmte ihr Gwendolen zu, gab jedoch trotzdem nicht nach. »Und was noch wichtiger ist, ich habe noch nicht einmal einen Antrag bekommen.«
Lady Otilia blickte sie zuerst mißbilligend an, doch allmählich erschien ein geheimnisvoller Ausdruck auf ihrem Gesicht.
»Ich verstehe«, sagte sie einfach und wandte ihren Blick Lyndale zu. »Ich vertraue darauf, Mylord, daß Sie sich beeilen werden«, sagte sie. »Einerseits genießen wir Frauen natürlich diese romantischen Gelegenheiten, doch andererseits wird es allmählich schon sehr spät.«
Dann verließ sie mit würdevollen Schritten den Raum. Lyndale, der seine Liebe fragend ansah, verlor keine Zeit, führte sie zu einem Sessel und ging vor ihr auf die Knie.
»Miß Quarters – Gwendolen«, sagte er betont förmlich, »darf ich Sie ehrerbietigst darum bitten, mir die Ehre zu tun und mir Ihr Herz und Ihre Hand zum Ehebund zu schenken?«
Gwendolen runzelte die Stirn. »Nanu, habe ich das nicht sehr korrekt gemacht?« fragte Seine Lordschaft. »Ich muß sagen, du machst keinen sehr zufriedenen Eindruck.«
»Sehr korrekt«, mußte Gwendolen zugeben, machte jedoch immer noch einen unzufriedenen Eindruck. »Ich fürchte aber, daß ich wie Mama überromantisch veranlagt bin –«
»Du würdest also wahrscheinlich vorziehen«, sagte Lyndale liebenswürdig, während er sich aus seiner knienden Stellung erhob, »daß ich es vielmehr so anfange« – und bevor sie sich versah, hatte er sie hochgezogen und umarmte sie so kräftig, daß ihre Rippen in großer Gefahr waren. »Weißt du nicht«, sagte die Stimme Seiner Lordschaft ziemlich verändert, weil er wahrscheinlich zuvor noch nie jemanden in so außerordentlich zufriedenstellender Weise geküßt hatte, »daß ich dich

liebe – dich haben will – und ohne dich nicht leben kann? Wenn du von mir verlangst, daß ich einen Turban aufsetze und mich in weiße Gewänder hülle und dich auf einer meiner arabischen Stuten entführe, um deinen romantischen Neigungen entgegenzukommen, dann bin ich dazu bereit. Doch da es immer noch teuflisch regnet und die Stuten sich in Leicestershire befinden, bist du vielleicht doch einverstanden, wenn wir statt dessen eine einfache englische Zeremonie folgen lassen, die Mr. Broadfute vornehmen wird?«

Da sie Lady Otilias Tochter war, kann kaum Zweifel daran bestehen, daß Gwendolen das erste Angebot Seiner Lordschaft außerordentlich verlockend fand, doch da sie ebenso – wie sich während dieses verwirrenden Kusses erwiesen hatte – sehr verliebt war, zeigte sie sich durchaus willens und war sogar darauf erpicht, das zweite Angebot anzunehmen. Dies hatte zur Folge, daß sie nach wenigen Minuten schon neben dem Marquis im Salon stand, während Mr. Broadfute, der einen ziemlich schläfrigen Eindruck machte, jedoch strahlend lächelte, sich darauf vorbereitete, das Ehesakrament zu vollziehen.

»Gwen ist die Ältere, daher ist es angemessen, wenn sie zuerst heiratet«, sagte Campaspe mit lautem Flüstern zu ihrem eigenen Verlobten, dessen Hand sie sehr fest in der ihren hielt, für den Fall, daß er vielleicht noch mal abhanden kommen könnte und sie dazu verdammt wäre, in einem Harem zu leben.

»Sie scheint entschlossen, Lyndale zu nehmen, doch immerhin hat er in Marokko gelebt. Meinst du, daß eine ihm genügen wird?«

»Eine was?« fragte der junge Leutnant Fairhall, der im Augenblick zu keinem klaren Gedanken fähig war, da er nicht nur mit einem schwindelerregenden Glücksgefühl fertig zu werden hatte, sondern auch noch mit der unangenehmen Empfindung, daß alles nicht wirklich geschähe und er jeden Augenblick wieder aufwachen könnte.

»Eine Frau natürlich!« sagte Campaspe ungeduldig.

Fairhall, der sich nun dieser Frage widmete, warf ein wissendes Auge auf den Marquis von Lyndale, während dieser auf seine Braut hinabblickte, und der Leutnant hatte keine Mühe, prompt seiner Überzeugung Ausdruck zu geben, daß eine sicherlich völlig ausreichend sei.